KB264087

# 나의 완벽한 장례식

# 나의 완벽한 장례식

**조현선** 장편소설

북로망스

# 차례

Chapter 1.

야간 아르바이트를 여러 번 해봤지만 이번 일은 좀 무서웠다. 어쩌면 이번 일자리가 하필 종합병원 매점이기 때문일지도 모른다. 밤 열 시가 되어 출근한 정나희는 애써 마음을 가라앉혔다. 그래도 나희가 일하는 곳은 큰길가 병원의 1층 매점이라 늦은 시간인데도 아직 사람이 오갔다. 로비에 불이 밝았고 간호사나 간병인들이 지친 얼굴로 이야기를 나눴다. 대기실의 의자에는 초췌한 얼굴을 한 보호자들이 멍하니 앉아 있었다. 이따금 무전기를 든 경비원이 뒷짐을 진 채로 로비를 가로질렀다. 낯선 얼굴과 익숙한 얼굴이 섞인 풍경이었다. 밤하늘에는 둥근 달이 떠서 환했다.

열한 시를 넘어서면 그나마도 인적이 끊긴다. 종합병원이라 24시간 불이 꺼지지 않았지만 병상 수 200개 남짓의 작은 규

모여서 직원 수는 적었다. 그래도 당직 직원 중에 밤이 깊어도 가끔 심심한 입을 달래기 위해서 간식이나 음료수를 사러 오는 사람이 있었다. 지하에 자리 잡은 장례식장의 손님들이 올라와 매점 한쪽 구석의 테이블을 차지하고 멍하니 시간을 보내는 경우도 많았다. 매점에서 야간 직원으로 혼자 있는 나희 입장에서는 그런 손님이라도 와주는 쪽이 고마웠다. 깊은 밤의 병원은 너무 조용했기 때문이었다. 며칠 걸러 한 번씩 구급차가 오면 엄청나게 시끄러워지지만, 가능한 그 모습은 보고 싶지 않았다. 한밤중에 오는 구급차는 대부분 교통사고 때문이었고 환자들은 사지가 성치 않아서 보는 것만으로도 심장이 빠르게 뛰었다. 의료진들은 대체 어떻게 일을 하는 것일까 궁금해질 정도였다.

매점 사장인 이미수는 조금 긴장한 듯한 나희를 보면서 웃었다.

"일 시작한 지 벌써 일주일째인데 지금도 무서워?"

"아, 아니에요. 안 무서워요."

"얼굴 근육이 굳었는데?"

나희는 자기도 모르게 얼굴을 손으로 문댔다. 그렇게나 티가 났나 싶었다. 사실 나희는 겁이 없는 편이었는데 이번만 유독 이랬다. 미수는 걱정하지 말라며 매점 밖을 가리켰다.

"여기 보안 요원들도 시간마다 순찰 돌고, 저 뒤로는 당직 직원들도 밤새 깨어 있으니까. 너무 걱정하지 마."

"걱정 안 해요. 괜찮아요, 사장님."

"그래, 그래."

나희가 고집스럽게 말하자 미수는 허허 웃었다. 일주일 전 고용한 새로운 야간 아르바이트생 정나희는 일도 잘하고 야무졌다. 쉰 살이 넘은 미수가 일찍 결혼했다면 나희가 딸이어도 이상하지 않을 만큼의 나이 차이 나는 직원이었다. 이제 고등학교를 졸업한 갓 성인이 된 아이. 미수는 긴장한 나희도 꽤 귀여워서 웃으며 짐을 챙겼다. 사장이자 주간 근무자인 그녀에게는 퇴근 시간이었다. 그녀는 소박한 나일론 가방에서 수첩을 꺼내 장 볼 목록을 체크했다. 병원 근처에서 열한 시면 문을 닫는 할인마트에서 식료품을 사 갈 요량이었다.

"그럼 오늘도 수고. 내일 보자!"

그녀는 손을 흔들고서 매점 문을 나섰다. 곧 바깥을 향해 나 있는 매점 창문을 통해 병원 건물을 나서는 미수가 보였다. 검은 하늘 아래에서 사장은 바삐 움직여 집으로 향했다. 주차장에서 퇴근하는 직원들의 차가 한두 대 길을 통해 빠져나갔다. 나희는 매점 바깥을 향해 난 주문용 창을 열었다. 장례식장에서 외부로 올라온 사람들이 건물로 들어오지 않아도 물건을 살 수 있도록 만들어 둔 창이었다. 창문으로 한참을 내다보는 동안 점점 더 사위가 고요해져 갔다. 둥근 달 아래 세상이

차근차근 잠드는 모습을 보는 기분이었다.

나희는 침을 삼키고서 물 한 잔을 떠 왔다. 카운터에는 이미수가 즐겨 먹는 별사탕 병이 있었다. 왠지 당이 떨어지는 기분이라 나희는 별사탕을 한 움큼 쥐어서 입에 털어 넣었다. 온통 설탕 맛뿐인 별사탕이 입 안에서 부서졌다. 나희는 야간 아르바이트를 여태까지 꽤 많이 해왔다. 야간에 일하면 낮에 일하는 것보다 최소한 1.5배 이상 높은 급여를 받으니 그쪽을 선호할 수밖에 없었다. 아빠가 이 동네에서 오랫동안 분식집을 운영하고 있었지만, 학생들이 배불리 먹어야 한다며 값을 올리지 않아서 언제나 돈이 넉넉하지 않았다. 그리고 나희는 자신의 힘으로 최대한 돈을 많이 벌어서 대학에 가고 싶었다.

편의점 야간 아르바이트나 새벽에 끝나는 고깃집 아르바이트도 여러 군데 다녀봤다. 밤길이 무섭고 어떤 진상이 손님으로 나타날지 몰라서 두려운 건 있었다. 밤이 깊어질수록 취객과 범죄자가 나타날 확률이 높아지는 것도 사실이었다. 하지만 수년간 단련된 덕분에 나희는 이제 어지간한 진상 정도는 맞서 싸워서 쫓아낼 자신이 있었다. 게다가 이 매점은 병원 안에 있어서인지 손님들이 점잖았다. 환자나 가족, 간병인 모두 누군가에게 공격성을 드러낼 만큼 체력과 정신력이 남아 있지 않기 때문이었다. 담배나 술도 팔지 않으니 그 부분도 깔끔했다. 시급도 꽤 높은 데다 안전하기까지 하니 더할 나위 없는 일자리였다. 지금 나희 입장에서는 놓칠 수 없는 자리다.

'그만두고 싶다……'

하지만 나희는 속으로 중얼거리면서 핸드폰을 들여다보았다. 좋아하는 게임을 켜두었지만 귀여운 그래픽에 집중이 되지 않았다. 일부러 이어폰을 끼지 않고 소리를 키웠다. 스피커에서 경쾌한 효과음과 음악이 흘러나왔다. 그녀는 화면에서 눈을 떼지 않으려고 노력하면서 손을 뻗어 과자를 한 봉지 뜯었다. 이미수가 하룻밤에 라면이나 음료수, 과자 두어 개 정도는 먹어도 좋다고 해서 장부에 적어두고 먹고 있었다. 매점은 야간 근무 내내 손님 하나 오지 않을 때가 많았고 이래서야 밑지는 장사 아닌가 싶었지만, 나희가 거기까지 신경 쓸 일은 아니었다. 와삭와삭 감자칩을 씹어 먹으면서 최대한 다른 곳을 보지 않으려 했다. 영 게임에 집중되지 않자 그녀는 결국 OTT를 켜서 영화를 틀었다.

좋아하는 로맨스 영화를 한 편 다 본 다음에는 유튜브에 들어가 쇼츠를 보았다. 그러는 동안에도 계속해서 집중력이 흩어졌지만 나희는 다른 곳으로 시선을 돌리지 않는 데 성공했다. 그동안 손님은 없었고 병원 밖과 로비도 조용했다. 가끔 순찰하는 경비원의 발소리만 들릴 뿐이었다.

'오늘은 조용히 끝날지도.'

그녀는 속으로 작게 한숨을 쉬었다. 하루라도 그냥 넘어가면 이 일을 그만두지 않을 수 있을 것 같았다. 포기하기엔 너무 아까운 일자리였다. 하지만 그 순간 바깥으로 난 매점 창문을 톡톡 두드리는 소리가 들려 나희는 소스라치게 놀랐다. 그녀가 너무 놀라는 바람에 바깥에서 유리를 두드린 손님도 뻘쭘한 얼굴이 되었다. 20대 초반쯤 되었을까 싶은 앳된 남자 손님이었다. 나희가 말없이 바깥쪽 주문 창을 열자 그는 머쓱한 표정으로 물었다.

"저, 혹시 여기서 붕대 파나요?"

"죄송해요. 저희가 병원이 아니고 매점이라 붕대 같은 건 없거든요."

"아아…… 그렇군요."

남자는 아쉬운 표정으로 고개를 끄덕였다. 그는 싱긋 웃으면서 나희와 시선을 마주했다. 단정하게 입은 회색 패딩 점퍼와 폴라 티가 눈길을 끌었다. 지금은 5월, 밤 기온이 선선하다고는 해도 15도를 웃돌았다.

"그럼 혹시 알코올은 있을까요? 상처 소독용이요."

"알코올도 약품이니까 약국에 가보시는 게 좋을 거예요."

나희는 어색하게 웃었다. 남자는 어깨를 으쓱하고 창문에서 물러난 후 고개를 까딱 숙여서 인사하고 어둠 속으로 사라졌다. 살짝 가르마를 타서 펌한 귀여운 헤어스타일에 길에서 지나가다가 눈이 마주친다면 상당히 설렜을 법한 외모였다. 하지만 나희는 다른 의미에서 그의 얼굴을 기억했다. 이미 일주일째 같은 시간에 똑같은 모습으로 매점 창문 앞에 나타났기 때문이었다. 똑같이 붕대와 소독용 알코올을 물어보면서, 계절에 안 맞는 패딩과 폴라 티를 입은 채.

'그렇다는 건 지금 시간이.'

나희의 눈이 무심결에 매점 벽에 걸린 벽시계를 향했다. 시침은 숫자 2를 가리키고 있었다. 미끄러지듯 시선이 아래로 떨어지는 순간, 그녀는 숨을 꿀꺽 삼켰다.

시계 아래 흰 벽 앞에 환자복을 입은 할머니 한 명이 기척도 없이 나희를 바라보고 있었다. 산소 호흡기를 끼고 눈이 벌건 노인이었다. 흰자의 색을 거의 알아볼 수 없을 정도로 눈의 실핏줄이 전부 터졌고, 거친 호흡을 할 때마다 몸이 조금씩 흔들거렸다. 노인의 코에 연결된 관에서는 푸르르 하는 소리가 났다. 막이 덧씌워진 듯 흐리고 초점 없는 눈은 깜박이지도 않았다. 비쩍 말라 마치 미라 같은 모습이었다. 팔에는 링거 주삿바늘이 꽂혀 관까지 달려 있었지만 그것이 어디로 연결되었는지는 알 수 없었다. 심지어 목에도 구멍이 뚫려 굵은 관이 삽입돼 있었다. 시계 밑에는 테이블과 의자가 놓여 있었지만 노인은 그런 것 따위 상관없이 서 있었다. 테이블도 의자도 노인의 몸을 통과했다. 마치 노인이 이 세상에 있으면 안 되는 존재라는 듯이.

온몸이 관에 뚫리고 결박된 모습으로 노인은 뭔가 말을 하려는 듯 입을 뻐끔거렸다. 나희는 카운터 뒤에 몸을 오그린 채 앉아 있었다. 한기가 돌면서 소름이 돋았다. 노인은 앞으로 발을 옮기려 했지만 다음 순간 거짓말처럼 사라졌다.

나희는 참았던 숨을 뱉으면서 카운터 위로 엎드렸다. 정수리에서 빠져나갔던 피가 거짓말처럼 솟구치는 것 같았다. 그녀는 얼굴이 벌게진 채로 숨을 몰아쉬었다.

새벽 두 시, 남자와 노인을 본 지 벌써 일주일째였다.

정나희는 이번 생일로 딱 스무 살이 되었다. 나이에 어울리지 않게도 그녀는 이 근방 아르바이트를 다 섭렵한 일꾼 중의 일꾼이었다. 고깃집, 편의점, 화장품 매장, 잡화점 등 고등학교 때 안 해본 일이 없을 정도였다. 분식집을 운영하는 아빠의 수입이 많지 않은 건 사실이었지만 그렇다고 나희가 꼭 아르바이트를 해야 하는 정도는 아니었다. 엉뚱하게도 성인이 되기 전부터 일하겠다고 고집을 피운 건 나희 본인이었다. 고등학교에 들어가자마자 가뜩이나 힘들어하는 아빠에게 용돈까지 받아서 쓸 수 없다며 동네 편의점에서 미성년자 아르바이트 동의서를 가져온 게 시작이었다. 돈이 없어도 딸만큼은 고이고이 길러온 아빠는 어처구니없어 했지만 나희의 뜻을 꺾지 않고 동의서를 써주었다. 다만 힘들면 언제든 그만두라는 말과 함께였다.

아르바이트 경력이 오래된 만큼 빨리 그만둬야 하는 직장과 그렇지 않은 곳의 차이도 잘 알았다. 그녀의 경험으로 미루어 보아 이곳 삼종합병원의 매점 야간 아르바이트 자리는 아주 매력적인 조건을 가지고 있었다. 높은 시급, 하루 열 시간 근무, 하지만 실제로 일하는 시간은 거의 없다시피 하다. 밤새 손님이 거의 오지 않고 아침에만 한두 사람이 오기 때문이었다. 게다가 오전 아르바이트생은 따로 있고 사장이 주간 근무자라서 만약의 상황에 대신 근무할 사람을 구하는 것도 수월했다.

사장인 이미수는 50대 여성으로 나희를 무척 마음에 들어했다. 첫눈에도 성실하고 야무져 보인다고 했다. 나희는 여태까지 그렇게 일해 왔고 너그러운 사장인 이미수의 기대를 저버릴 생각이 없었다. 이곳에서는 한 달 급여가 무려 300만 원을 넘었다. 나희는 호기롭게 고등학교 졸업 후 1년 동안 돈을 벌어 아빠에게 손 벌리지 않고 대학에 가겠다고 호언장담했고 아빠도 동의했다. 이 매점에서 열심히 일하면 얼마든지 가능한 꿈이었다. 애초에 아빠는 나희가 하고 싶은 걸 하라는 주의였다. 언제나 그랬다. 나희는 대학에서 딱히 뭘 전공해야겠다는 생각은 없었지만 적어도 등록금을 스스로 벌겠다는 마음만은 분명했다.

그러니까, 이러려던 건 아니었다는 말이다.

"그만두겠다고?"

이미수는 놀란 얼굴로 나희를 바라보았다. 5일을 일하고 주말 이틀을 쉰 뒤 나희는 월요일 근무를 마친 다음 날 이미수를 붙잡고 그만두겠다는 의사를 밝혔다.

"아직 일주일밖에 안 지났는데?"

"네."

나희는 풀 죽은 얼굴로 고개를 끄덕였다. 미수는 의아한 표정이었지만 곧 신중하게 물었다.

"무슨 일 있니? 밤 근무가 너무 어려웠어? 아니면 체력적으로 힘들었다던가."

"그런 건 아니에요. 그게……."

이미 면접 볼 때 밤 근무를 여러 번 해봤다는 건 이야기했다. 거짓말도 아니었고 정말 자신 있었다. 나희는 난처한 심정으로 한숨을 쉬었다. 밤마다 이상한 남자와 할머니를 본다고 이야기하려니 말이 잘 나오지 않았다. 이런 걸 말해봤자 좋은 꼴을 볼 리가 없었다. 보통 사람들이 쉽사리 믿기 힘든 이야기였다. 야간 근무가 싫어서 핑계 댄다는 꾸지람만 안 들어도 다행이었다.

이미수는 가만히 나희의 얼굴을 들여다보았다. 야무지긴

해도 아직 스무 살 어린 학생이었다. 뭔가 말하고 싶은데 말하지 못하고 우물쭈물하는 것을 보니 이상했다. 둘 사이에 조금 긴 침묵이 흘렀다. 참지 못하고 또 한 번 죄송하다고 나희가 말하려던 찰나, 미수가 입을 열었다.

"지금 내 말 이상하게 듣지는 말고, 그냥 묻는 거니까……혹시 뭐가 나오니?"

"네, 네?"

"밤에 혹시 여기나 바깥에 뭐 이상한 거 나오냐구."

어리둥절해진 나희가 대답하지 못하자 미수가 재차 물었다.

"귀신 같은 거 말이야."

차마 꺼내지 못하던 말이 사장의 입에서 나오자 놀랄 수밖에 없었다. 나희는 눈을 동그랗게 뜨고 미수를 바라보았다. 어떻게 알았냐는 듯한 눈초리에 미수는 난처한 얼굴이 되었다.

"아니, 그게."

"사장님 알고 계셨던 거예요?"

"그게 말이다."

"호, 혹시 사장님도 보시는 거예요?"

"그건 아니지만."

미수는 한숨을 쉬었다. 지난번 일하던 나희의 전임자와 그 전임자 때도 조용했던 터라 또다시 이런 문제가 생길 거라고는 생각하지 못했다. 굳이 숨기려던 것은 아니었지만 결과적으로 숨긴 꼴이 되었다. 미수는 어떻게 말해야 할까 고민하다가 가장 간단한 설명을 골랐다.

"몇 년 진에도 그런 일이 있었거든. 여기 일해 주던, 그러니까 한참 전의 야간 담당 알바생이 너랑 같은 이야기를 했었어. 밤에 뭐가 나온다고."

나희는 입을 꼭 다물고 손을 쥐었다. 역시 그녀가 본 게 헛것은 아니었다. 애초에 헛것일 거라고 여겼던 적도 없었지만. 미수는 오해를 방지하기 위해 두 손을 내저으며 말을 덧붙였다.

"하지만 그 뒤로는 그런 이야기가 없었거든. 몇 년 동안, 거의 한 10년 동안 그런 말을 한 알바생은 없었어. 굉장히 여러 명이 바뀌었는데도 말이야. 내가 일부러 속인 게 아니라 진짜 그랬단다."

"아……."

"그런데 네가 너무 무서워하면서 그만둔다고 하니까 그 생각이 났어."

어떻게 반응해야 할지 모르겠어서 나희는 입을 꾹 다물고 양손을 맞잡았다. 미수는 난처한 얼굴로 뺨을 긁었다.

"난 이번에도 당연히 아무 일 없을 줄 알았지. 그런데 또 나타났다니…… 좀 곤란한데. 무서운 걸 본 거니? 흉한 거?"

"아뇨, 그건 아니지만요."

등에 식은땀이 나서 나희는 상의를 펄럭거렸다. 이제 굳이 말하지 않을 이유도 없었다.

"그냥 좀 이상한 남자랑 할머니였어요."

나희는 예상치 않게 지난 일주일 동안 밤에 본 두 사람에 대해 상세히 설명했다. 이미수는 심각한 얼굴로 가만히 그녀의 이야기를 들었다. 환자복을 입은 할머니와 겨울 패딩을 입은 남자. 오랫동안 그 자리에 있는 것 같지만 반대로 돌아보면 사라져 있는 두 사람. 분명히 현실의 사람이 아니라는 걸 알지만, 나희의 앞에 있을 때만큼은 이곳에 존재하는 자들이었다.

미수는 곰곰이 생각에 잠겼다. 그녀는 고개를 갸웃거리면서 오래전 기억을 떠올렸다.

"그 옛날 알바생이 해줬던 말이랑 어딘가 겹치는 데가 있는 것 같아. 사실 걔가 이 동네 살아서 지금도 가끔 놀러 오는데 물어봐야겠다. 요새는 바빠서 통 얼굴을 못 보고 있지만."

"사장님은 본 적 없으세요?"

"응. 내가 20년 동안 여기 매점 장사했는데 여태까지 귀신 본 사람이 걔랑 나희 너, 둘뿐이거든."

미수는 한숨을 푹 쉬었다.

"걔는 귀신이 있다는 말만 하고 되게 덤덤하게 일했었어. 자기는 원래 봤었다나 뭐라나. 처음이 아니었나 보더라고."

나희는 입을 꾹 다물고서 속으로만 말했다. 저도 처음이 아니긴 해요.

＜＞＜＞＜＞

이미수는 나희에게 근무시간을 바꿔볼 것을 제안했다. 일단 밤에 귀신이 나오는 게 문제라면 그 문제를 피하면 되지 않느냐는 단순명쾌한 논리였다. 새 아르바이트 자리를 구해야 할까 고민하던 나희 역시 대찬성이었다. 다음 날부터 나희는 오후 한 시부터 밤 열 시까지 근무하기로 했다. 오전 근무 아르바이트는 따로 있었기 때문에 아침에는 나오지 않아도 되어서 다행이었다. 아침잠이 많은 편이라 일찍 일어나려면 고역이었다.

낮 근무로 시급이 적어져서 반갑지는 않았지만, 그래도 공부하며 일하기에 더 좋을 것 같았다. 야간 근무보다는 아무래도 컨디션 관리가 쉬운 일정이었다.

"아무리 무서운 귀신도 낮에는 못 나오지 않겠어?"

그렇게 말하며 미수는 기꺼이 자신이 밤 근무를 맡았다. 너그럽게 보아주는 배려가 느껴져 나희는 기쁘기도 했지만 낮에는 매점에 손님이 참 많았다. 예상했던 것보다도 더 많은 수준이었다. 소규모라지만 일단 종합병원이라 환자와 보호자는 물론이고 의사와 간호사도 자주 매점을 찾았다. 병원 문만 나가면 꺾어져서 편의점이 있기에 망정이지, 그게 아니었다면 혼자서 감당하지 못했을 것이다. 여러 아르바이트를 해서 손이 빠른 나희도 처음에는 조금 당황할 정도였다. 낮 근무가 사흘째

쯤 되니 익숙해졌지만 여전히 쉴 틈이 나지 않았다. 반면 이미수는 밤이든 새벽이든 아무것도 나타나지 않고 편하게 있었다며 만족스러워 했다. 미수의 말에 따르면 옛날 아르바이트생이 있을 때도 그녀는 아무것도 보지 못했다고 했다. 밤 근무가 꽤나 편한 듯한 눈치라 나희는 조금씩 후회가 되기 시작했다. 귀신 따위 나오건 말건 무시하고 놀걸 그랬나 싶었다. 생각해 보면 솔직히 새벽 두 시마다 오던 남자는 무섭기는커녕 귀엽기까지 했다.

하지만 매점 안에 나타나던 할머니는 이야기가 다르다. 겁이 없는 나희도 투명한 의료용 관에 칭칭 얽매인 노인의 모습을 생각하면 무서웠다. 특별히 끔찍한 모습도 아니었지만 유달리 거부감이 들었다. 다시 밤 근무로 바꿀까 생각하다가도 그 노인을 떠올리면 고개가 절레절레 흔들렸다.

낮 근무를 하는 동안 단골들의 얼굴도 익혔다. 특히 간호사나 의사, 병원 행정직원 중에 매일같이 매점에 들러 간식을 사는 사람들이 몇몇 있었다. 그중 한 의사는 사흘 내내 점심시간뿐 아니라 아침과 저녁 시간에도 들렀다. 매점에서는 원두커피도 간단히 내려서 팔았는데, 하루에 그가 석 잔은 사서 마셨다. 그가 단 의사 가운 가슴팍에는 박현우라는 이름이 수놓아져 있었다. 항상 늘어진 어깨와 잔뜩 지친 얼굴이 눈에 띄었다. 마주치는 간호사와 인사하는 것을 보니 종양내과에서 일하는 의사인 모양이었다. 박현우는 나희가 내려주는 커피를 받아서 힘없이 "오늘도 맛있네요"라고 인사하고 벽 쪽 테이블에 잠시 앉아 쉬다가 가고는 했다. 시계 밑 테이블, 노인의 모습이 나타나던 곳이었다. 나희는 그것이 은근하게 신경 쓰였다.

그 말고도 중년 여성 행정직원 한 명은 올 때마다 나희를 붙들고 수다를 떨었다. 첫날 이미 통성명을 해서 고순영이라는 이름까지 알게 되었다. 너무 어려 보인다며 혹시 고등학생이냐고 물은 게 첫마디였는데, 나름 성인이 된 것에 자부심이 있었던 나희가 당당하게 스물이라고 하자 행정직원은 자기 고등학교 3학년인 자기 아들과 비슷한 또래라며 좋아했다. 그 후부터 올 때마다 수다가 시작되어 나희는 이게 좋은 일인지 나쁜 일인지 알 수가 없었다.

여섯 시가 넘어 직원들이 병원을 빠져나가고 나면 한결 편해졌다. 그때쯤이면 병원 방문객도 없어서 매점은 한산했다. 낮 근무 닷새째 되는 날 나희는 사람이 없는 틈을 타 재고를 조사하고서 카운터 뒤 자리에 앉았다. 병원 로비는 한 시간 전쯤 응급차가 들이닥쳤던 것을 제외하면 조용한 편이었다. 다만 그 응급차에 실려 온 사람은 상당히 크게 다친 모양인지 응급실 쪽이 소란스럽다가 조용해졌다.

"아이고, 힘들다."

앓는 소리가 절로 나왔다. 나희는 카운터에 엎드린 채로 끙

끙댔다. 한 시부터 여섯 시 넘어까지 쭉 일하고 나면 허리가 아플 지경이었다. 작은 매점이라 그나마 혼자서 일할 수 있는 거지, 만약 보통 편의점만 한 크기라도 되었으면 최소한 두 명 이상은 필요했을 것이다. 나희는 잠시 허리를 주무르며 한숨을 쉬었다. 바깥 하늘에 노을이 물들어 매점 안에도 붉은빛이 비쳤다.

"아, 이럴 바에야 차라리 밤에 일할 걸 그랬다."

물론 말만 그랬다. 바쁘긴 해도 그 할머니를 또 보는 것보다는 나았다. 게다가 이제 네 시간만 지나면 곧 집에 갈 수 있었다. 퇴근은 생각만 해도 기쁜 일이다. 그때 인기척이 창가에 언뜻 느껴졌다. 그녀가 얼굴을 들자 주문창 밖으로 손님이 보였다.

조금 초췌한 얼굴의 여성이 조심스럽게 창문가를 기웃거렸다. 나희는 손님을 놓칠세라 얼른 주문창을 열고 영업용 미소를 지었다. 여성은 단발인데 아주 뽀글거리는 펌을 해서 어딘가 삼각 김밥을 떠올리게 하는 헤어스타일이었다. 그녀의 뒤로 노을이 비쳐 삼각형 실루엣이 한층 돋보였다.

"어서 오세요. 뭐 드릴까요?"

"안녕하세요. 저……."

그녀는 조금 머뭇대면서 말을 끌었다. 손님이 뜸한 타임이라 나희는 여성을 재촉하지 않았다. 60쯤 되었을까, 어딘가 아픈 듯 보이는 사람이었다. 병원이라 워낙 아픈 손님도 많았고 장례식장에 들르는 이들은 심적으로 괴로운 손님도 많았다. 그녀처럼 안색 나쁜 모습이 낯설지 않았다. 여성은 잠시 후 힘들게 말을 꺼냈다.

"죄송한데, 제가 뭘 사려는 게 아니라서요."

"예?"

"그…… 염치없지만 혹시 부탁 하나 드려도 될까요?"

예에? 하면서 나희는 고개를 갸웃했다. 손님 중 고령자와 환자가 많아서 간혹 물을 한 잔 달라든가 휴지를 달라든가 하는 부탁은 있었다. 하지만 이 손님은 그런 부탁을 하려는 게 아닌 듯했다.

"무슨 일이신데요?"

"저어……."

한참이나 꾸물대며 눈치를 보던 여성은 어렵사리 말문을 열었다.

"혹시 이 병원 바로 뒤에 미용실 아세요?"

"아, 네. 그 오래된 미용실 말씀하시는 거죠?"

왜 그걸 묻는지 의아했지만 나희는 고개를 끄덕였다. 여성이 말하는 그 가게를 지나면서 봤다. 나희 역시 이 근처에 살았지만 병원 맞은편 큰길 건너편이었고 병원 뒤쪽과는 인연이 없었다. 다만 산책을 다니면서 미용실의 존재를 알았을 뿐이었다. 오래되어 간판에 먼지가 잔뜩 앉고 유리창에 붙여둔 포스터의 색이 모두 날아간 작은 미용실이었다. 가장자리가 너덜거리는 포스터의 모델이 한껏 촌스러운 머리스타일을 하고 있어서 더욱 낡은 인상을 주었다.

"예, 맞아요. 아시는군요."

여성은 반색했다.

"거기가 제가 운영하는 미용실이거든요."

"어머, 그러시구나."

그걸 왜 자신에게 이야기하는지는 모르겠지만 일단 나희는 맞장구를 쳤다. 특히 중년 이상의 손님들은 대다수가 싹싹하게 대하는 태도를 좋아했다. 손님이 수다를 떨면 거기에 적당한 말을 찾아 대꾸해주는 것도 아르바이트의 기술이었다. 여성은 곧 뭔가를 떠올렸는지 얼굴이 흐려졌다.

"부탁드릴 것은 다름이 아니라……. 미용실 문 아래쪽으로 작은 문이 하나 있는데, 그걸 열어주십사 하고요."

"네엣?"

엉뚱한 부탁에 나희는 이상한 소리로 반문해 버렸다. 여성은 아주 난처한 얼굴이었다. 나희는 의아해서 눈을 찌푸렸다. 이상한 부탁이라는 걸 여성도 아는지 얼굴을 주문창에 바싹 붙이면서 조심히 말했다.

"제가 그걸 열어두었어야 하는데 열지 않고 와서요. 그런데 지금 제가 열 수가 없는 상황이고. 꼭 열어두어야 하는데요.”

“바로 뒤 골목이니까 가셔서 그냥 열면 되지 않을까요?”

“제가 열 수가 없어서요.”

여성은 난처한 얼굴로 반복해서 말했다. 무슨 소리인지 도대체 알 수가 없었다. 나희는 이 여성이 혹시 정신적으로 뭔가 문제가 있는 사람이 아닐까 의심했다. 왜 열어야 하는지, 왜 열 수가 없는지 물어볼까 했지만 그보다는 거절이 낫겠다는 생각이 들었다. 이상한 사람과 말을 길게 나눌수록 곤란해지는 법이다. 나희는 가볍게 고개를 흔들었다.

“무슨 말씀이신지 모르겠는데……. 제가 지금 매점을 떠날 수가 없어서요. 죄송해요.”

“저, 지금이 아니라도 며칠 안에만 열어주시면 되는데요. 좀 부탁드려요.”

여성의 애원에 가까운 말투에 나희는 한숨을 푹 쉬었다.

“사실 손님이 진짜 그 미용실 사장님인지 아닌지 제가 알 수도 없고요. 괜히 남의 가게에 손 대고 싶지 않아요.”

솔직하게 거절했지만 여성은 끈질겼다. 그녀는 나희를 꼭 붙들고서 놓아주지 않았다.

“저 정말로 그 미용실 사장이거든요. 그리고 사실 그 문이 잠겨 있지도 않아요. 미닫이로 생겼는데 그냥 열어만 주시면 돼요. 네?”

“정말 안 돼요. 죄송해요.”

여성이 애절하게 말했지만 나희는 얼른 주문창을 닫았다. 다행히도 매점 안으로 다른 손님이 들어온 타이밍이었다. 주문을 받으면서 슬쩍 곁눈질을 하니 여성은 그사이에 사라졌다. 난처한 부탁이었던 터라 나희는 안도의 한숨을 쉬었다.

해는 금세 지고 밤하늘이 검게 물들었다. 저녁 아홉 시 반이 되자 이미수가 활기차게 손을 흔들며 나타났다. 역시 밤 근무가 편하긴 한 모양이라며 나희는 속으로 투덜거렸다.

“오늘도 별일 없었지?”

“네, 일은 많았는데 별일은 없었어요.”

“저런, 힘들었던 모양이네.”

나희가 부루퉁하게 내놓은 대답에 미수는 까르르 웃었다. 50이 넘은 나이였지만 미수는 꽤 발랄하고 명랑한 성격이라 나희에게 훨씬 가까운 친구처럼 느껴졌다. 나희가 보았던 귀신들이 이미수에게는 큰 문제가 아닌 모양이었다. 그냥 매점 장사에만 문제가 없으면 된다는 듯한 태도라 나희는 그런 미수의 태연함이 좀 부러웠다. 사실 나희도 그 할머니 귀신만 아니면 괜찮은데 싶어서 좀 억울하기까지 했다.

미수가 정산과 재고를 확인하는 동안 나희는 집에 갈 준비를 했다. 그녀는 문득 생각나서 입을 열었다.

“사장님, 병원 뒤 골목에 작은 미용실 하나 있잖아요. 이름이 장미미용실인가 뭔가……."

"어어, 거기. 오래됐지. 왜?"

"아니 다른 게 아니라……. 거기 사장님이라고 하는 분이 오셨었거든요."

미수는 자기도 그 미용실에서 몇 번 머리를 했었다며 고개를 저었다.

"거기 사장님 파마를 너무 세게 말더라. 자기 머리도 완전 뽀글뽀글하게 하고 다니는 양반인데, 그분이 오셨어? 병원 올 일이 있었나."

"네, 네 맞아요. 단발인데 뽀글뽀글해서 엄청 튀더라구요."

"응. 그분 맞네. 뭐 사 가셨니?"

"아뇨, 그건 아니고. 그냥 스타일이 되게 특이해서요."

그렇구나, 하면서 미수는 콧노래를 흥얼거렸다. 그 손님이 확실히 미용실 주인인 것은 맞았다. 나희는 미용실 사장님의 특이한 부탁에 대해 이야기해 볼까 하다가 열 시가 된 것을 보고 인사한 뒤 허둥지둥 매점을 나섰다. 일을 할 때는 칼퇴가 중요한 법이었다.

원래 병원을 나가면 곧장 길을 건너 집으로 가고는 했다. 그런데 1층 로비를 통과해 나오다 보니 병원 외부의 긴 의자에 앉아있는 미용실 사장님이 보였다. 뽀글거리는 단발머리 아래 얼굴이 지치고 슬퍼 보였다. 나희는 집으로 달려가 발 뻗고 누워 유튜브를 켜고 싶었지만, 무언가에 이끌리듯 사장님에게로 다가갔다.

"저기……."

"어머, 퇴근하시는 건가요?"

미용실 사장님이 초췌한 안색으로 인사했다. 나희는 길게 이야기하고 싶지 않아서 얼른 말했다.

"아까 말씀하신 그거요. 그냥 그 작은 문 열기만 하면 되는 건가요?"

"네, 네! 맞아요. 그냥 열어두기만 하면 되는데 제가 그걸 안 해놔서."

왜 지금이라도 가서 열지 않는지 모르겠지만 사장님은 여기서 누군가를 기다리는 건지도 모른다. 병원에는 간혹 그런 이들이 있었다. 입원한 사람을 살피느라 집에도 차마 가지 못하고 주위를 서성이는 사람들. 그렇게 자세한 사정 같은 건 사실 알고 싶지 않아서 나희는 별다른 것을 더 묻지 않고 알겠다고 대답한 채 병원 정문을 나섰다. 어차피 정문으로 나가 왼쪽으로 꺾어 병원 뒤로 돌아 들어가면 얼마 가지도 않아서 바로 있는 미용실이었다.

속골목이어도 대로변에 붙어 있는 제법 넓은 길이라 골목 어귀의 할인마트는 아직도 불이 켜져 있었다. 이미수가 퇴근할 때 자주 들른다는 마트였다. 가로등도 밝고 장을 봐서 들어가는 이들도 드문드문 보였다. 나희는 크로스백을 뒤로 돌린 채 빠른 걸음으로 골목을 가로질렀다. 몇 분 걷지 않아서 장미 미용실이 나타났다. 낡고 오래된 미용실의 얄팍한 유리문에는 자물쇠가 걸려 있었다.

"밑의 문이 뭘 말하는 거지?"

나희는 빨리 열고 가고 싶은 마음으로 밑을 기웃거렸다. 오래된 샷시로 되어 있는 문에는 맨 밑에 과연 자그마한 미닫이 문이 달려 있었다. 가로와 세로가 30센티 조금 넘을까 싶은 작은 문이었다. 혹시 싶어 슬쩍 밀어봤더니 문이 슥 열렸다. 먼지는 쌓였지만 꽤 부드럽게 열리는 것이 항상 쓰던 문인 모양이었다.

"자, 됐다……. 어머나."

순간 나희는 깜짝 놀랐다. 문이 열리자마자 그곳으로 분홍색 코가 불쑥 나왔던 탓이다. 그리고 그 코를 따라 나온 것은 회색 줄무늬가 있는 고양이 한 마리였다. 날씬하고 털에 윤기가 흘렀다.

"세상에, 귀여워라."

빨리 퇴근하고 싶은 마음도 잊어버린 채 나희는 탄성을 질렀다. 고양이는 사람을 좋아하는 듯 나희의 발치로 다가와 맴돌았다. 초면인데도 종아리에 몸을 비비는 회색 고양이는 나희의 손길도 피하지 않았다. 나희가 머리를 조심스럽게 쓰다듬자

야옹 하고 고양이가 울었다. 털이 부드럽고 깔끔한 데다 목에는 목걸이가 걸려 있었다. 목걸이에는 '루비'라는 이름이 적혀 있었다. 나희가 시험 삼아 루비야 부르자 고양이가 고개를 들어 나희를 바라보았다.

"미용실에서 기르는 고양이인가?"

문을 열어두라고 했는데 이걸 열어두면 루비가 나가버릴 것이다. 혹시 일부러 내보내려고 한 것일까. 혹시 사장님이 고양이가 여기 있는 걸 잊어버렸을 수도 있었다. 분명히 미용실에서 기르는 듯한 고양이를 그대로 나가게 두고 갈 수가 없어서 나희는 조심히 손을 뻗어 루비를 안았다. 당연히 거부할 줄 알았던 루비는 태연하게 나희에게 안겼다. 마치 뜨끈한 물주머니 같은 촉감이었다. 나희는 눈을 찌푸렸다.

"어쩌지? 그 사장님도 참. 이거 그냥 문만 열어두면 되는 게 아니었잖아."

난감한 일이다. 잠시 고민하다가 결국 나희는 다시 병원으로 가서 미용실 사장님에게 루비를 데려다주기로 했다. 다행히도 루비가 아주 얌전해서 그녀는 편안히 길을 되짚어 갈 수 있었다. 검은색 후드티에 털이 묻을 거라는 생각은 들었지만, 기분은 꽤 좋았다. 나희는 개나 고양이 같은 작은 동물들을 무척 좋아했기 때문이었다. 사장님을 탓할 마음도 들지 않았다. 루비는 마치 나희를 기다렸다는 듯이 그녀의 품에 또아리를 튼

채 편안하게 머리를 기댔다. 감촉이 보드라웠다.

하지만 병원 외부 의자에는 미용실 사장님이 보이지 않았다.

"그 사이에 어디 가신 거야."

나희는 난처해져서 매점 주문창으로 다가가 두드렸다. 혼자 핸드폰을 보고 있던 이미수가 눈을 크게 뜨고 창을 열었다.

"나희, 너 퇴근 안 했어?"

"아뇨, 그게요."

"세상에. 그 고양이는 뭐야?"

루비를 보고 미수가 반색했다. 미수가 손을 내밀자 루비는 냄새를 맡다가 머리를 비볐다. 친화력 좋은 루비의 모습에 미수는 신이 나서 머리를 쓰다듬었고 나희는 오늘의 사정을 미수에게 설명했다. 미수는 이야기를 들으며 고개를 끄덕였다.

"잘 데려왔네. 혹시라도 도망가서 못 찾으면 곤란할 수도 있잖아."

"미용실 사장님 부탁 들어드리지 말걸 그랬어요."

나희가 투덜거리자 미수가 웃었다.

"그분 나름대로 무슨 이유가 있었겠지. 그리고 너, 오지랖 넓어서 결국 들어드렸을걸?"

놀리는 듯한 미수의 말에 나희의 볼이 부풀었다. 틀린 말도 아니었기 때문이었다.

"너무해요, 사장님."

“아냐, 잘했어. 원래 사람은 다 돕고 사는 거지. 자, 루비를 어쩐다?”

품 안에서 느껴지는 고양이의 부드러운 체온에 나희는 조금 욕심이 났다. 아빠도 동물을 좋아하니까 하루 이틀 정도 데리고 있어도 큰 문제는 없을 것이다. 그렇지 않아도 반려동물을 들이고 싶어서 보호소 사이트에 들어가 유기묘를 찾아보던 참이었다. 나희는 부드러운 루비의 머리를 쓰다듬다가 코를 댔다. 따뜻하고 고소한 냄새가 났다. 미용실 사장님이 틀림없이 무척 사랑하는 고양이일 것이다.

솔직히 미용실에 다시 데려가 모른 척해도 되지만 나희는 루비와 함께 집에 가고 싶었다. 밥도 주고 같이 놀면 얼마나 좋을까.

“제가 오늘 밤에 데려갈게요. 며칠 정도는 맡을 수 있으니까…….”

“그럴래? 하긴, 매점에는 병원 사람들 와서 들이기가 좀 곤란하긴 해.”

기관지가 약한 환자나 알레르기 환자도 있으니 병원 내부로 데려갈 수는 없었다. 나희는 신이 나서 루비를 안고 집으로 향했다. 루비는 자기 자리에 앉은 듯 얌전했다. 가끔 나희의 손등을 핥기도 해서 그녀는 감동 받아 고양이를 꼭 끌어안았다.

집에 들어가니 아빠가 루비를 보고 눈을 크게 떴다. 아빠에게서 음식 냄새가 나는지 루비가 코를 킁킁댔다. 분식집을 운영하는 아빠는 종일 떡볶이와 순대를 만지며 지냈기 때문에 고양이 코에는 냄새가 좋을 것이다.

"평소보다 늦는다 했더니 웬 고양이냐?"

"그렇게 됐어요."

나희는 히히 웃으면서 아빠를 끌고 집 안으로 들어갔다. 아빠가 야식으로 먹자고 해놓은 두부김치 냄새가 훌륭했다. 늦게 퇴근하는 딸을 위해 아빠는 항상 먹을 것을 마련해 놓고는 했다. 루비는 마루로 내려와 이곳저곳 킁킁대며 수색하기 시작했다. 겁도 없이 용감한 고양이 그 자체였다. 아빠도 귀여워 어쩔 줄 몰라 하면서 시시때때로 루비를 들여다보았다. 나희는 아빠를 재촉해 식탁에 두부김치를 차린 뒤 마주 앉아 먹으며 오늘 일을 이야기하기 시작했다. 그사이 집안 탐색을 끝낸 루비가 발치에 와서 맴돌다가 식탁 위로 뛰어올라 왔다. 루비는 낯가림도 하지 않고 나희와 아빠의 사이에 앉아서 둘을 빤히 바라보았다. 고양이의 녹색 눈이 영민하고 초롱초롱해서 두 사람은 대화도 잊고 루비를 마주 보았다. 오늘 저녁에 처음 본 고양이인데도 루비는 모든 것을 아는 듯한 얼굴이었다. 어쩌면 이대로 세 식구가 되어서 살 수도 있겠다고, 나희는 순간적으로 생각했다.

◇ ◇ ◇

다음 날도 바쁘게 시간이 흘러갔다. 미수는 루비가 밤새 잘 있었느냐며 메시지를 보내왔지만 거기에 답할 정신도 없었다. 저녁 여섯 시가 넘으니 그래도 좀 살 만해져서 나희는 자리에 허리를 굽히고 앉았다. 하도 서 있었더니 허리가 뻐근했다.

그때 박현우가 들어와 커피를 주문했다. 나희가 커피를 내려 내밀자 그는 여전히 기운 없는 목소리로 "냄새가 좋네요"라고 인사하고 시계 밑으로 가서 앉았다. 구석 자리라서 아무래도 손님들 눈을 피해 쉬기 좋은 모양이었다. 그는 벽에 기댄 채로 핸드폰을 켜서 SNS를 보기 시작했다.

그때 나희는 주문창 앞에서 서성이는 미용실 사장을 발견했다. 이미 날이 어둑해져서 병원의 조명 아래 뽀글거리는 단발머리가 눈에 띄었다. 나희는 창을 열고 반가워하며 그녀를 불렀다.

"사장님! 어제 말씀하신 거요. 제가 문 열었어요."

"어머나 세상에, 감사해요."

미용실 사장은 반색하면서 다가왔다. 그녀는 거의 주문창에 머리를 들이밀 듯한 기세로 가까이 왔다. 나희는 루비가 생각나서 저절로 미소가 나왔다. 루비는 아주 친화력 좋고 다정한 고양이였고 그렇게 길러낸 것은 미용실 사장이었다. 사장님과 루비의 행동이 비슷해 보였다.

"문을 열었는데 루비가 나오더라고요. 전 고양이가 나올지 몰라서 놀랐는데, 애가 어찌나 착한지 도망도 안 가고 제 발치를 맴돌았거든요. 문을 열어놓으면 혹시 어디로 갈지 모르겠어서 저희 집에 데려다 놨는데 괜찮죠?"

"루……비."

미용실 사장은 루비의 이름에 잠깐 멈칫하면서 고개를 갸웃거렸다. 나희는 혹시 자기가 잘못했던 걸까 싶어서 조심스럽게 말을 이었다.

"어제 루비 안고 다시 병원에 오니까 사장님이 안 계셔서요. 오늘이든 내일이든 사장님 괜찮으실 때 제가 데리고 올게요."

"어머, 아니에요, 아니에요."

잠시 멍해져 있던 미용실 사장은 갑자기 얼굴이 환해져서 손을 흔들었다. 그녀는 양손으로 얼굴을 감싸 쥐고 혼잣말로 중얼거렸다.

"아, 그래 루비. 그래서 내가 문이 신경 쓰였구나."

"사장님?"

"아무것도 아니에요."

미용실 사장은 눈을 반짝이며 창문 너머로 나희를 바라보았다. 두 눈에 얼핏 눈물이 보인 것 같다고 나희는 생각했다.

사장은 고개를 끄덕이고 말했다.

"정말 고마워요. 정말로요."

그 말에서 진심이 느껴져서 나희는 가슴이 따스해졌다. 그녀는 헤헤 웃으면서 머리를 꼬았다.

"뭘요. 전 그냥 가서 문만 연 건데요."

미용실 사장은 한동안 말없이 나희를 고마운 눈으로 바라보았다. 그때 매점 안에서 손님이 부르는 소리가 들렸다.

"저기요."

"아, 네. 잠시만요 사장님."

나희는 미용실 사장에게 양해를 구하고 얼른 카운터로 돌아섰다. 카운터 앞에는 박현우가 서 있었다. 그는 종이 커피컵을 손에 쥔 채 의아한 눈빛으로 나희를 바라보고 있었다.

"……누구랑 이야기해요?"

박현우가 눈을 찌푸리며 물었다. 나희는 눈을 깜박거렸다.

"네?"

"아니, 지금 창문 밖에 아무도 없는데 뭐라고 이야기하지 않았어요?"

현우는 창밖을 가리켰다. 매점 밖은 어두운 밤하늘 아래 병원 불빛만 빛나고 있었다. 출입구로 사람 두엇이 드나들었지만 주문창 쪽은 휑했다.

"조금 전까지 여기 손님 계셨어요. 선생님이 못 보셨나 봐요. 하긴, 날이 어두우니까.”

조금 당황한 채 나희는 하하 웃었다. 어느새 너무 빨리 미용실 사장이 사라져 버린 탓이었다. 잠시 양해를 구했지만 가라는 말로 들었을지도 모른다. 그렇게 보이지 않았는데 걸음이 꽤나 빠른 모양이었다. 현우는 의아한 눈으로 나희와 창밖을 번갈아 바라봤지만 더 이상 따지지 않았다. 나희는 창으로 고개를 내밀어서 주변을 살펴보았다.

‘아, 저기 계시네.’

어두운 하늘 아래 미용실 사장은 다른 사람과 이야기하고 있었다. 희고 둥근 달이 떠서 그녀의 단발머리를 비추었다. 나희에게 등만 보이는 상대는 검은 정장을 입고 흰 장갑을 낀 여성이었다. 그녀는 미용실 사장에게 정중하게 한쪽 방향을 손으로 안내했다. 장례식장으로 가는 길이었다.

“이쪽입니다.”

거리가 꽤 멀었지만 주변이 조용해서인지 목소리가 선명하게 들렸다. 옷차림으로 봐서는 장례지도사인 것 같았다. 미용실 사장님이 장례식에 조문을 온 걸까 싶어서 나희는 가만히 그녀를 바라보았다. 그녀는 장례지도사의 안내에 따라 장례식장 방향을 향해 걸어갔다. 기분 탓인지 미용실 사장의 발걸음은 가벼워 보였다. 주차장의 가로등과 병원 불빛으로 사위가 밝았지만 그녀의 뒷모습은 곧 어둠에 묻히듯 사라졌다. 마치 연기가 공기 속으로 퍼져나가는 것처럼 흔적도 없이 사라져 이상한 기분이었다. 그때 나희는 비로소 밝은 달빛 아래 미용실 사장의 그림자가 없었다는 사실을 깨달았다.

나희는 한참이나 그녀가 멀어진 방향을 쳐다보다가 시선을 돌려 정장 입은 여성을 찾았다. 그 여성은 나희가 자신을 보길 기다렸다는 듯 매점 쪽을 향해 서 있다가 살짝 고개를 숙였다. 예의 바른 인사였지만 표정은 알 수 없었다. 나희는 눈을 크게 뜨고 다시 한번 확인하듯 뚫어지라 여성을 바라보았다. 그녀의 얼굴이 있어야 할 자리에 회색 안개가 짙게 끼어 있었기 때문이었다.

미수가 저녁 출근을 위해 도착했을 때 나희의 상태가 좀 이상했다. 어딘가 멍한 모습에 미수가 손뼉을 쳐서 주의를 끌 정도였다.

“왜, 무슨 일 있었어?”

“음…… 그게요.”

뭐라고 말해야 좋을지 모르겠어서 나희는 잠시 침묵했다. 설명이 꽤 길어질 것 같았기 때문이었다. 그리고 뭘 어떻게 말해야 할지 알 수가 없었다. 하지만 의외로 미수 역시 그리 좋지 않은 얼굴이었다. 그녀는 나희의 상태가 왜 그런지 이유를 알 것 같았지만 놀라게 하고 싶지 않아서 조심스럽게 말을 꺼냈다.

"왜, 우리가 어세 말했던 미용실 사장님 있잖니."

"네, 네."

갑자기 고민의 중심 이유인 사람이 화제로 나오자 나희가 움찔 놀랐다. 미수는 어두운 얼굴이었다.

"오늘 오전에 장 보러 갔었는데 거기서 야채가게 아주머니가 그러시더라고. 어제 오후에 미용실 사장님 교통사고로 돌아가셨다고."

"아."

"바로 저 백화점 쪽 사거리 못 미쳐서였나 봐. 응급차로 여기 실어 왔는데 늦었다고 하더라. 미용실 사장님은 잠깐 가게 잠가두고 산책 나간 거였는데 신호 안 지킨 승용차가 횡단보도에서 받았대."

나희는 눈을 깜박거렸다. 순간적으로 어제 오후에 병원 로비로 들이닥쳤던 응급차의 요란한 사이렌 소리가 뇌리를 스쳤다. 그랬구나, 그때 바로 병원 로비 건너편에서 그분이 돌아가셨던 거구나, 하고 나희는 생각했다. 비현실적인 감각이었다.

"그럼 어제 저녁 때 저한테 오셨던 분은……."

나희는 침착하게 말했지만 끝맺음은 하지 못했다. 미수 역시 침묵을 지켰다.

미수가 시장에 갔을 때 상인들은 온통 수군대고 있었다. 오랜 세월 같은 골목을 지키며 장사해 온 미용실 사장은 상인들에게 이웃을 넘어 친인척이나 다름없었다. 서로에게 그런 사이였다. 근처 가게 주인들이 삼삼오오 이야기 나누며 어두운 얼굴이었다. 미수가 단골인 야채 가게의 아주머니는 눈물을 찍어내며 미수에게 슬픈 소식을 알려주었다.

미수는 그 길로 장도 보지 않고 곧장 미용실 앞으로 갔다. 가게의 얄팍한 유리문은 걸어 닫힌 상태였고, 밑의 개구멍처럼 작은 문이 열려 있었다. 평소 고양이가 드나들던 문일 것이다. 미용실 사장은 평소 유기견이나 길고양이를 거두어 먹이고 보살피다가 입양까지 보내는 데 열성이었다.

"그래도 그 집에서 보살피던 개랑 고양이는 다 입양 보냈다고 바로 어제도 무척 좋아했어. 마지막으로 입양 간 고양이가 사고로 다리 부러진 애였어. 누가 그 고양이를 구하려다 자전거 사고로 입원해서 미용실 사장한테까지 흘러갔다고 했거든. 다행히 개까지 다 입양 갔지."

야채 가게 아주머니가 말했다.

"근데 그 양반이 오랫동안 기르던 고양이 한 마리만 가게에 남아 있었어. 어찌 될지 모르겠네."

다 큰 성묘를 과연 기꺼이 거둘 사람이 있을지 의문이라는 말이었다. 미수는 그 고양이가 어디 갔는지 잘 안다는 이야기를 굳이 하지 않았다.

"그럼 루비는 갈 곳이 없는 건가요?"

미수의 이야기를 듣던 나희가 물었다. 미수는 어깨를 으쓱했다.

"가족은 아들 하나뿐인데 해외에 있다나 봐. 아마 들어오긴 하겠지만 고양이를 데려가진 못하겠지."

나희는 얼굴이 흐려졌지만 곧 입을 꾹 말아 물었다. 마음을 결정하는 데는 1초도 걸리지 않았다. 어젯밤 루비가 원래 함께 살던 고양이처럼 느껴졌던 데는 이유가 있었다.

"그럼 차라리 다행이네요. 제가 기르면 되니까."

"……그래."

아마 미용실 사장도 그걸 바라고 나희에게 부탁한 게 아니었을까. 미수는 그런 생각이 들었지만 입을 다물었다. 나희는 어딘가 침울한 기분이 되어서 바닥을 내려다보았다. 깔끔하게 청소해 둔 바닥에 미용실 사장님의 얼굴이 그려지는 것 같았다. 그녀의 펌한 단발머리가 장례식장으로 향하는 방향으로 사라지던 마지막 뒷모습이 자꾸만 생각났다. 그래도 그 발걸음이 가벼웠던 느낌이 기억나 나희는 조금 위안이 되었다.

밤 열 시, 퇴근 시간은 꽤 늦은 편이다. 집으로 걸어오는 내내 나희는 미용실 사장에 대한 생각을 놓지 못했다. 어제도 이렇게 밝은 달 아래 사장은 연기처럼 흩어졌다. 삶은 활기차고 건강하게 지속되다가도 어느 순간 절벽처럼 꺾어지기도 한다. 사랑했던 소중한 존재의 안위를 살아서 채 챙기지도 못할 만큼 갑자기. 상냥하고 밝았던 사장의 마지막 얼굴이 자꾸 떠올랐다.

집에 온 나희는 아빠에게 별다른 말을 하지 않고 루비와 함께 방에 들어갔다. 아빠는 침울해 보이는 나희가 걱정되는 모양이었지만 자세히 말할 기분이 아니었다. 루비는 마치 이곳이 제 집이라는 걸 안다는 양 태연하게 들어와 나희의 곁에 앉았다. 나희는 루비의 회색 털을 조심조심 쓰다듬으며 물었다.

"너 주인아주머니 돌아가셨대."

야옹 하고 루비가 대답했다. 동공이 세로로 가느다란 고양이의 녹색 눈은 마치 모든 것을 아는 듯했다. 나희는 몸을 낮춰서 루비와 시선 높이를 맞췄다.

"너, 우리 집에서 살래?"

동물에게 이런 걸 묻는 건 좀 이상하다. 하지만 물어야 할 것 같았다. 루비는 갑자기 집에서 납치당해 이상한 곳으로 왔다고 생각할지도 모르니까. 알아듣든 그렇지 않든 나희는 성심을 다해 설명하고 양해를 구했다. 루비는 눈 한 번 깜박이지 않고 나희를 보다가 말이 끝나자 그녀의 무릎 위로 뛰어올랐다. 루비는 이마를 나희의 가슴에 비비고서 똬리를 틀고 앉았다.

"난 잘 모르지만 좋은 분이셨던 거 같아. 아주머니가 돌아가서서 정말 유감이야.”

나희는 진심으로 루비에게 말했다. 루비는 녹색 눈을 들어 그녀를 바라보았다. 잘 모르지만 루비 역시 동의하고 있는 것 같았다. 루비가 다시 한번 야옹 소리를 냈다. 나희는 조심스럽게 고양이의 따뜻하고 부드러운 몸을 끌어안았다.

“그래도 마지막에 내가 뭐라도 해드릴 수 있어서, 네가 무사하다는 걸 알고 가서서 다행이야.”

그녀는 속으로 중얼거렸다. 안심하세요. 제가 루비랑 같이 잘 지낼게요. 나희를 믿는다는 듯 가벼웠던 사장의 마지막 발걸음이 생각나 마음에 위안이 되었다.

# Chapter 2.

미용실 사장이 나타난 이후 나희와 미수에게는 고민거리가 생겼다. 사장은 오후 여섯 시 무렵에 이미 모습을 드러냈다. 낮 근무를 해도 나희에게 뭔가 나타난다는 이야기에 미수는 심각한 얼굴로 말했다.

"내가 말했던 옛날 알바생 있지, 걔가 얼마 전에 여행에서 돌아왔다고 연락 왔거든? 한번 와달라고 했어."

"뭐라도 물어보시려고요?"

"응. 걔가 그런 쪽으로 좀 잘 알거든."

미수의 말에 따르면 나희를 제외하고 유일하게 귀신을 본 사람이 옛날 아르바이트생 김수영이었다. 무려 10년 전에 일했던 사람이지만 이 동네에 계속 거주하는 데다 미수와 친해져서 자주 드나들며 놀러 왔다고 했다. 다만 여행을 많이 다니는 사람이라 한참씩 못 올 때도 많이 있었다. 나이는 나희보다 딱 열 살이 많은 서른이었다.

"걔는 여행 작가야. 세계 이곳저곳 여행하면서 글 써서 책 내거든. 그쪽으로는 꽤 유명한가 봐."

"와, 여행 작가요? 멋있다."

나희에게는 꽤 근사한 직업으로 들렸다. 미수가 머쓱하게 말했다.

"난 여행도 좋아하지 않고 책을 영 안 읽어서 걔 책도 읽어 본 적이 없지만 말이야."

나희도 책을 거의 안 읽는 편이었지만, 김수영이 여행 작가 라는 말에는 관심이 갔다. 어쩐지 평범한 사람과는 다를 것 같 다는 생각이 들었다. 한번 여행을 떠나면 몇 개월씩 홀로 떠돈 다는 말에 더 그런 생각이 들었다.

며칠 뒤 매점으로 김수영이 방문했다. 귀에 피어싱이 여러 개였고 손등에 문신이 보였다. 눈썹이 짙고 눈이 부리부리해서 첫눈에도 성격이 강해 보이는 사람이었다. 나희는 조금 주눅이 들어서 조심스럽게 인사했다.

"안녕하세요……."

김수영이 온다고 해서 낮에 나와 있었던 이미수가 깔깔거 렸다.

"어머, 나희 너 왜 이렇게 조심스러워. 수영이 보는 것처럼 무서운 애 아니야, 애.”

“미수 언니 또 그런다. 내가 뭐 어때서?”

김수영은 투덜거리면서 매점 의자에 앉았다. 점심시간이 끝난 직후라 손님이 썰물처럼 빠져나간 시간이었다. 점심시간 내내 기운 없이 앉아 있던 박현우도 자리로 돌아간 모양이었다. 셋은 테이블에 둘러앉아 원두커피 한 잔씩을 앞에 두고 과자 한 봉지를 뜯었다. 미수가 카운터 위에 있던 별사탕 병을 가져와서 내밀자 김수영이 웃었다.

“언니 별사탕 사랑 여전하네.”

“당연하지, 애. 아무리 화려한 사탕이 나와도 난 이게 제일 좋더라.”

“아유, 난 과자 주세요.”

별사탕을 카운터로 돌려놓고 미수가 가져온 건 감자칩이었다. 짭짤한 감자칩을 집어먹으며 김수영이 입을 삐죽였다.

“난 쿠키가 더 좋은데.”

“으이구, 알았다. 하여간 까다로워서는.”

“아니 뭐, 하나 더 가져올 것까지는 없고.”

김수영의 말이 끝나기도 전에 미수가 작은 쿠키 박스 하나를 가져와 뜯었다. 그러지 말라는 말과는 달리 수영은 재빨리 쿠키 봉지를 뜯어 커피와 함께 입에 넣었다. 쌉싸름한 커피에 녹아드는 초코칩 쿠키의 맛에 그녀의 얼굴이 만족스러워졌다.

"난 비싼 베이커리 수제 쿠키보다 이런 공장 쿠키가 더 맛있더라."

"저도 그래요. 건조해서 바스러지는 쿠키 가루랑 딱딱한 초코칩이 은근히 커피랑 잘 어울려서."

"그쪽도 맛을 잘 아네."

싸구려 공장 쿠키를 좋아한다는 데서 뭔가 취향이 맞았다. 나희와 수영이 과자와 커피를 음미하는 동안 미수가 매점 손님 한 명을 응대하고 돌아왔다. 수영은 기지개를 켰다.

"아, 이제 좀 오래 한국에 있을 거라 벌써 몸이 좀 처지는 느낌이야."

김수영은 해외 여행을 오래 다닌다고 했다. 여행 작가니 당연했다. 배낭 하나 짊어지고 짧게는 두 달에서 넉 달, 길게는 반년에서 1년도 넘게 여행을 한다는 말에 나희는 혀를 내둘렀다.

"와, 피곤하지 않으세요?"

"애초에 일이기도 하지만 난 여기저기 다니는 걸 엄청 좋아하거든. 지금 안 다니면 나이 먹고서 못 다닐 거라는 불안감도 있고."

"이번에는 오래 있는다고? 어쩐 일로? 너 한국 들어와서 석 달 이상 머문 적이 없었잖아."

미수가 의아하다는 듯이 물었다. 김수영은 어깨를 으쓱했다.

"친구가 아파. 언니한테도 말한 적 있지? 희진이. 여기 위에 입원했거든."

수영은 손가락으로 위쪽을 가리켰다. 삼종합병원 입원실에 있다는 뜻인 모양이었다. 친한 친구라서 자주 면회를 올 거라며 수영은 한숨을 쉬었다. 원래도 몸이 약한 친구였는데 갑자기 악화되었다는 소식을 듣고 급히 귀국했다고 했다. 수영은 나희가 있다는 사실을 의식하고 더 이상 친구에 대한 말은 하지 않았다. 아마 미수와 둘이서라면 더 깊은 대화가 오갔을 것 같아서 나희는 자신이 불청객이 된 듯한 기분이었다.

미수가 먼저 나서서 나희의 상황을 설명했다. 벌써 세 명째 나타난 수상한 존재들에 대해서 이미 전화로 일차 사정을 전해 들었던 터라 수영은 오래지 않아 고개를 끄덕였다.

"나 일할 때랑 비슷하네. 오후 시간, 정확히는 일몰 무렵부터 밤까지 나왔었어. 해가 지는 시각부터 나오는 것 같더라고."

"너 그렇게 자주 나온다는 말은 안했잖아?"

미수가 의심스럽다는 듯이 물었지만 수영은 어깨를 으쓱하면서 쿠키를 하나 더 입에 넣었다.

"몇 번 말했잖아. 굳이 계속 투덜댈 필요야 있겠어?"

"그럼 너 일할 때도 이삼 일에 한 번은 나왔어?"

"그럴 때도 있고 더 자주도 있었고. 나도 부탁 소소한 거 몇 개 들어줬는데 뭐 익숙해지면 그리 나쁜 일도 아냐."

수영은 커피를 호로록 마셨다. 매우 태연한 태도라 다른 두 사람의 고민이 무색했다. 나쁜 일은 아닌가? 하고 나희는 속으로 생각했다. 사실 미용실 사장님의 부탁을 들어준 일은 내심 잘했다고 여기던 터였다. 그저 그 작은 문 하나 열어줬을 뿐이다. 갑작스럽게 고양이를 입양하게 되었지만, 창졸간에 세상을 떠나게 된 사람의 마음이 편해졌다면 좋은 일이다. 루비는 마치 원래 나희네 집 고양이였던 것처럼 천연덕스럽게 집에 적응했다. 나희도 아빠도 루비가 집에 온 것이 매우 반갑고 기뻤다. 애초에 반려동물을 입양하려던 타이밍이었기 때문이었다. 수영은 루비의 이야기를 듣고 고개를 끄덕였다.

"고양이들은 원래 죽은 사람을 잘 봐서 특별한 일도 아닐걸. 아마 그 미용실 사장님이랑 작별 인사도 했을 거야."

"왜 사장님은 그냥 루비 이야기를 저한테 하지 않았을까요? 그럼 제가 알아듣기 더 쉬웠을 텐데."

나희의 말에 수영은 고개를 저었다.

"사람들은 죽는 순간 마음을 꽉 잡고 있던 한 가지만 기억해. 죽음의 충격이 너무 크기 때문에 진짜 원하는 바는 제대로 기억하지 못하는 거지. 그 사장님의 경우엔 고양이가 마음 쓰여서 작은 문을 열고 다른 주인을 찾게 해야 한다고 생각했지만, 죽은 이후에는 '문을 열어야 한다'만 생각났던 거야. 아마 그거 외엔 물어도 몰랐을걸?"

"그러고 보니……."

나희가 문을 열었다고, 루비를 무사히 데리고 있다고 전한 순간 미용실 사장은 루비가 그제야 떠오른 듯한 얼굴을 했다. 수영은 머리 뒤에 깍지를 끼고 천장을 보았다.

"그 고양이도 네가 사장님 부탁을 들어줘서 작별 인사를 할 수 있었을 거야. 사장님은 그전까지 제대로 기억하지 못했을 테니까."

"그렇게 말씀하시니 뭔가 보람찬 거 같아요."

"뭐 일단 고양이랑 사장님 마음은 편했겠지?"

미수는 고개를 갸웃거렸다.

"그럼 그런 거 못 이루면 저승에 못 간다거나 그런 거야? 아니면 뭐 옛날이야기처럼 지옥에 간다든가. 왜 드라마나 소설에 그런 거 나오잖아. 저승사자가 데려갈 때 이런저런 거 따져서 데려가고. 너네가 그런 한을 풀어줘서 막 극락에 가게 되고 그런 거 아냐?"

"그걸 내가 어떻게 알겠어? 죽어본 것도 아니고."

미수의 은근한 기대에 찬 물음에 수영은 심플하게 대답했다.

"죽는 건 그냥 죽는 거야. 뭐가 있긴 있겠지만 직접 겪기 전엔 모르지."

수영에게 뭔가 더 근사한 이야기가 숨겨져 있을 줄 알았던 미수와 나희는 좀 실망해서 얼굴을 마주 보았다. 그래도 나희는 수영의 이야기가 마음에 들었다. 죽음 뒤의 세계는 모르지만 여기서 같이 살던 사람들이 이 세상을 완전히 떠나기 전, 마음에 걸리는 사소한 부탁들을 들어줄 수 있다는 것.

"그나저나 너 나가고 나서 별일 없었는데 왜 나희는 또 그런 걸 본다니. 내 눈에는 도통 보이질 않는데."

미수가 투덜거리자 수영은 코웃음 쳤다.

"아무나 보는 건 아니라구요, 언니. 여기 터가 세기도 하지만 원래 보던 사람들이 보는 거야."

"원래 보던 사람들? 나희 너도 전에 봤었어?"

미수가 놀라서 나희를 돌아보았다. 수영은 당연하다는 듯 고개를 끄덕였다.

"이건 타고나는 거야. 그쪽도 어릴 때부터 쭉 봤지?"

대답하기 곤란한 질문이었다. 나희는 그렇다고도 아니라고도 할 수 없는 난감한 심정으로 어깨를 늘어뜨렸다.

매점 안으로 손님이 들어왔다. 나희가 익숙한 병원 행정실 직원 고순영이었다. 그녀는 당연하게도 매점 사장인 이미수와 매우 친했고 심지어 김수영과도 알았다. 수다쟁이 손님의 출현에 셋은 약속한 것처럼 입을 딱 닫고 활짝 웃었다. 죽은 사람에 관련한 이야기를 마구잡이로 털어놓을 수는 없었다.

"어머, 순영 씨, 오랜만이야!"

고순영과 거의 동년배인 이미수는 오랜만에 만난 친구처럼 즐거워했다. 주간 근무를 할 때는 둘이 붙어서면 10분 20분은 기본으로 수다를 떨었는데 미수가 야간 근무로 옮기고부터 그럴 수가 없었다. 고순영도 싱글벙글하면서 미수의 손을 잡았다.

"근데 얼굴이 좀 안 좋아 보이네?"

미수는 고개를 갸웃하면서 고순영을 들여다보았다. 사람 좋게 활짝 웃고는 있었지만, 과연 고순영은 얼굴이 꺼칠했다. 지금 고등학생인 둘째 아들이 우울해한다면서 고순영은 힘없이 고개를 흔들었다.

"아들 삼화고등학교 다니지? 지금 3학년?"

"응. 근데 우리 연석이가 친구들이랑 예전에 트러블이 있었거든. 지금은 나아졌는데도 애가 우울해하네."

고순영은 변명처럼 말했다. 미수는 어깨를 으쓱하며 쾌활하게 말했다.

"뭐, 10대 애들이야 친구들하고 별문제 없는 애가 없지 않겠어? 특별한 거 아니면 괜찮을 거야."

그렇지, 하면서 고순영은 고개를 끄덕이고 이내 화제를 돌렸다. 미수가 완전히 고순영과의 수다에 빠진 탓에, 셋의 죽은 자에 대한 이야기는 잠시 중단될 수밖에 없었다.

사실 나희가 죽은 사람을 본 것은 처음이 아니었다. 아주

오래전 초등학교에 다닐 때쯤에는 자주 보았다. 아직 엄마가 살아 있을 적이었다. 나희는 엄마와 손을 잡고 시장에 다녀오다가 골목 어귀에 앉아 있는 이떤 아저씨를 봤던 것을 기억했다. 아마 아홉 살쯤이었을까. 어렸던 나희는 엄마의 손을 잡아끌면서 손가락으로 그 아저씨를 가리켰다.

"엄마, 저 아저씨 바닥에 이상하게 앉아 있어."

어린아이의 눈에도 확실히 그 남자의 자세가 이상했다. 그는 고개를 기묘한 각도로 꺾은 채 담벼락에 기대 있었다. 보통이라면 하지 않을 자세였다. 사실 그의 자세는 멀쩡한 목뼈로는 꺾을 수 없는 각도였다. 엄마는 아저씨 쪽을 한번 봤다가 나희 쪽을 내려다보았다. 엄마의 표정이 이상했다. 나희는 기울어가는 저녁 햇빛에 역광으로 그림자 진 엄마의 얼굴을 확실히볼 수 없었다. 골목 전체가 붉게 물들어 있었다.

"나희야. 저 아저씨 확실히 보여?"

"응. 저기 벽에 기대앉은 아저씨."

"뭐 입고 있어?"

"까만 티셔츠랑 청바지."

엄마는 나희의 앞에 쪼그려 앉았다. 벽락에 기댄 아저씨와 나희 사이를 가려서 딸의 시야를 차단했다.

"여전히 보이는구나."

엄마는 혼잣말로 중얼거렸다. 나희는 이미 말을 하기 시작할 때부터 이상한 것들을 보았다. 친구들에게 그런 이야기를 하면 돌아오는 것은 따돌림이라 어린 나이에도 나희는 그런 말을 잘 하지 않았다. 엄마와 아빠에게는 솔직히 말했지만 그럴 때면 아빠가 어두운 얼굴이 되었다. 엄마는 비교적 평온했다.

"나희야, 땅을 봐야지."

엄마가 타이르듯 말했다. 항상 엄마가 가르쳐 준 대로 나희는 이상한 사람들을 보면 땅을 내려다보았다. 그러면 그사이에 그들은 없었던 것처럼 사라졌다. 나희가 고개를 푹 숙인 사이 엄마가 일어나서 아저씨 쪽으로 다가갔다. 엄마는 항상 저런 사람들과 말할 때 속삭이듯 작고 부드러운 말씨를 썼다. 나희의 귀에는 잘 들리지 않았다. 아니, 들었는데 기억을 못 하는 건가? 그 시기의 기억은 애매하게 흐려져 있어서 확신할 수 없었다.

다만 그런 사람들을 만나고 난 뒤 며칠 뒤에는 엄마가 다시 그들을 찾아갔다는 건 기억했다. 나희가 궁금해서 쳐다보면 엄마는 항상 머리를 쓰다듬으며 말했다.

"나중에 어른이 되면 나희도 좋은 일 해야 해. 힘든 사람들을 도와주는 건 항상 좋은 일이란다."

"그럼 그 사람들은 힘든 거예요?"

"응. 그 사람들은 아직 해결하지 못한 문제가 있어서 우리 눈에 보이는 거거든. 그걸 해결해 주면 가벼운 걸음으로 가야 할 곳에 간단다."

하지만 나이를 더 먹어서 어른이 되기 전에는 그들을 정면으로 보지 말라고 엄마가 이야기했다. 나희는 어린 나이에도 엄마의 말을 꼭 지키려고 애썼다. 덕분에 초등학교 시절 동네 친구들은 나희를 언제나 '바닥만 보는 아이'로 기억했다. 열세 살 때 엄마가 암으로 죽은 뒤에는 그럴 필요도 없었다. 그 이후로는 이상한 것들이 아예 보이지 않았기 때문이었다. 아빠는 그것을 몹시 다행으로 여겼다. 나희는 이제 그런 걸 보지 않으니까 엄마처럼 시름시름 앓다가 이르게 떠나지 않아도 될 거라며 안도했다. 나희도 여태 그렇게 생각했다. 그리고 스물이 갓 넘은 지금, 그들은 다시 눈앞에 나타났다.

수영이 방문한 날 이후 나희는 며칠 동안 좀 멍한 상태였다. 바쁘게 일하면서도 머릿속으로는 여러 가지 생각이 많았다. 수영의 말에 따르면 죽은 사람과 산 사람을 한눈에 구분할 방법은 없다고 했다. 자세히 보면 발밑에 그림자가 없을 텐데 그나마도 눈에 잘 띄지는 않을 거라는 설명이었다. 왜냐하면 죽은 그들은 존재감이 흐려져 군중 틈에서 산 자들의 존재에 묻히기 때문이다. 매점 주변을 지나가는 많은 이들 중 누군가는 죽은 자일 수 있었다. 하지만 그것이 딱히 무섭거나 하지는 않았다. 나희가 무서운 것은 딱 하나 밤에 나타나는 할머니뿐이었지만 주간 근무 스케줄에는 볼 일이 없었다. 그 할머니에 대해 수영도 알고 있었다. "나 일할 때도 나왔었어. 보통 새벽 두 시에 나오는 사람들은 고집이 세거든"이라는 말이 다였지만.

종일 바쁜 손님맞이가 끝나고 나서 해가 뉘엿하게 질 때가 되자 나희는 자기도 모르게 주문창 쪽으로 시선을 고정했다. 새로 생긴 버릇이었다. 한가한 시간이 되면 핸드폰을 켜는 게 아니라 바깥을 보게 되었다. 누가 누군지 구분도 할 수 없으면서도.

나희는 새벽에 오던 남자를 생각했다. 그는 붕대와 알코올을 찾으면서 나타났다가 사라졌다. 그녀는 잠시 화장실에 간다는 팻말을 걸어두고 병원 옆의 약국으로 가서 붕대와 소독용 알코올을 사 왔다. 그날 퇴근할 때가 되어 미수가 나왔을 때, 나희는 그것을 새벽 두 시쯤 주문창 밖에 내어놔 달라고 부탁했다.

"이걸 주문창 밖에? 그 새벽에?"

미수는 반문했지만 이내 이유를 알아챘다. 죽은 사람이 원하는 게 그뿐이라면 한번 내놔봐서 나쁠 건 없다. 그가 제대로 가져갈 수 있을지는 알 수 없었지만. 그리고 다음 날 나희는 미수에게서 메시지를 받았다.

─나희야, 그 붕대랑 알코올 내놨더니 없어졌어.

◇ ◇ ◇

패딩을 입은 남자가 다시 나타난 건 다음 날 일몰 무렵이었다.

여느 때처럼 카운터에 앉아 있던 나희는 창문 밖으로 시선을 돌렸다. 해가 지는 시간은 조금씩 늦어지고 있었다. 해는 도시의 건물들 뒤로 넘실거리며 물러났다. 보라색과 분홍색이 섞인 구름이 하늘에 수채화를 그려냈다. 이 시간의 하늘은 언제나 다르고 아름다워 볼 맛이 났다.

그때 나희의 눈이 반짝 빛났다. 놀라서 벌떡 일어나는 바람에 의자가 뒤로 끼긱대면서 거칠게 밀렸다. 창문 저 너머로 멀찍이 밤에 보았던 그 패딩 차림의 남자가 나타났기 때문이었다. 남자의 발치에는 과연 그림자가 보이지 않았다. 다른 이들이 모두 기다란 저녁 그림자를 드리우며 걷는 가운데 꽤 이질감이 드는 광경이었다.

그가 매점 쪽으로 다가와 나희는 얼른 주문창을 열었다. 남자가 뭐라 말을 꺼내기 전에 나희가 재빨리 말했다.

"붕대랑 알코올, 잘 가져가셨어요? 필요한 데 쓰셨나요?"

선수를 빼앗긴 남자는 어리둥절한 표정으로 눈을 껌벅거렸다.

"제가 붕대랑 알코올 가져간 거 어떻게 아셨어요?"

남자는 매점에 왔던 사실도 나희의 존재도 기억하지 못했다. 지난밤 붕대와 알코올을 손에 넣어 마음이 편해졌다는 사실만 알고 있었다. 죽은 사람들의 기억 구조는 산 사람들이 다 알 수 없다고 수영이 그랬었다. 어떤 이는 좀 더 잘 기억하고 어떤 이는 아예 모든 걸 다 잊고 어떤 이는 잊었다가 생각해 내기도 한다고. 하지만 영 아무것도 기억하지 못하는 남자를 보자 나희는 조금 심술이 나서 일부러 말했다.

"그거 제가 드린 거였어요. 어젯밤에 잘 가져가셨다고 이야기를 들어서요."

"아, 세상에, 그랬군요. 그렇지 않아도 물건만 있고 돈 드릴 곳이 없어서 어젯밤에 제가 당황했는데."

남자가 값을 치르려는 듯 지갑을 찾았지만 곧 허둥대기 시작했다. 지갑이 없는 모양이었다. 그가 속주머니며 바지 주머니까지 이 잡듯 뒤지는 것을 보던 나희가 웃으며 손을 내저었다.

"괜찮아요. 그냥 두세요."

"네? 아, 정말로요? 하지만……."

"진짜 괜찮아요. 필요한 거잖아요."

나희는 속으로 그것이 저 남자의 소원이었던 게 아닐까 짐작했다. 사실 그게 소원이었다고 한다면 왜 남자가 어젯밤 떠나지 않고 오늘 또 온 건지는 아리송했지만, 죽은 자의 사정을 다 알 수는 없는 노릇이었다. 나희와 비슷한 또래거나 몇 살 위로 보이는 남자는 아직 죽기에 너무 젊어 보였다. 하지만 반드시 순서대로 세상을 떠나는 것은 아니다. 어떤 사정이 있을지는 몰랐다.

"왜 핸드폰도 없는지 모르겠네요. 어디에다 두고 온 거지?"

민망한 얼굴로 좀 더 주머니를 뒤지던 남자는 아무것도 나오지 않자 더욱 머쓱한 얼굴이 되어서 뺨을 긁었다. 그는 갑자기 펜과 종이를 달라고 해서 뭔가를 써서 돌려주었다. 나희는 메모지에 적힌 윤성우라는 이름과 핸드폰 번호를 확인하고 눈을 동그랗게 떴다.

"저, 제가 꼭 나중에 돈 드릴게요. 연락 주세요."

그는 어색하게 웃었다. 나희는 마치 평범한 사람처럼 행동하는 그의 모습이 신기하고 재미있어서 마주 웃었다. 본인은 자신의 처지를 깨닫지 못하고 있는 모양이지만 나중에 돈을 주기는커녕 아마 며칠 내로 사라질 것이 뻔했다. 그러기를 바라고 나희가 붕대와 알코올을 준비했으니까.

그때 갑자기 윤성우의 어깨를 밀치고 한 중년 남성이 주문창에 얼굴을 들이밀었다.

"저기, 아가씨."

"네, 네?"

"내가 뭐를 잊고 와서 말이야. 부탁 좀 하려고 하는데."

힘없이 밀쳐진 윤성우는 얼빠진 얼굴로 중년 남성을 바라보았다. 어지간한 사람이면 신경질이라도 낼 텐데 어리둥절한 표정으로 밀려난 꼴을 보니 귀엽기까지 했다. 나희는 웃음을 참고 상냥하게 대답했다.

"뭘 말씀이세요?"

"내가 오늘 꼭 집에 가져가야 하는데 그걸 놓고 왔어."

영문을 알 수 없는 소리였다. 수영의 말대로 죽은 사람들은 그 순간 뇌리를 사로잡은 한 가지에 지나치게 집착하는 게 분명했다. 앞뒤를 다 잘라먹고 부탁하는 말이 답답했다. 중년 남자는 꽤 다급한 표정이라 나희는 천천히 다시 물었다.

"잘 생각해 보세요. 뭘 가져가셔야 하는데요?"

"음……."

중년 남자는 잠시 고민하다가 그제야 기억이 났는지 외쳤다.

"아, 회사 사무실 책상 밑에 둔 쇼핑백 말이야. 당연하지 않나."

"쇼핑백이요?"

"그래. 당연한 걸 묻고 있어. 그거 왜, 파란색 쇼핑백 안에 검은 비닐봉지 들은 거 말이야."

나희가 당연히 알아야 할 걸 굳이 묻는다는 듯한 말투였다. 어쩐지 멍청이 취급을 받는 것 같은 데다 처음부터 말투 자체도 하대하는 느낌이 강했다. 나희는 못마땅했지만 꾹 참았다. 저 사람은 지금 아예 살아생전 기억이 나지 않는 상황이니 나희가 참는 도리밖에 없었다.

"회사면 손님이 다니던 곳 말씀이시죠? 거기가 어딘데요?"

"그게 말이지."

남성은 다시 고민에 빠졌다. 좀 귀찮아져서 나희는 주문창 아래쪽 선반을 슬쩍 보았다. 여전히 노을이 남아 있었지만 과연 예상대로 중년 남성의 그림자는 존재하지 않았다. 이왕 대화까지 했으니 부탁을 받는 게 나을 거 같았다. 중년 남성은 거슬리고 성가시긴 해도 나쁜 사람 같지는 않았다.

"정확히 말씀해 주세요. 회사가 어디인지."

"잠깐만 있어 봐. 생각하고 있잖아."

얼굴을 찡그리고 고민 중인 중년 남자의 곁에서 윤성우가 어깨를 톡톡 두드렸다. 남자는 눈썹을 잔뜩 찌푸린 채 윤성우를 돌아보았다.

"혹시 명함 가지고 계시지 않을까요? 거기 회사 주소 있을 텐데."

윤성우의 말에 나희와 중년 남자 모두 오오, 하는 감탄사를 뱉었다. 과연 맞는 말이었다. 중년 남성은 얼른 주머니를 뒤져 지갑에서 명함을 빼냈다. 명함에는 '대일코퍼레이션 대표이사 오수형'이라고 적혀 있었다. 회사 홈페이지와 이메일 주소, 전화번호도 함께였다. 천만다행으로 주머니에 지갑도 명함도 그대로 있었다. 아마 저걸 다 몸에 지닌 채로 죽었던 모양이었다.

"청년, 자네 영리하군."

오수형은 성우를 보고 감탄했다. 그사이 나희는 명함을 자세히 살펴 주소를 확인했다. 다행히도 그리 멀지 않은 곳이라 버스를 타고 20분 정도만 가면 되는 위치였다. 그래도 밤 열 시 퇴근하고 갈 수는 없는 곳이라서 나희는 속으로 좀 불평한 다음 말했다.

"제가 밤에는 못 가고요. 낮에 가야 하는데 주말밖에 시간이 안 나요. 모레 토요일에 가서 가지고 올게요. 댁에 가져다 드리면 되는 거죠?"

자택 주소를 물으려고 고개를 들었을 때 주문창 밖은 휑하니 비어 있었다. 나희는 당황해서 창밖으로 고개를 내밀고 이리저리 둘러봤지만 두 사람 모두 흔적이 없었다. 대체 무슨 기준으로 나타나고 사라지는 건지 모를 일이었다.

뒤에서 인기척이 들려 나희는 재빨리 카운터로 돌아섰다. 손님의 물건을 계산하는 동안 그녀의 시야에 과자를 고르고 있는 박현우의 낯익은 모습이 보였다. 그가 어쩐지 거기에서 얼마간 서성였을 것 같다는 감이 왔다. 나희는 속으로 식은땀이 흘렀다.

'미치겠네. 또 본 거 아냐?'

박현우의 입장에서는 매점 직원이 허공에 대고 헛소리하는 꼴을 두 번이나 보게 된 거였다. 이상하게 여기는 게 당연했다. 박현우가 과자를 골라서 카운터로 왔을 때 나희는 눈치를 보면서 얌전히 계산했다. 박현우는 뭔가 말하고 싶은 듯한 얼굴이었지만 이내 고개를 살짝 젓고 뒤돌아서 나갔다. 이번에는 커피도 사지 않고 테이블에 앉지도 않는 게 더 수상했다.

'완전 이상한 인간으로 찍혔겠네.'

에휴, 하고서 나희는 카운터에 엎드렸다. 손님 한 명한테 안 좋은 인상으로 낙인 찍혔다고 해도 특별히 문제될 건 없었다. 그냥 나희 속이 상할 뿐이었다.

나희는 오수형이 남기고 간 명함을 들어서 살펴보았다. 죽은 사람이 건넨 명함인데도 마치 새것처럼 말끔하게 나희의 손 안에 남아 있었다. 그녀는 빳빳한 명함 종이를 손끝으로 만지작거렸다. 죽음과 삶의 경계라는 게 참 희한했다. 완전히 막힌 것 같으면서도 아주 작은 구멍들이 있어 약간의 영향들이 오갔다.

'아저씨가 다시 나타나면 집 주소부터 물어봐야겠네.'

만약 내일도 나타나지 않아 집을 알아내지 못하면 일단 회사로 가서 쇼핑백을 가져온 뒤 그가 나타날 때까지 기다려야 할 것 같았다. 그러다 그가 나타나지 않을 수도 있지만 그건 그때 가서 생각할 일이었다.

◇ ◇ ◇

그리고 이틀 뒤인 토요일 오후, 대일코퍼레이션 앞 버스정류장에서 내린 나희는 난감한 얼굴이 되었다. 생각해 보니 회사는 토요일에 문을 열지 않고, 그렇지 않더라도 남의 사무실에 막무가내로 들어가 대표이사 물건을 달라고 하는 게 말이 안 되는 노릇이었다. 오수형이 사망한 건 사무실 사람들이 다 알고 있을 텐데 심부름을 왔다고 한들 먹힐 리가 없었다. 애초에 부탁을 받았을 때 말했어야 하는 부분인데 거기까지 생각이 미치지 않았다. 나희는 당황스러워져 푹 한숨을 쉬었다.

대일코퍼레이션은 도시 외곽 쪽으로 나가 외따로 떨어진 공장이었다. 버스를 타고 20분만 달렸을 뿐인데 마치 다른 지역 같아 보일 지경이었다. 근처에 야산과 논밭이 늘어섰고 띄엄띄엄 주택들이 보이는 동네였다. 공장 앞에는 마당 겸 주차장이 널찍했고 대문은 따로 없어 곧장 들어갈 수 있었다. 공장으로 보이는 큰 건물 옆에 사무실로 보이는 작은 건물이 보였다. 나희는 머뭇거리다가 대담하게 발을 안으로 옮겼다. 승용차 한 대가 서 있었지만 인기척은 없었다. 주말이니 당연할지도 몰랐다. 사이트를 검색했을 때 금속 공구나 자재 같은 걸 만드는 회사로 보였는데 자세히는 알 수 없었다. 나희 본인이 그 방면으로는 아는 게 전혀 없었으니까.

나희는 슬금슬금 사무실로 보이는 낮은 건물로 다가갔다. 단층 건물은 지붕 위에 먼지가 뽀얗게 앉아 있었다. 늦은 봄의 건조한 먼지바람이 마당을 쓸고 지나가며 눈에 모래가 들어간 것 같았다. 역시 괜히 왔어, 하고 불평이 나왔지만 그녀는 꾹 눌렀다. 그냥 둘러보고 안 되면 돌아가면 그만인 일이다. 덕분에 소중한 주말의 황금 같은 시간을 날리는 꼴이 되겠지만.

창문 안으로 보이는 사무실은 어둡고 조용했다. 나희는 창가에서 기웃거리면서 혹시라도 사람이 있을까 건물 안을 살폈지만 아무래도 빈 것 같았다. 남의 사무실에 무작정 침입할 수도 없으니 역시 안 되는 건가 싶었다. 오수형의 부탁은 들어주기 힘들 것 같았다.

그때 뒤에서 젊은 남성의 목소리가 들려왔다.

"저, 누구시죠?"

나희는 깜짝 놀라서 뒤돌아섰다. 그곳에는 공장에서 나온 남자 한 명이 서 있었다. 그는 빈 사무실을 기웃대는 젊은 여자가 수상한지 눈을 가늘게 뜨고 의심스러운 표정이었다.

"어떻게 오셨나요? 오늘 죄송하지만 영업일이 아닌데요."

공장 관계자인 모양이었다. 그는 사십 쯤 되는 나이에 피로해 보이는 인상이었다.

"아아, 저기 그게요. 제가 이분 말씀 때문에……."

나희는 황급히 주머니를 뒤져서 오수형의 명함을 꺼냈다.

그것을 건네자 남자의 눈빛이 한층 부드러워졌다. 하지만 그는 어딘가 지치고 슬퍼 보이기도 했다. 한동안 침묵하던 남자는 고개를 저었다.

"이거 참 일이 죄송하게 되었습니다만…… 오수형 대표님은……."

"저한테 대표님이 부탁하신 게 있어서요."

남자의 표정이 다시 험악해졌다. 죽은 오수형이 부탁했다니 더 수상할 것이다. 그가 품을 의문을 알아서 나희는 재빨리 덧붙였다.

"일주일쯤 전에요. 사무실에 있는 걸 좀 집으로 갖다달라고 하셔서. 시간이 없어서 제가 좀 늦게 왔네요."

"아, 일주일 전에요. 그런데 집으로요?"

남자는 고개를 끄덕이면서도 여전히 의문이 남은 얼굴이었다. 그는 고개를 갸웃했다.

"어떤 걸 가져다달라고 하시던가요?"

"책상 밑에 파란 쇼핑백이요. 안에 검은 비닐로 싼 뭐가 있다고 하시던데요."

나희는 집 근처 삼종합병원 매점에서 일하는데 며칠 전 그곳을 들렀던 오수형이 물건 전달을 부탁했다고 둘러댔다. 남자는 삼종합병원이라는 말을 듣고 잠시 눈을 깜박거리며 생각에 잠겼다. 왜 그러는지 몰라 나희가 불안하게 기다렸지만 곧 남자는 고개를 끄덕였다.

"파란 쇼핑백이라. 그럼 한번 찾아보죠."

그는 열쇠로 사무실 문을 열고 들어섰다. 조용하고 빈 건물 안은 약간 싸늘할 정도의 온도였다. 파티션으로 이곳저곳 가려진 내부는 작은 편이라 한눈에 보였다. 작은 사무실이라서 가장 안쪽 책상 위에 놓인 명패를 발견하는 건 금방이었다. '대표이사 오수형'이라는 글자가 반가웠다.

"이거 말씀하시는 건가 보네요."

남자가 몸을 숙여서 쇼핑백을 들어올렸다.

"어유, 이거 꽤 무거운데요."

그는 고개를 저으면서 파란 쇼핑백을 책상 위에 올려두었다. 안을 보니 정말로 검은 비닐에 감싼 밀폐용기가 몇 개 있었는데 액체가 들어 있는지 묵직했다. 조용한 사무실 안에 비닐 바스락거리는 소리만 울려 퍼졌다. 남자는 고개를 갸웃거렸지만 일단 열지 않고 나희에게 그것을 건넸다. 나희는 쇼핑백을 받아들다가 휘청거렸다.

"생각보다 엄청 무겁네요."

어쩌지 싶어서 나희는 난처해졌다. 여기서 집까지는 버스를 타고 20여 분. 하지만 정류장에서 10분은 걸어서 들어가야 했다.

"제가 그럼 대신 가지고 가겠습니다. 어차피 저희 아버지 집이라서요."

“아, 그럼…….”

“예. 제가 오수형 대표님 아들입니다. 오종훈이라고 합니다.”

나희가 명함을 가지고 있었던 데다가 쇼핑백까지 그녀의 말 그대로 있자 그는 완전히 의심을 거둔 듯했다. 무거운 건 둘째 치고 오수형의 집 주소를 몰랐던 나희는 잘됐다 싶어서 얼른 오종훈에게 쇼핑백을 건넸다. 인사하고 돌아 나오면서 나희는 그제야 오종훈이 검은 양복을 입고 있다는 사실을 깨달았다.

다음 날 나희는 계속 오수형을 기다렸다. 그가 나타나면 기쁘게 그의 아들이 쇼핑백을 집에 가지고 갔다는 말을 해줄 수 있기 때문이었다. 하지만 그 대신 나타난 것은 그의 아들인 오종훈이었다. 거의 나희의 퇴근시간 가까이 되어 갑자기 매점 주문창 쪽에 불쑥 나타난 그를 보고 나희는 눈을 크게 떴다. 얼른 창을 열고 반갑게 인사하자 그가 간신히 미소를 지었다.

“어머나, 어떻게 오셨어요?”

“안녕하세요.”

오종훈은 여전히 검은 양복 차림이었다. 그는 이마를 긁다가 침울하게 말했다.

“놀라시겠지만 다름이 아니라 저희 아버지께서 며칠 전 돌아가서서요. 아마 여기에 부탁하시고서 하루 이틀 지나서인 것 같네요."

"그러시구나."

이미 알고 있던 사항이라 태연하게 답했지만 나희는 곧 이 상하게 보일까봐 얼른 덧붙였다.

"저런, 세상에. 돌아가셨다고요. 상심이 크셨겠어요."

본인이 들어도 삐걱대는 대사였다. 하지만 오종훈은 자기 생각에 빠져서인지 나희에게 신경 쓸 겨를이 없는 것 같았다. 낯빛이 매우 좋지 않은 채 그는 원두커피를 한 잔 사서 입에 물었다. 잠시 커피컵을 들고 고민하던 그가 입을 열었다.

"다름이 아니라 뭐 좀 여쭐 게 있어서 왔어요. 어제 그 쇼핑 백 말씀입니다. 혹시 그게 어디서 산 건지 아버지께서 말씀하셨던 게 있을까요?"

난처한 질문이었다. 오수형은 내용물에 대해서는 한마디도 하지 않았다. 나희는 고개를 저었다.

"그런 건 말씀하지 않으셨어요. 왜 그러시는지 여쭤 봐도 될 까요?"

"사실 그게 고깃국이더라고요. 근데 사무실에서 벌써 며칠 이 지나고 나니까 상해서 냄새가 너무 심하더군요. 아마 어머 니께 드리려고 사두신 것 같은데요."

"아이고, 저런."

오종훈은 느리게 사망하던 날 아버지의 행적에 대해 설명했다. 오수형은 집에 있는 아내가 먹고 싶어 할 만한 음식을 가끔 사서 가져갔다. 공장도 접을 예정으로 일도 없었으니 오전에 고깃국을 사다가 발치에 놓아두었다. 남은 정리만 일찍 마치고서 곧장 그걸 들고 집으로 향할 예정이었다.

귀가를 위해 옷을 모두 입고 일어서던 순간 어지럼증과 함께 쓰러진 그는 다시 일어서지 못했다. 아마 남은 직원이 한 명이라도 있었다면 좀 더 일찍 병원으로 가서 살 수 있었을지 모른다. 하지만 회사 경영 상태가 좋지 않아 오수형은 마지막 직원 한 명까지 모두 내보낸 상태였다. 그는 쓰러진 채 한나절이 넘게 방치되어 있었다. 뒤늦게 이웃 공장 사장이 와서 발견하고 응급차를 불렀다.

여기 삼종합병원에서 장례를 치렀다며 오종훈은 피곤한 얼굴을 했다.

"연세가 아직 일흔도 안 되셔서 벌써 이런 일이 생길 줄은 상상도 하지 못했네요."

아아 저런, 하고 나희는 입을 다물었다. 죽음은 참 다양한 형태로 불시에 찾아온다. 아마 사람의 숫자만큼 죽음의 가짓수도 많을 것이다. 누구나 자기 몫의 죽음을 목에 건 채 타고나는 법이다.

말할 상대가 필요했던 것인지 오종훈은 두서없는 이야기를 늘어놓았다.

"사실 어제는 아버지 공장을 정리하던 참이었어요. 애초에 이제 거의 접으려던 곳이었으니 제가 청소해서 매매하려고 했거든요. 사실 어머니를 돌봐드려야 하는데 너무 답답해서 잠깐 쉴 겸 겸사겸사 가봤던 것이라."

"그러셨군요. 그래도 가족분들 계시니 잠깐 숨 돌리시는 거야 괜찮죠."

"그게 사실."

오종훈이 머뭇거렸다.

"지금 직계 가족이 저밖에 없어서요. 자식도 저 하나고. 이상하게 일이 그렇게 되었네요."

"혼자시면 힘드시겠어요."

"그것도 그런데, 실은 저희 어머니가 치매거든요."

그 말에는 나희 역시 놀랐다.

오종훈은 직장이 멀어 타지로 나가서 살고 있었다. 그사이 치매인 어머니는 아버지가 살뜰히 보살폈다. 오수형은 아들에게 신경 쓰지 말라며 손을 내저었다. 어머니가 좋아하는 것과 싫어하는 것, 무엇을 먹여야 하는지 어떻게 케어해야 하는지 모든 사항을 아버지가 알았다. 어머니는 치매에 걸린 후 식사를 자주 거부했는데 그때마다 아버지는 어머니가 좋아하는 음식을 사다가 한 입씩 넣어주고는 했다. 아마 그 고깃국도 그래서 사 온 것일 게 뻔했다.

"멀리 산다고 자주 들여다보지도 못해서 어머니에 대해 잘 몰라요."

오종훈의 말투는 어딘가 변명처럼 들렸다. 생판 처음 본 남인 나희에게 하지 않아도 되는 말이었지만 그는 해야 하는 말인 것처럼 굴었다.

"그런데 오랜만에 뵈니까 어머니가 너무 마르셔서……. 뭐라도 드셔야 하는데, 아무것도 넘기려고 안 하시더라고요."

1년이 넘는 기간 동안 보지 못한 어머니는 비쩍 말라 있었다. 그나마도 아버지가 신경 써서 한 술 한 술 밥을 넘기도록 애쓴 덕에 건강이 유지되는 상황이었다. 아버지가 집에 들어오지 않자 어머니는 아예 식탁 앞에 앉기를 거부했다. 어린아이처럼 떼쓰고 발로 아들을 걷어차면서 어머니는 아버지를 데려오라고 소리 질렀다. 그녀는 아들을 알아보지 못했다.

"고민이네요. 뭘 드려야 한 입이라도 드실지."

오종훈은 깊이 한숨을 쉬었다. 과연 출구가 없어 보여서 나희도 연민에 찬 시선으로 그를 바라보았다. 내 삶이 바쁘면 부모에게 관심을 두지 못하는 일은 비일비재하다. 누구나 그럴 것이다. 아마 오종훈도 타지에서 먹고살기 위해 아등바등 지냈으리라. 어두운 밤하늘 아래 오종훈의 얼굴에 그늘이 졌다.

그녀의 시야에 의외의 얼굴이 잡혔다. 나희는 갑자기 오종훈의 어깨 뒤로 나타난 오수형의 얼굴에 눈을 깜박거렸다. 헛것을 보나 싶을 정도였다. 오수형은 손짓 발짓을 하면서 뭔가 전하려고 했지만, 앞의 오종훈에 가려서 잘 보이지도 들리지도 않았다. 오수형이 팔을 흔들며 펄쩍펄쩍 뛰기까지 해도 소용이 없었다. 나희는 한참이나 그를 보려고 노력했지만 오종훈의 키가 커서 까치발을 들어도 오수형의 손짓이 보일까 말까였다. 잠시 후 그녀는 앞에 선 오종훈이 이상한 시선으로 자신을 보고 있다는 사실을 깨달았다. 나희는 부자연스럽게 높은 소리로 웃었다.

"어, 어머나. 저, 저 뒤에 예쁜 강아지가 지나가서요."

오종훈이 의아한 시선으로 뒤를 돌아보았지만 지나다니는 건 사람들뿐이었다. 나희는 한 방향을 가리켰다.

"저기 저쪽으로 간 거 같은데 안 보이세요?"

오종훈은 나희의 손가락을 따라 멀찍이 몸을 기울였다. 그 사이에 오수형은 재빨리 자기 핸드폰을 가리켰다. 그리고 입 모양으로 반복적으로 뭔가를 외쳤다.

'미미? 릴리? 인기? 일기?'

아, 일기! 나희는 내심 무릎을 쳤다. 과연 오수형이 일기를 썼다면 거기에 남겨져 있을 것이다. 오종훈은 고개를 갸웃거리며 다시 시선을 나희에게 돌렸다.

"없는데요. 제가 못 찾았나 봅니다."

“그러게요. 정말 예뻤는데. 그보다 저, 아버님의 그…… 고 깃국이요.”

“예. 혹시 뭐라도 말씀하신 게 있나요?”

오종훈이 눈을 빛냈지만, 곧 나희가 말한 일기라는 단어에 고개를 저었다.

“저희 아버지는 손으로 뭐 쓰는 걸 너무 싫어하셔서요. 글 씨체가 엉망이라 글씨 쓰기를 꺼리셨어요. 노트 같은 건 옆에 다 두지도 않으셨습니다. 아마 가능성은 없을 것 같아요.”

그는 쓰게 웃었다. 나희는 잠시 고민에 잠겼다가 문득 오수 형이 핸드폰을 가리키던 것을 떠올렸다.

“그럼 핸드폰으로 일기 쓰셨을 가능성은 없나요?”

“핸드폰이요?”

“네. 요새는 블로그 같은 것도 많이들 하시잖아요. 특히 환 자 케어하는 분들은 일종의 투병일기처럼 남기는 경우도 많아 서. 저희 매점에 오시는 보호자분들도 그렇게 많이 하시더라구 요.”

순간 오종훈의 얼굴이 밝아졌다.

“그거라면 가능성이 있을 것 같네요. 어머니 상태를 꼼꼼하 게 체크한다고 말씀하신 적도 있고 해서.”

곧 오종훈은 아버지 휴대폰을 다시 들여다보겠다며 허둥지 둥 멀어졌다. 오수형 역시 어느새 자취를 감춘 지 오래였다.

◇ ◇ ◇

그날 이미수가 조금 일찍 왔다. 김수영이 친구 병문안 겸 들른다고 했다며, 야식이라도 같이 먹으려 한다고 했다. 최근 수영은 친구 때문인지 매점 방문이 잦았다. 미수는 재고 정리를 하며 수다를 떨었다.

"그래서 그 아들이란 사람은 블로그 있나 조사해 보기로 한 거야?"

"네. 만약 그 어머님이 잘 드시던 게 있으면 분명히 적어놓으셨을 거예요."

날은 이미 저문 지 오래였지만 밖에는 별다른 인기척이 없었다. 나희는 빨리 퇴근해서 아빠와 루비를 보러 달려가고 싶기도 했고, 반대로 오수형이 언제쯤 나타날까 궁금하기도 했다. 미수는 고개를 갸웃거렸다.

"되게 사이가 좋은 부부셨나 보다."

"그렇죠? 좀 부러워요."

아마 나희네 부모님도 나이를 먹었다면 그랬을 것이다. 하지만 엄마는 너무 빨리 세상을 떠났고 아빠는 홀로 남아서 나희를 키웠다. 엄마가 조금 더 건강했다면, 더 오래 살았다면 얼마나 좋았을까 언제나 상상하곤 했다. 아빠는 나희에게 충분한 사랑을 주었지만 셋이 함께했을 현재와 미래가 궁금한 건 어쩔 수 없었다.

미수는 반대로 얼굴을 절레절레 흔들었다.

"난 사실 잘 가늠이 되질 않네. 우리 부모님은 사이가 나빴거든. 그거 보고 내가 결혼을 안 하겠다고 결심할 정도로."

"그러셨구나. 그런데 사장님 뭔가 되게 화목한 집안에서 자라셨을 거 같은데."

나희는 고개를 갸우뚱했다. 미수는 활달하고 명랑한 성격이어서 50이 넘었는데도 젊은 사람처럼 느껴졌다. 그늘이 없는 것처럼 느껴지는 그녀가 불화 있는 가정에서 자랐다니 의외였다. 미수는 껄껄 웃었다.

"내가 무슨 스물 몇 살도 아니고 사이 나쁜 부모님 밑에서 자란 게 지금까지 티 날 정도면 나이 헛먹은 거지."

하긴, 하면서 나희는 머리를 긁적였다. 나희와 마치 친구처럼 지내지만 저래 보여도 이미수는 산전수전 다 겪은 베테랑 50대 여성이었다. 이미 10대 후반에 돈을 벌기 시작해서 20대에 자기 장사를 시작했고, 서른 중반에는 사업도 할 만큼 하고 돈도 모을 만큼 모아서 여기 매점을 시작했다고 했다. 편하게 너무 아등바등하지 않고 작게 벌어 조금 먹고살기 위해서. 실제로도 미수는 딱히 돈벌이에 치중하지 않았다. 일하는 직원들에게도 돈을 넉넉히 줬고 먹을거리에 대한 인심도 좋았다. 나희처럼 갓 스물이 된 어린 나이의 마음가짐과는 차원이 다를 것이다.

"그런데 사실 나희야. 어린 시절에 부모님이 사이가 나빴던 건 지금까지도 가끔 생각이 난다? 웃기는 일이지. 벌써 한 40년 가까이 지난 일인데 말이야."

미수는 콧노래의 흥얼거림에 섞어서 이야기했다. 나희는 이해할 수 있었다.

"그럴 거 같아요. 웃기지도 이상하지도 않아요."

40년의 세월에 비할 바는 아니라도 나희의 엄마가 죽은 지도 벌써 7년이 넘게 지났다. 하지만 어린 시절 엄마와의 추억은 조금도 흐려지지 않고 생생했다. 이제 그 시절을 떠올릴 때마다 울지는 않지만, 그래도 그 기억을 마주하면 가슴이 먹먹해졌다. 40년이 지난다고 해서 이 감정이 사라질 거라고는 생각할 수 없었다.

"나희는 참 성숙해. 분명히 너희 어머니도 네가 이렇게 자란 거 좋아하실 거야."

"언제는 오지랖 넓다고 하셔놓고는?"

"오지랖 넓은 건 사실이지. 그래서 이번에도 그 아저씨 부탁을 들어준 거 아니겠어?"

"앞으로는 좀 가려서 들어줘야겠어요. 사무실 가서 쇼핑백 가져오려니 되게 난감하더라고요."

그때 매점으로 낯익은 얼굴이 들어왔다. 미수는 그가 누군지 모르고 인사하면서 카운터로 갔지만 나희가 반갑게 맞이했다. 오종훈이었다. 아까 떠나고서 불과 삼사십여 분 만이었다.

"아, 안녕하세요. 찾으셨어요?"

"네, 네. 덕분에요. 그리고 추가로 여쭐 것이 있어서 또 왔는데……."

오종훈은 갓 찾아낸 듯한 오수형의 블로그를 가리켰다.

"여기 가을식당이라고 되어 있는데, 혹시 여기가 어딘지 아시나요?"

"가을식당요?"

어디서 많이 본 이름이었다. 나희가 눈을 깜박거리는 사이 미수가 대신 대답했다.

"그거 병원 바로 뒷골목에 있는 건데요. 걸어가면 5분? 10분? 그 정도 걸릴 거예요."

"가깝군요. 혹시 정확한 위치가 어디인가요?"

"여기 병원 끼고 오른쪽으로 꺾어지는 시장 골목 있어요. 한 100미터 쯤 걸어가면 장미미용실 있고, 그 옆에 야채 가게 있거든요. 그 바로 다음다음 건물이에요."

오종훈은 감사하다고 외치듯 말하고 바로 뛰어나갔다. 미수가 고개를 갸웃거렸다.

"가을식당은 백반집이지 고깃국 파는 가게가 아닌데 신기하네."

"맛있어요?"

"백반이 가성비가 좋아. 맛이 꽤 괜찮은데 저렴하거든. 1인에 6천 원이었던가. 아, 거기서 육수 무한리필 해주는데 그거 말하는 건가?"

미수는 다음번 주말에라도 김수영과 함께 셋이 가보자고 나희를 꼬드기기 시작했다. 평범한 한식 백반이라고는 해도 가성비가 좋다는 말에 나희도 귀가 솔깃했다. 저렴하고 맛있는 식사는 누구나 언제든 환영인 법이었다.

허둥지둥 쫓아간 가을식당의 사장은 곧 오종훈이 무엇을 말하는지 알아들었다. 자주 와서 고깃국을 사 가지고 가던 중년 남자. 막 식당 문을 닫으려던 사장은 반갑게 그를 맞이했다.

"오 사장님 아드님이세요? 며칠 전에도 고깃국 사러 오셨었는데."

"네, 네. 그거 제가 좀 사려고요."

"왜 오 사장님이 안 오시고. 무슨 일 있어요? 사장님 어디 불편하신 건 아니죠?"

"아뇨, 그게……."

오종훈은 푹 한숨을 쉬었다. 뇌졸중으로 오수형이 며칠 전

사망했다는 소식에 가을식당 사장도 깜짝 놀란 듯 입을 가렸다. 그녀는 눈을 껌벅거리다가 얼른 주방에 말해서 밀폐용기에 고깃국을 잔뜩 담아 오종훈에게 건넸다.

"저, 그럼 계산은……."

"아니에요, 됐어요. 가져가세요."

"그러실 필요 없어요. 제가 앞으로도 계속 사게 될지 모릅니다, 사장님."

"사실 이 국, 저희 가게에서 파는 거 아니고 손님들한테 서비스로 무한리필 해드리는 거예요. 그런데 오 사장님이 매번 그냥 가져갈 수 없다고 막무가내로 현금을 들이미셨죠."

가을식당 사장은 오종훈의 등을 떠밀었다.

"내가 아무리 장사를 해도 단골손님 아드님한테 이런 것까지 값을 받지는 않아요. 빨리 가서 어머니 드리세요."

얼떨결에 오종훈은 떠밀려서 가게 밖으로 나왔다. 그는 더 이상 실랑이를 하지 않고 사장에게 고개 숙여 인사한 뒤 얼른 차를 운전해 부모님의 집, 이제 어머니 혼자 남은 집으로 향했다. 어머니의 상태 때문에 오래 집을 비우기 힘들었다. 골목에 대충 차를 세우고 들어가려니 현관문을 여는 데만 한세월이었다. 치매인 어머니가 혼자 나와서 돌아다니지 않도록 잠금장치를 여럿 해두었기 때문이었다. 요즘은 잘 쓰지 않는 열쇠부터 자동 잠금장치까지 4중으로 된 문을 열며 오종훈은 흐릿하게 아버지의 인내를 느낄 수 있었다.

나갈 때 불을 다 켜두고 나가 집안은 환했다. 오종훈은 고 깃국을 식탁 위에 두고 안방으로 들어갔다. 양복과 넥타이가 갑갑했다. 그는 안방 가장 안쪽에서 벽을 보고 앉아 있는 어머니를 끌어당겨 안았다. 한때 목소리가 걸걸하고 호방했던 어머니는 이제 한 줌도 안 되는 몸이었다.

"누구세요?"

어머니는 아들도 알아보지 못했다. 오종훈은 어금니를 꽉 깨물고 웃으려고 노력했다.

"저예요, 어머니."

"아이구, 누구시지? 잘생겼네. 우리 남편 닮았네."

어머니는 웃으면서 아들의 뺨을 감싸 쥐었다. 너무 말라 주름이 잔뜩 진 어머니의 얼굴에는 희게 각질이 올라와 있었다. 아버지가 떠난 지 며칠, 그사이에 꼼꼼히 씻기고 화장품을 발라주던 손길이 사라진 흔적이 벌써 나타난 것이다. 오종훈은 어머니를 붙들고 일으켜서 식탁으로 갔다. 그는 어머니가 가장 좋아하는 식기를 꺼내고 저녁을 차렸다.

아버지의 핸드폰을 열어 찾아낸 블로그에는 치매 아내를 간호하며 겪은 일들이 쭉 기록되어 있었다. 일기와 병간호를 위한 기록이 뒤섞인 글이었다. 그리 절절한 일기도 아니었다. 오늘은 무엇을 시도했는데 잘 먹었다, 오늘은 꽃향기를 맡았는데 기억이 조금 나는 것 같았다. 오늘은 영 정신을 못 차렸다. 담백하고 평범한 일상처럼 짧게 적힌 글이었다. 거기에서 오종훈은 가을식당과 어머니가 좋아하는 식기를 찾아냈다.

어머니는 밥과 고깃국으로 식사를 했다. 거의 흘려서 오종훈이 직접 숟가락을 쥐고 입에 넣어주어야 했지만 목구멍으로 잘 넘겼다. 며칠 내내 곡기를 끊었던 어머니가 밥을 넘긴다는 자체가 감사한 일이었다. 그는 어머니의 턱을 닦아주고 설거지를 했다. 어머니는 어린애처럼 해맑게 안방 침대에 앉아 뭔가 중얼거렸다. 간혹 벽을 두드리기도 했다. 이미 밤 열한 시에 가까워 자야 할 시간이었지만 어머니는 잘 생각이 없어 보였다. 아버지라면 아마 이럴 때 어머니를 재우는 법을 알았을 것이다.

'차차 알아가야지.'

마음을 단단히 먹어야 한다. 천천히 한 걸음씩. 오종훈은 어머니를 달래 씻긴 후 침대에 눕히고 다른 방으로 들어가 누웠다. 하지만 아버지의 사망 이후 계속 그랬듯 잠은 쉽게 찾아오지 않았다.

다음 날 오종훈은 씻고 옷을 차려입었다. 아직은 다른 옷을 입을 생각이 들지 않아서 검은 양복을 일부러 골라 입었다.

오늘은 아버지의 공장에 다시 들를 생각이었다. 마저 정리한 후 매매를 위한 준비를 해야 했다. 그는 나서기 전에 어머니를 돌아보았다.

"조금만 기다리세요, 어머니. 곧 올게요."

그는 조금 망설이다가 덧붙였다.

"저랑 같이 가요."

어머니는 알아듣지 못하겠지만 말해두어야 할 것 같았다. 안방 구석에서 장에 코를 붙이고 앉아 있던 어머니는 문에 이마를 박았다. 쿵쿵대는 소리가 귀를 울렸지만 다칠 정도는 아니다. 이제 앞으로 오종훈이 감내해야 할 일들의 시작일 뿐이었다.

그는 집을 빠져나와 다시 병원으로 향했다. 도움을 주었던 매점 직원에게 마지막으로 들르려고 했다. 덕분에 어머니가 밥을 넘겼으니 감사 인사를 해야 할 것 같았다.

병원 주차장에 차를 세우고 오종훈은 매점으로 가서 주문 창을 두드렸다. 그는 이제 익숙해진 매점 직원에게 커피 한 잔을 부탁했다. 이름도 모르는 그녀는 얼른 원두커피를 컵에 따라 내밀었다. 커피향이 따뜻하고 향긋했다. 아버지가 돌아가시고 어머니는 치매로 자식을 몰라보는데도 세상이 여전히 똑같은 것 같아 오종훈은 쓴웃음이 났다.

"덕분에 가을식당에서 고깃국 사서 어머니께 드렸어요. 잘 드셨어요.”

매점 직원이 궁금한 얼굴을 하고 있어 오종훈은 선선히 말했다. 그녀는 다행이라는 듯 웃었다.

“가을식당 백반이 가성비가 좋다더라고요. 저도 나중에 가 보려고요.”

“아하, 원래 유명했나 보네요.”

“이 근방에서는 제법 그랬나 봐요. 엄청 맛집이고 그런 건 아니지만 주변 토박이 단골이 많았대요.”

“그랬군요.”

고등학교 졸업 후 이 동네를 떠나 잘 알지 못했던 사실이었다. 오종훈은 아버지의 블로그에서 띄엄띄엄 읽었던 일기들을 떠올렸다. 대체적으로 담백하고 사실만을 적은 기록이었지만, 과거의 일을 적을 때는 오수형도 그리웠던 모양이었다. 그는 가을식당을 ‘우리의’ 옛날 단골 식당이라고 칭했다. 우리라는 건 부모 두 사람을 말하는 것이리라.

“실은 가을식당이 예전부터 부모님 두 분이 같이 자주 식사하셨던 장소더군요. 저렴하고 찬이 잘 나온다고 좋아하셨던 것 같네요.”

건강하던 시절에도 어머니는 가을식당에서 무한으로 리필해 주는 고깃국을 좋아했다. 사실 고기도 없이 멀건 육수일 뿐인데 그게 입맛에 맞았던 모양이다. 즐겨 가던 식당이었지만 어머니의 치매 간병으로 집안이 기울면서 좀 더 값이 싸고 멀리 떨어진 낡은 집으로 이사 가야 했다. 멀어진 단골 식당에 치매인 아내를 데리고 가기란 불가능에 가까웠다.

"가끔 아버지가 출퇴근길에 사 가거나 하신 것 같아요. 메인 메뉴도 아니고 손님들한테 그냥 내주는 고깃국이라 가을식당 사장님이 무료로 주겠다고 하셨지만 아버지가 고집을 부려서 돈을 내셨다고 하더군요."

아내가 한 술이라도 밥을 맛있게 먹고 옛 기억을 떠올려 주기를 바라는 마음이었을 것이다. 아버지 본인도 예순을 넘어가는 마당에 기댈 곳 하나 없이 어머니를 간병했던 심정을 짐작하며 오종훈은 침울해졌다. 그는 먼 곳에서 혼자 살아남느라 부모님을 떠올릴 겨를이 없었다. 솔직히 말하면 부모님을 잊으면 더 편했기 때문에 떠올리지 않았다. 언제나 너무 바빴다고 변명했지만 그게 진짜가 아니란 것은 본인이 더 잘 알았다.

하지만 이제 더 변명하고 피할 길은 없었다. 아버지가 떠나고 이제 그와 어머니만 세상에 남았다.

"어머니를 모시고 가려고요. 같이 살아야 할 것 같아서요."

우연히 도와준 매점 직원에게 이런 것까지 말할 이유는 없었지만, 누군가에게라도 자기 다짐을 말해보고 싶었다. 오종훈은 아직 너무 어려 보이는 나희를 보면서 쓰게 웃었다. 고등학교 졸업이나 했을까? 아르바이트를 하는 모양인데 아마 아직 부모 잃는 심정을 모를 것이다. 그런 어린 학생에게 심정을 토로하는 본인도 좀 우스웠다. 나희는 조심스럽게 대답했다.

"어머님 간병이 쉽지는 않으실 것 같아요."

"어떻게든 해봐야죠. 아버지도 하셨는데 제가 못할 리가 있을까요."

오종훈은 담담하게 말했다. 하지만 나희는 그 길이 쉽지 않을 것을 잘 알았다. 선택의 여지가 없는 앞날이고 적지 않은 사람들이 걸어가야 하는 가시밭길이다. 곁에 있는 사람이 서서히 죽어갈 때 그것을 지켜보며 끝까지 붙들어야 하는 시간. 다른 이가 해줄 수 있는 건 아무것도 없는 그 시간 동안, 나희는 오종훈이 인내와 애정을 잃지 않기를 바라는 수밖에 없었다.

오종훈은 인사하고 떠났다. 타지에 사는 사람이니 장례를 끝내고 이런저런 상속 업무를 처리하고 나면 다시 이 고장에 올 일은 많지 않을 것이다. 나희는 가만히 서서 떠나는 그의 뒷모습을 지켜보았다.

퇴근 후 나희는 근처 치킨집에 들러서 닭 한 마리를 샀다. 아빠도 하루 종일 분식집에서 일하고 퇴근했을 테니 배가 고플 것이다. 나희도 그랬다. 계속 손님을 응대하는 일은 진이 빠진다.

나희는 반겨주러 나온 루비의 턱을 긁어주고 아빠와 마주 앉았다. 포장해 온 치킨 박스를 열자 황홀한 냄새가 풍겼다. 아빠는 기뻐하면서 앞접시를 가져와 나희의 앞에 놓아주었다. 루비는 어느새 식탁 위로 뛰어올라와 자리를 잡고 앉았다. 치킨 박스를 들여다보긴 했지만 입을 대지는 않은 채 그저 호기심만 보였다. 나희는 얼른 제일 맛있는 부위를 나눠서 아빠와 자신의 앞접시에 놓았다. 닭다리도 닭날개도 딱 두 개라서 두 식구가 하나씩 먹으면 된다. 아빠가 양보하지 않아도 되어서 더 좋았다. 다리살을 뜯어 먹다가 나희가 슬쩍 아빠의 눈치를 보았다.

"오늘 좀 특이한 손님이 왔었어."

"어떤 손님?"

아빠는 딸의 말에 관심을 보이며 물었다. 나희는 어떻게 말해야 잘 설명할 수 있을지 머릿속으로 정리했다. 아빠에게는 아직 죽은 사람들이 보인다는 말을 하고 싶지 않았다. 엄마가 돌아가신 이후 나희가 이제 이상한 걸 보지 않는다며 안도하고 있었으니까. 아빠는 걱정이 많은 사람이었다.

나희는 며칠에 걸쳐 있었던 일을 간략히 정리해서 들려주었다. 오수형이 나타났다는 이야기는 당연히 빼고 매점에 들렀던 상주 오종훈의 이야기부터 시작했다. 아빠는 가을식당이라는 이름이 나오자 고개를 끄덕였다.

"아, 거기 싸고 맛있지."

"아빠도 거기 갔었어?"

"물론. 거기 개업한 지 벌써 한 20년 되었을 거야. 엄마도 좋아했는걸."

예상치 않은 곳에서 엄마가 나왔다. 두 사람은 엄마 이야기를 굳이 피하지 않았지만, 어쨌든 화제가 되면 어딘지 그리운 기분이 되는 것은 막을 수 없었다. 나희는 건강하게 오래 함께 사는 것이 정말 어려운 일이라고 생각했다. 나희의 엄마는 너무 빠르게 떠나버렸고 오종훈의 어머니는 나이 예순에 치매에 걸렸다. 세상일은 어떤 방식으로든 쉽게 풀리지 않았다. 완전한 행복은 참 먼 일이다. 어쩌면 존재하지 않는 것일지도 몰랐다.

"아, 엄마 보고 싶다."

"그래."

아빠는 한숨처럼 말했다.

"그 손님 부모님이 금슬이 좋으셨다면 남은 어머님이 빨리 기력을 잃으실 수도 있겠구나. 오래 산 부부는 서로에게 의지하는 마음이 굉장히 크거든. 한 명이 세상을 떠나면 더 이상 살 의지를 가지지 못하는 경우도 많단다."

나희는 잠시 아빠를 바라봤다. 질문이 입가까지 나와서 뱅뱅 맴돌았다. 아빠도 그랬어? 라고 묻고 싶었다. 엄마가 떠났을 때 나희만 없었으면 아빠도 살지 않았을 거냐고. 하지만 아빠는 이내 그런 이야기는 하지 않은 것처럼 닭에서 살점만 발라내 루비의 입에 넣어주었다. 나희는 그런 아빠를 타박했다.

"루비 버릇 나빠진다니까 아빠. 그리고 치킨은 기름기 있잖아."

"그래도 맛있는 거 먹을 수 있을 때 먹어야지."

루비는 방해하지 말라는 듯 눈을 치뜨고서 살코기를 물고 휙 식탁 의자로 뛰어내렸다. 야무지게 고기를 먹는 루비를 보며 나희는 어쩔 수 없다며 고개를 저었다. 고양이를 데려왔더니 나희보다 아빠가 더 무르다. 하지만 루비가 열중해서 먹는 모습은 역시 귀여워서 부녀는 흐뭇하게 고양이를 한참 들여다보았다. 루비는 다 먹고서 마치 하나도 먹지 않았다는 양 태연하게 다시 식탁 위로 뛰어올라와 치킨 박스 곁에 앉았다. 배가 고프니 한 점 달라는 듯한 얼굴이었다. 어이가 없어서 나희와 아빠 모두 웃어버렸다.

나희는 치킨 껍데기를 뜯어먹으면서 중얼거렸다.

"주말에 가을식당 나랑 가자, 아빠. 내가 살게."

"그래, 그러자."

"거기 가면 엄마가 잘 먹던 반찬 가르쳐 줘. 내가 사장님한테 잘 말해서 레시피 배워 올게."

아빠는 대답 없이 빙그레 웃었다. 아마 반찬 레시피 정도는 아빠가 모두 알 것이다. 아빠는 오래 분식집 사장님으로 살아서 음식 솜씨가 무척 좋은 사람이었다. 냉장고 속에 있는 반찬 중 엄마가 좋아하던 것이 대다수일 게 분명했다. 나희도 엄마의 입맛을 그대로 물려받았다고 아빠가 매번 그랬다.

루비가 야옹 하면서 울었다. 부녀는 마주 앉아 치킨 박스를 비운 후 커피 한 잔을 마시며 TV 영화를 보고 실컷 수다를 떨었다.

다음 날 저녁 오수형이 왔다.

뉘엿하게 해가 지는 시간이었다. 드문드문 오가는 사람들 사이 그림자가 없는 남자는 주문창으로 다가와서 싱글벙글 웃었다. 나희는 얼른 창을 열고 인사했다.

“안녕하세요, 사장님.”

담담하지만 슬펐던 오종훈과 달리 오수형은 편안하고 만족스러운 얼굴이었다. 치매인 아내를 아들에게 남기고 떠나 걱정이 많지 않을까 했지만 도리어 근심이 없는 표정이었다.

“고생했어. 아가씨 덕분에 편하게 가는구만.”

“뭘요. 제가 한 건 아무것도 없는데요.”

토요일에 오수형의 공장까지 가긴 했지만 그게 전부였다.

나머지는 모두 그의 아들인 오종훈이 했다. 아마 오수형도 뿌듯해할 것이다. 나희는 그가 아내와 아들에 대해 이야기를 꺼낼 거라 짐작하고 기다렸다. 하지만 의외로 그는 해가 지는 붉은 하늘을 바라보며 말이 없었다. 한참이나 침묵이 이어지자 나희가 참지 못하고 입을 열었다.

"아드님이 어머님 잘 모실 거라고 했어요. 염려하지 않으셔도 될 것 같아요."

"으음, 그래. 잘된 일이지."

오수형은 느리게 답했지만 크게 기쁜 기색은 없었다. 이미 아는 사실이었을까 싶어서 나희는 고개를 갸우뚱했다.

"어머님은 아드님이 사는 곳으로 모시고 가신대요. 공장은 팔아서 병원비에 보태실 거 같더라고요."

"그렇군."

여전히 오수형은 무관심하게 답했다. 입이 근질근질했던 나희가 결국 물었다.

"걱정되지 않으시는 건가요?"

그 말에 오수형이 너털웃음을 웃었다.

"이제 걱정은 하지 않아. 미련도 남지 않고. 사실 더 이상 아내나 아들한테 마음이 쓰이지 않는구만."

"마음이 쓰이지 않으신다구요?"

죽기 직전까지 아내에게 줄 고깃국을 생각했던 남자답지

않은 말이었다. 아까부터 그는 묘하게 무심한 듯한 태도였다. 오수형은 고개를 젓고 이제 끄트머리가 사라지고 있는 노을빛을 가리켰다.

"나는 이제 지는 해야. 내게 남은 이 세상은 저 끄트머리만 한 크기만 남았어. 하지만 해가 진다고 해서 없어지는 게 아냐. 다음 세상으로 넘어갈 차례지."

이윽고 노을빛이 완전히 자취를 감췄다. 나희와 오수형이 말없이 하늘을 바라보는 사이 붉은빛이 사라져갔다. 완전히 어둑해진 하늘 아래 도시의 불빛만 빛났다.

"이곳은 내 세상이 아니야."

나직한 목소리가 울렸다. 나희는 그의 모습이 불현듯 흐려진 것 같다고 생각했다. 단단하고 불투명했던 그의 몸 뒤로 병원 주차장이 투과되어 보였다. 주차장에서 장례식장으로 향하는 길 위에 정장을 입은 여성이 서 있었다. 그녀는 오늘도 잿빛 안개만이 가득한 얼굴로 나희에게 고개를 숙여 인사했다. 나희는 망설였지만 곧 예의바르게 마주 인사했다. 고개를 드니 주문창 앞에 오수형이 없었다.

어느새 저 멀리 장례지도사와 함께 오수형이 장례식장을 향해 걸어가고 있었다. 그는 이제 나희에게도 관심이 없는 것 같았다. 작별 인사를 하지 않아도 나희는 섭섭하지 않았다. 하지만 그 순간 오수형은 그녀를 돌아보며 환하게 웃고 손을 흔

들었다. 나희 역시 마주 손을 흔들었다. 떠나는 오수형이 웃으
며 작별해 주어서 나희는 가슴 한 끝이 간질간질해졌다.

Chapter 3.

최근 김수영은 입원한 친구를 보러 자주 삼종합병원에 들른다고 했다. 그 김에 언제나 매점에 얼굴을 내밀다 보니 며칠에 한 번은 그녀를 보는 것 같았다. 미수가 나올 때도 있었지만 나희 혼자 수영을 맞이할 때도 있었는데, 무서워 보이는 첫인상과는 달리 수영은 꽤 친절하고 넉살이 좋은 타입이었다. 나이 차이가 열 살이나 나지만 나희는 곧 수영을 매우 좋아하게 되었다.

여태까지 겪은 나희의 이야기를 들은 김수영은 독특한 감상을 내놨다.

"나희 너 작고 소중한 월급이 다 날아가겠는걸. 그 윤성우라는 애한테 붕대랑 알코올도 사줘 아빠한테 가을식당 밥도 사줘."

"그, 그렇게까지는 아니에요."

"알겠어. 아무튼 이따 야식은 내가 내는 걸로 할게."

수영은 씩 웃었다. 나희 역시 거절하지 않고 헤실헤실 웃었다. 솔직히 돈은 별로 쓰지 않았지만 대학 등록금을 마련하려면 열심히 벌고 아껴야 한다.

며칠간 별다른 일 없이 꽤 조용했다. 죽은 자들이 거리를 오가긴 했겠지만 딱히 눈에 띄지 않았고 나희에게 다가오지도 않았다. 나희는 가끔 붕대와 알코올을 주었던 패딩 차림의 윤성우를 떠올렸다. 나희와 비슷한 나이에 해맑은 얼굴이었던 청년. 그가 적어준 핸드폰 번호가 있었지만 당연히 연락할 생각은 들지 않았다. 죽은 사람일 테고 이미 끊어진 핸드폰일 테니까. 나희가 슬슬 익숙해지고 있다고는 해도 그런 식으로 죽은 자의 현실을 실감하는 일은 사절이었다.

"근데 그 새벽에 나타나는 할머니요. 언니 말 대로면 벌써 10년째 거기 있는 거죠?"

패딩 입은 윤성우를 떠올리면 곧바로 이어서 의료용 관에 묶인 할머니가 떠올랐다. 나희는 고통의 극에 달한 듯한 할머니의 얼굴이 생생했다. 수영 역시 그런 듯 표정이 좋지 않았다.

"맞아. 나 처음 스무 살 때 여기 알바하러 왔을 때도 봤어. 알바 시작한 지 한 3, 4개월 지났는데 그때부터 나타나더라."

"그때가 시작이었나 보네요."

"아마도? 10년이나 버티고 있으니 고집 진짜 센 노인네인가 봐."

　수영이 투덜거렸다. 나희는 죽은 사람들이 어떨 때 지상에 머무는지 궁금했지만, 수영은 사람 나름이라며 고개를 저었다. 삶만큼 죽음도 모두에게 고유한 것이다. 죽음의 순간이 모든 사람에게 다르듯 죽음 이후도 달랐다.

　"대체로는 죽은 사람이 미련이 있거나, 반대로 산 사람이 미련을 가지고 붙잡고 있거나. 뭐 그런 경우지. 미련이라는 게 원한일 때도 있고 후회일 때도 있고."

　"그럼 그 할머니도 미련이 있는 경우일까요?"

　"아마 그렇겠지. 근데 그게 아주 강하고 오래된 미련이겠지."

　죽는 순간 뇌리를 사로잡은 집착이 풀리고 나면 사람들은 평화롭게 이곳을 떠난다. 집착이 있는 이도 있고 없는 이도 있다. 풀리지 않아도 그냥 사라지기도 한다. 대부분이 그렇다. 그런 면에서 보면 시계 밑에 나타나는 할머니는 뭔가 간절한 소원이 있을 게 분명했다. 할머니에게서 한번 이야기를 들어볼까 나희가 고개를 갸웃했지만 수영이 하지 말라며 고개를 저었다.

　"그래도 소원 풀어주면 좋지 않을까요?"

　"아니. 첫째, 그렇게 오래 묵은 사람한테 가까이 가는 거 아니야. 둘째, 나도 이야기를 들어보려고 했는데 말을 못했어. 셋째, 사실 이건 비밀인데 말이야."

　매점 안에 아무도 없었지만 수영은 마치 비밀 이야기라도 하는 듯 나희에게 상체를 숙였다.

"그 할머니, 내가 생각하기엔 아무래도 미수 언니랑 관계가 있는 것 같아. 우리가 함부로 다가가면 안 될 거야."

"사장님이랑요?"

나희는 깜짝 놀랐다. 수영은 의미심장한 얼굴로 고개를 끄덕였지만 나희가 조르는데도 더 이상의 이야기는 해주지 않았다. 어쨌든 미수의 개인사이니 함부로 이야기할 수는 없다는 이유였다. 거기에는 나희도 납득할 수밖에 없었다.

"나중에 미수 언니 속이 편해지면 그땐 우리도 이야기할 수 있을 거야."

알쏭달쏭한 말이었지만 나희는 반론을 제기하지 않았다. 대신 그동안 묻고 싶었던 질문을 꺼냈다.

"그 장례지도사는 정체가 뭘까요? 보통의 죽은 사람 같지는 않던데."

"글쎄다. 그건 나도 궁금하더라."

수영 역시 당시에 이미 장례지도사를 보아서 존재를 알고 있었다. 하지만 가까이 가본 적이 없어서 나희보다 아는 게 없었다. 그녀는 아마 장례지도사가 죽음으로 가는 길에 어떤 절차를 처리하는 역할일 거라고 했다.

그때 수영이 턱짓으로 창문 밖을 가리켰다.

"저기, 또 네 손님이 왔나 본데."

노을 지는 하늘이 보이는 창밖에 교복을 입고 안경을 쓴 남학생 한 명이 서 있었다. 나이는 10대 후반 정도 되었을까. 어딘가 불안한 얼굴을 한 학생이었다. 역시나 그림자가 없어서 쉽게 알아볼 수 있었다. 이제 나희는 제법 요령이 붙어서 산 사람들 사이 죽은 자를 잘 구별해냈다.

"저기. 부탁할 게 있는데요."

남학생이 주문창 바깥에서 불량하게 말했다. 특별히 거친 말투도 표정도 아니었지만 껄렁한 느낌이 있었다. 나희는 어쩐지 귀찮음과 거부감이 동시에 일어났다. 어쩐지 알 수 없이 신경이 곤두서서 나희는 잠시 창 바깥의 그를 바라보았다. 그가 다시 한번 창가에서 기웃거리며 나희를 바라보았다. 나희는 결국 일어나서 주문창을 열었다.

"무슨 일로 오셨어요?"

"부탁이 있어서요."

남학생은 딱히 미안한 기색도 없이 뻔뻔하게 말했다. 평소라면 친절하게 답했겠지만 그러고 싶지 않았다. 한동안 나희가 차가운 눈초리로 빤히 쳐다보자 그의 인상이 험악해지기 시작했다. 원래 나희는 상냥하고 오지랖이 넓은 성격이다. 이런 감정을 느끼는 경우는 많지 않았다.

'안 된다고 하고 보낼까?'

그게 나을 것 같았다. 나희는 감이 좋은 편이라서 뭔가 느낌이 올 때는 그걸 따르는 게 나았다. 불안한 예감이 아주 강했다.

입을 열려던 찰나 매점에 손님이 들어왔다. 나희는 얼른 돌아서서 카운터에서 손님이 물건 고르기를 기다렸다. 지금이야 요령이 생겨 긴 그림자가 지지 않는 사람들을 무시할 타이밍을 알았지만, 처음에는 다른 이들에게 목격되어 이상한 취급을 받을까 봐 진땀을 빼야 했다. 다른 손님이 있을 때 죽은 사람들과 대화하는 건 반드시 피해야 하는 일이다. 허공에 대고 떠드는 모습이 보이면 그 매점 직원 정신이 이상하다는 소문이 나는 건 금방일 것이다.

아이를 데리고 들어온 엄마는 물건을 오래 고르는 손님이었다. 아이가 간신히 과자를 하나 고르자 이번에는 더 건강한 걸 먹자고 엄마가 달래기 시작했다. 나희는 좀 지루했지만 창문 밖 남자를 보내버리기에는 좋은 핑계라 가만히 기다렸다.

보통 이렇게 진짜 손님들과 이야기하고 있으면 죽은 자들은 어느새 사라지고는 했다. 하지만 지금 창문 밖의 남자는 사라지지 않고 빙글빙글 돌았다. 테이블에 앉아 핸드폰을 보던 수영이 흘긋 창밖을 볼 정도였다.

"저기요, 나 좀 보라고요."

그는 불안정한 태도로 이쪽을 보라고 요구하기 시작했다. 큰 목소리였지만 나희와 수영을 제외한 이들에게는 전혀 들리지 않을 것이다.

“안 들려? 이봐! 야!”

나희는 귓전을 울리는 반말에 움찔했다. 매점 안에서는 아기 엄마가 결국 딸이 고른 과자를 계산하려 앞에 섰다. 바코드를 찍는 나희의 뒤로 남학생이 창을 두들기며 소리를 지르기 시작했다.

“나 좀 보라고, 무시하지 말고! 내 목소리 들리잖아!”

나희는 평온한 표정을 유지하느라 진땀을 뺐다. 그녀는 간신히 웃으면서 영수증을 뽑아 손님에게 건넸다. 딸아이의 손을 잡은 엄마가 나간 뒤 나희는 화가 나서 창문 쪽을 돌아보았다. 그는 이제 부수기라도 할 듯 창을 주먹으로 두들겼다. 아무리 두들겨도 바람이 부는 듯 작은 소리밖에 들리지 않아서 우스웠다. 나희는 주문창을 열고 남학생을 노려보았다.

“너 대체 뭐야?”

“야, 야! 너 나 무시해? 무시하냐고, 어?”

남학생은 이상할 정도로 흥분해 있었다. 딱 상대하기 싫은 스타일이라 나희는 주먹을 꽉 쥐었다.

“조용히 좀 해.”

나희는 얼굴을 온통 찡그렸다. 죽은 자를 상대하는 건 매점 아르바이트의 정식 업무는 아니다. 골치가 아파왔다.

“대체 뭐 때문에 이러는 거야? 부탁한다며. 이게 부탁하는 자세야?”

나희의 날카로운 태도에 남학생의 기세가 한풀 꺾였다. 그는 멈칫하며 화를 삭이는 표정으로 입을 꾹 물었다가 다시 입을 열었다.

"그게 아니라…… 부탁이 급해서……  그래서 좀 급하게 말했어요."

"급해? 누가 들어준대?"

나희가 코웃음을 쳤다. 그가 다급하게 주문창에 매달렸다.

"좀 들어보세요. 제가 정말 꼭 해야 하는 일이 있어서."

"난 안 해. 이제 그만 가라."

주문창을 탕 닫았지만 그는 거기서 계속 지껄였다.

"제가 정말로, 핸드폰을…… 찾아야 해요. 제발요. 보내야 할 게 있어서……."

"뭐래."

"저기, 저기요. 핸드폰, 그, 쌤한테 메일 보내고, 양소연이 보면 안 돼요. 소연이…… 소연이한테는. 저기요!"

남학생이 한동안 더 창문을 두들기며 매달렸지만 나희는 쳐다도 보지 않았다. 한참이나 아무런 반응을 보이지 않자 남학생의 언사가 격해지기 시작했다.

"내 부탁 안 들어주면 후회하게 해줄 거야!"

남학생이 외쳤다. 그의 얼굴은 붉게 달아올라 있었다. 죽어서도 흥분하면 얼굴이 빨개지는구나, 하면서 나희는 고개를 돌렸다.

"날 무시하면 본때를 보여줄 거라고, 듣고 있어?"

뭐 어쩔 건데. 곧 손님이 또다시 들어와서 나희는 반갑게 일어나 응대했다. 수영도 테이블에 턱을 괸 채 핸드폰만 들여다보았다. 맵살스럽게 무시한 지 채 5분도 지나지 않아 그는 곧 공기처럼 사라졌다. 나희의 얼굴이 사나웠다. 테이블에 앉아 있던 김수영이 휘파람을 불었다.

"이야, 나희 너 생각보다 잘 싸운다? 난 네가 완전 물 같은 성격일 줄 알았는데."

"고등학교 때부터 편의점이랑 마트 알바 쭉 하면 누구나 이렇게 돼요. 진상들 받아주면 한도 끝도 없거든요."

"그러면 꼭 뒤끝 있는 놈들 있었을 텐데."

"몇 번 그런 놈들 있었는데 저희 아빠가 근처에서 가게 하시니까 달려와서 같이 싸웠어요. 그게 소문이 나서 그런가…… 나중에는 별일 없었거든요."

싸움닭 부녀네, 하면서 김수영이 혀를 내둘렀다. 나희는 주먹을 불끈 쥐고 들어올렸다.

"사실 아빠까지 올 필요도 없어요. 싸움은 기세죠."

"멋진데. 싸우면 진짜로 내가 지겠다."

"저런 놈 아니면 싸울 일도 없어요, 사실. 그리고 이왕 싸울 거면 꼭 이겨야죠."

나희와 수영은 얼굴을 마주 보고 깔깔 웃었다. 나희는 싸우면서도 그 학생의 명찰에 달려 있던 이름을 확인했다. 다른 아르바이트를 하던 시절, 싸가지 없는 고등학교 학생들과 싸울 때마다 명찰을 확인했던 버릇 때문이었다. 덕분에 교복도 잘 아는 나희는 남학생이 근방의 삼화고등학교 소속인 걸 알았다. 삼화고등학교 강선빈. 노란 넥타이 색깔로 미루어 3학년이었다. 어린 나이에 죽은 모양이었다.

"어린놈이 버릇없이 반말을 하고 말야."

겨우 한 살 많으면서 나희는 근엄하게 말했다. 수영은 깔깔 웃으면서 맞장구를 쳐줬다.

"그럼, 그럼. 성인과 미성년자인걸. 버릇없이 기어오르다니, 나쁜 놈이야. 정말 나쁜 놈일 거야."

화끈하게 쏘아붙인 부작용은 바로 다음 날 밤부터 생겼다.

퇴근길, 나희는 아빠의 가게인 부부분식을 지나쳤다. 아빠가 운영하는 가게니까 신경이 쓰이는 건 당연한 법이었다. 그녀는 분식집 문이 제대로 잠겼나 눈으로 확인했다. 아빠가 가끔 문 잠그는 것을 잊고 가게를 닫기 때문이었다. 가져갈 것 없는 동네 작은 분식집이라 문 열어둔다고 별일이야 없겠지만, 그래도 문을 단속하는 게 마음이 놓였다. 쥐나 길고양이나 떠돌이 개가 들어가서 재료에 난장을 쳐놓으면 곤란한 일이니까.

그런데 이상한 소리가 가게 안에서 들려왔다. 불투명한 유리로 된 분식집의 미닫이문 안쪽으로 휙 하고 사람의 형체가 지나갔다. 나희는 놀라서 잠시 멈춘 채 움직이지 못했다. 아빠가 10년 넘게 해온 분식집에 도둑이 든 건 처음이었다.

가게에서 현금은 매일 아빠가 집으로 가지고 온다. 딱히 훔칠 건 없을 것이다. 그릇도 전부 싸구려라서 가져가봤자 돈은커녕 짐만 될 물건들이었다. 심지어 더 놀라운 건 가게 미닫이문이 바깥에서 자물쇠가 걸려 있다는 사실이었다.

'대체 어떻게 들어간 거지?'

가게에 다른 문은 당연히 없다. 지금 당장 가게 열쇠가 없는 나희는 살금살금 다가가 낡아빠진 시트지 사이로 어두운 가게 안을 들여다보았다. 어둠에 금세 적응한 시야에 좁은 가게 공간이 들어왔다. 가게 안은 텅 비어 아무도 없었다.

'분명히 누가 있는 것 같았는데?'

너무 좁은 가게라서 숨을 곳도 없다. 조리대는 바깥에 있고 안에는 가느다란 철제 테이블과 의자만 몇 세트 놓여있어서 아무리 작은 체구라도 절대 숨을 수 없는 구조였다. 나희는 혹시 가로등 불빛에 비친 비둘기 그림자를 잘못 본 건가 싶었다.

그 순간, 나희의 눈 바로 앞에 두 눈이 나타났다. 실핏줄이

터져 흰자가 붉었다. 나희는 순간 비명이 튀어 나오려는 입을 막고 뒤로 물러섰다. 유리문 안에서 킬킬대는 소리가 들려왔다. 금속을 긁적거리며 긁는 듯한 소리가 거슬렸다.

"날 무시했겠다……."

귓가를 울리는 남자의 목소리. 그 순간 나희는 그것의 정체를 알아차렸다. 확실히 들어본 욕설과 목소리였다. 그녀는 배 근육에 힘을 주고 버럭 외쳤다.

"삼화고등학교 3학년 강선빈!"

외침이 쩌렁쩌렁 밤의 골목을 울렸다. 순식간에 웃음과 목소리가 사라졌다. 잠시 후 괴성이 분식집 안에서 울려 퍼졌다. 유리창이 아까보다 더 떨렸지만 너무 자잘한 떨림이라 무섭지도 않았다. 그리고 애초에 누군지를 안 이상 그럴 일이 없었다. 산 사람이 무섭지 죽은 사람은 별것 아니었다.

"야, 너 나 겁주려고 이러는 거야?"

나희는 기가 막혀서 물었다. 죽은 자들이 약간의 힘을 가지고 있다는 건 알았다. 오수형이 명함을 준 적도 있었고 윤성우가 이름을 적어준 적도 있었으니까. 하지만 그걸 이런 식으로 쓰는 놈이 있을 줄은 상상도 못 했다. 나희의 물음에 강선빈은 대답하지 않고 그대로 사라졌다. 다시 다가가 가게 안을 살폈지만 그 벌건 눈은 다시 보이지 않았다.

'이거 진짜 빌어먹을 놈이네.'

아빠 최대의 욕인 '빌어먹을 놈'을 되뇌면서 나희는 심각한 표정으로 집으로 향했다. 아빠는 언제나 자기 먹을 걸 제대로 못 벌어서 빌어먹는 놈이 제일 슬픈 거라고 말하곤 했다. 아마 강선빈은 자기 먹을 걸 다른 사람 등쳐서 빌어먹는 놈일 것이다. 슬픈 게 아니라 나쁜 놈이다.

잔뜩 화가 난 채 나희가 집으로 들어가자 루비가 야옹거리며 반겼다. 거실에서 TV를 보던 아빠가 식탁 위로 손짓했다.

"배고프지? 저기 바나나 사뒀다. 얼른 먹어. 냉장고에 두유도 있으니 꺼내 먹고."

네에, 하면서 나희는 두유를 꺼내려고 냉장고 문을 벌컥 열었다가 싸한 얼굴이 되었다. 크고 둥근 김치통에 강선빈이 얼굴만 내밀고 있었기 때문이었다. 목만 남은 모습이라 보통 사람이 봤다면 경악해 뒤로 자빠졌을 것이다. 하지만 놀라지 않은 나희는 코웃음도 안 나왔다. 이런 식으로 연달아 얼굴을 내밀면 충격요법도 소용이 없는 게 당연했다. 제 부탁을 들어주지 않는다고 남을 괴롭히는 녀석이면서 멍청하기까지 했다.

루비도 타박타박 걸어와서 냉장고를 빤히 바라봤다. 고양이들은 죽은 자를 일상적으로 본다. 나희는 루비의 눈에서도 한심함을 읽어냈다.

인간과 고양이가 함께 물끄러미 바라보고 있자 웃고 있던 강선빈의 얼굴은 점점 굳어졌다. 아빠가 나희의 등을 보고 잔

소리했다.

"냉장고 문 얼른 닫아. 냉기 다 빠진다."

"네, 네. 두유 찾느라고요."

"두유 거기 바로 문 앞에 있어."

아빠가 다가와 냉장고 문에서 두유 한 팩을 꺼냈다. 김치통에 강선빈의 얼굴이 여전히 떠 있었지만 아빠는 전혀 알지 못했다. 놀랄 만한 유일한 사람은 아예 보지 못하니 정말 효과라고는 없는 장난질이었다. 아빠가 돌아선 뒤 나희는 김치통을 노려보다가 가운뎃손가락을 올리고서 냉장고문을 쾅 닫아버렸다. 지나치게 세게 닫아 아빠가 한마디 잔소리를 더 하기는 했지만.

대략 이삼일 간 강선빈은 지치지 않고 나희를 쫓아다니며 괴롭히기 위해 노력했다. 다른 죽은 자들과 마찬가지로 일몰 무렵에 나타나 밤과 새벽에 쫓아다녔다. 퇴근하기 위해 매점에서 나서는 순간 나타나기도 했고 매점 창문 바깥에 얼굴을 빈대떡처럼 붙이고 있기도 했다. 수영도 그를 목격했는데, "죽은 놈은 시간이 많지"라고 한 마디 하고 무시했다.

이틀 뒤 밤에는 물을 마시러 나온 거실에 강선빈이 거꾸로 매달려 있었다. 나희는 자연스레 그를 지나쳐서 물을 따라 가지고 나왔다. 거꾸로 매달린 채 강선빈이 나희를 노려보았다.

"나 그만 무시해."

“흠.”

아빠는 안방에 들어간 상태라 나희는 허리에 손을 얹은 채 물을 한 모금 마시면서 흘긋 강선빈을 훑어보았다. 상대의 정체를 모르는 보통 사람들이야 무서울 것이다. 하지만 이제 일상적으로 죽은 자들을 보고 심지어 어떤 놈인지 아는 상황에서 이런 짓은 무섭기는커녕 짜증날 뿐이었다. 이미 나희가 다 짐작하는데 강선빈이 거꾸로 있어봤자 뭐 어쩌라는 건가. 그냥 거꾸로 매달린 못생긴 고등학생일 뿐이었다. 루비도 한심하다는 듯 쳐다보고만 있었다.

“진짜 가만 안 둔다.”

곧 강선빈은 분한 듯한 얼굴로 어둠 속으로 사라졌다.

“해보든가.”

가소롭기 짝이 없었다. 죽은 자들이 낼 수 있는 힘은 겨우 펜 하나 들어 올리는 정도에 그친다. 나희는 코웃음 치고 루비와 함께 방에 들어갔다.

다음 날 나희는 매점에서 조금 일찍 퇴근했다. 미수가 근처에 볼일이 있었다며 이르게 출근해서 나희에게 들어가 보라고 했기 때문이었다. 일찍이라고 해도 이미 오후 여덟 시였기 때문에 병원 직원들은 대부분 퇴근하고 난 다음이었다. 달이 뜨지 않는 시기라 밤하늘은 어두웠다. 구름이 잔뜩 낀 흐린 날씨여서 별빛조차 보이지 않았다.

나희는 평소처럼 핸드폰을 들고 가끔 보면서 걸어갔다. 집까지는 불과 걸어서 10분이 조금 넘을 뿐이다. 곧 비가 올 것 같은 날씨였지만 워낙 가까워 금방 집에 들어가면 되는 일이었다. 아빠에게서 야식 소식이 없는 걸 보니 과자랑 캔 맥주라도 사 갈까 싶었다. 그녀는 병원에서 건너편으로 가는 횡단보도 앞에 서서 오늘은 무슨 뉴스가 있었나 사이트를 검색했다. 슬쩍 위를 올려다보니 신호등이 파란색으로 바뀌었다. 나희는 핸드폰 화면을 보면서 발걸음을 옮겼다. 아니, 옮기려고 했다.

그때 갑자기 경고의 외침이 들려왔다. 큰 남자 목소리였다.

"저기, 조심해요!"

절박한 목소리에 순간 나희는 흠칫하면서 한 발 뒤로 물러섰다. 머리카락이 갑자기 일어난 거센 바람에 뒤로 흩날렸다. 빠앙 경적 소리를 내며 코앞으로 트럭이 스쳤다. 간발의 차로 사고를 피했다. 얼떨떨해진 나희는 벌렁거리는 가슴을 누르면서 입을 뻐끔댔다. 트럭 운전사가 창을 열어 큰 소리로 욕을 하고 사라졌다. 방금 정말 죽을 뻔했다는 게 느껴졌다. 정말 순식간에 일어난 일이었다. 모든 일이 불과 10초도 안 되어 벌어졌다.

나희는 다리에서 힘이 빠졌다. 한동안 뇌에 피가 돌지 않는 듯한 기분이었다.

핸드폰을 보고 있긴 했지만 분명히 푸른 신호등을 봤는데 왜 트럭이 지나간 거지? 트럭이 신호를 어긴 건가? 혼란스러워서 신호등을 다시 보니 빨간불이었다. 이해할 수가 없었다. 나희는 멍한 얼굴로 신호등을 바라보았다. 잠시 뒤 그제야 파란불로 바뀌었다. 뭐에 씌기라도 한 것 같았다. 횡단보도에는 함께 기다리던 두어 명의 행인들이 놀란 얼굴로 나희를 보다가 길을 건넜다.

"괜찮아요?"

누군가 곁에 가까이 다가왔다. 얼떨떨하게 고개를 돌리자 거기 윤성우가 서 있었다. 그 역시 당황하고 놀란 얼굴이었다. 윤성우의 경고가 아니었다면 나희는 영락없이 지금쯤 쓰러져 죽어 있을 것이다. 아니면 최소한 중상을 입었을 것이다. 나희는 괜찮다고 대답하고 싶었지만 말이 잘 나오지 않았다. 윤성우는 나희를 부축하고 싶은 모양이었지만 그럴 만한 힘은 없었다. 그는 나희의 곁에서 그녀가 진정하길 기다렸다. 나희는 인도로 물러나서 쪼그려 앉았다. 그녀는 한참 진정하고 나서야 입을 열 수 있었다.

"저, 저 정말로 파란불인 줄 알았어요."

나희가 겨우 한숨을 내쉬며 말했다. 윤성우는 입가를 팽팽하게 당겼다. 미간이 찌푸려져 있었다.

"누가 장난 친 거예요."

"장난이요?"

"예."

윤성우는 적개심 어린 눈으로 주변을 둘러보았다. 하지만 주변에는 아무도 없었다. 그는 조금 전 봤던 범인이 죽은 자라고 확신했다.

"아마 핸드폰 때문에 나희 씨는 못 봤겠지만, 누가 나희 씨 시야에 장난을 친 것 같더라고요. 교복 입은 남학생 같던데."

나희는 눈을 크게 뜨고 윤성우를 돌아보았다. 그녀는 당연히 그게 누구인지 알았다.

"강선빈 그게 진짜……."

나희가 으르렁거리듯 말하자 윤성우는 머뭇거렸다.

"그게 누군데요? 아는 사람이에요?"

"있어요. 우리 매점에 나타났던…… 그러니까…… 죽은 사람."

이렇게 따라다니며 쪼잔하게 복수를 할 줄은 상상도 못 했고, 그게 나희의 목숨을 위협하기까지 할 줄은 더욱 생각하지 못했다. 죽여버린다더니 정말 이런 짓을 벌였다. 나희는 겁을 먹기는커녕 도리어 화만 났다.

"갑자기 나타나서는 부탁을 들어달라고 생짜를 부려서 거절했더니 이런 짓을 하는 거예요. 성우 씨가 아니었으면 나 정말로 죽을 뻔했잖아요."

"그러게요. 이번에는 정말 위험했어요."

윤성우 역시 심각한 표정이었다. 그 역시 죽은 자로 다른 기억은 없었지만, 나희에 대한 호감만은 알았다. 그가 얻어야 했던 붕대와 알코올을 돈도 받지 않고 준 고마운 사람이었다.

마음이 놓이지 않은 윤성우는 나희를 집까지 데려다주겠다고 제안했다. 사실 그럴 정도로 강선빈이 위험하지는 않았다. 만약 나희가 주의 집중만 제대로 했다면 강선빈이 장난쳐도 신호를 잘못 보는 일은 없었을 것이다. 그래도 윤성우의 마음 씀씀이가 고마워서 나희는 그리 해달라고 했다. 윤성우는 듬직하게 말했다.

"다음에 그 녀석 나타나면 내가 쫓아줄게요."

"네, 그래요. 고마워요."

그는 주변을 둘러보면서 혹시 강선빈이 나타나지 않나 심각하게 신경 썼다. 그 모습이 멋있거나 용감해 보이기보다는 경계 서는 작은 설치류 동물 같아서 나희는 그 와중에도 어이없는 웃음이 났다.

다음 날 수영이 오기로 약속되어 있었다. 요즘 그녀는 거의 매일 매점에 들르고 있었다. 오후 시간 김수영이 손을 흔들며 들어서자마자 나희가 큰 소리로 물었다.

"수영 언니. 혹시 내가 죽은 놈한테 제대로 보복할 수 있는 방법은 없어요?"

"엥?"

인사도 하기 전에 튀어나온 갑작스러운 말에 수영은 당황한 얼굴로 나희를 쳐다봤다. 나희는 분한 얼굴로 카운터를 두드렸다. 생각할수록 화가 났다. 영문을 몰라 어리둥절한 수영에게 그녀는 그간의 상황을 이야기했다. 김수영도 강선빈과 싸울 때 함께 있었기 때문에 얼굴이 굳어졌다.

"나도 여럿 봤지만 그런 놈은 드문데."

"분명히 그랬을 거예요. 아주 제대로 갚아주고 싶어요."

나희는 입술을 꼭 깨물었다. 생각할수록 분했다.

"실제로 다친 건 아니고 놀란 게 다인 건 맞는데, 열 받잖아요. 나 말고 다른 사람이었으면 윤성우 씨가 위험하다고 알려줄 수도 없었는데."

"하마터면 정말 위험할 뻔했던 거잖아. 그건 문제지."

꽤나 위험한 장난이었다. 진짜 의도였다면 정말 나쁜 놈이고, 그렇지 않았더라도 민폐였다. 살아서도 어지간히 남에게 피해를 주는 인간 아니었을까. 수영 역시 강선빈에게 골탕을 먹일 방법이 있다면 해보고 싶었다.

그녀는 팔짱을 끼고 곰곰이 생각했다. 죽기 직전 뇌리를 사로잡은 뭔가가 있는 자들은 이유가 있기 마련이다. 사소한 소원이 이루어지지 않는다고 저승에 가지 못한다거나 하는 일은 보지 못했지만 적어도 복장은 뒤집을 수 있지 않을까. 제대로 보복하려면 원하는 것의 반대로 처리하는 게 제격이었다. 그러면 자연히 그 뒤에 숨겨진 진짜 소원도 강선빈이 원하는 것과는 정반대로 진행될 테니까. 수영은 고개를 끄덕였다.

"그럼 그 부탁…… 거꾸로 들어주는 게 좋겠다."

"거꾸로?"

"응. 걔는 지금 그 부탁이 신경 쓰여서 미치겠는 상황이잖아. 반대로 해주는 거 어때."

그럴듯한 말이었다. 나희는 가만히 생각에 잠겼다. 확실히 강선빈은 죽는 순간 핸드폰에 꽂혀서 다른 생각을 하지 못했다.

"그럼 핸드폰 찾아달라는 소원을 반대로 하려면…… 애매하네."

나희의 미간이 찌푸려졌다. 그냥 잊어버린 채로 두는 게 낫나? 아니면 찾아다 눈앞에서 쓰레기통에 버려야 하나? 나희는 기억을 더듬어 처음 강선빈이 왔을 때 했던 말을 떠올렸다. '핸드폰을 찾아서 선생님한테 메일 보내고, 양소연이 보면 안 된다고 했지.' 이걸 어떻게 해야 할까. 그냥 넘어가고 싶지는 않았다. 저런 놈은 자고로 나희를 함부로 건드린 걸 후회하게 해줘야 했다. 그래야 나중에도 발 뺄고 잘 수가 있었다. 게다가 이미 그의 이름과 학교, 학년은 다 알고 있다. 삼화고등학교 3학년 강선빈이라는 것 하나만으로도 많은 걸 알아낼 수 있다.

나희는 그 자리에서 핸드폰을 켜서 웹사이트에 고등학교와 이름을 검색했다. 요즘 애들은 SNS에 모든 것을 올린다. 아니나 다를까, 강선빈의 친구가 올린 듯한 추모글이 한 개 걸렸다. 대략 3개월 전 사망이었고 킥보드 주행 중 사고였던 모양이었다.

"죽은 지 3개월이 됐어요."

"꽤 오래 못 떠났구나. 뭔가 마음에 크게 걸리는 일이 있긴 했던 모양이네."

김수영은 혀를 차면서 고개를 갸우뚱했다. 그녀는 한참 얼굴을 찌푸리고 고민하다가 문득 생각이 났는지 괜히 창밖을 기웃대며 물었다.

"그나저나 그 윤성우라는 애 말이야. 처음에 새벽에 봤던 패딩 입은 애 아니야? 걔는 꽤 오래 머무네."

"그러게 말이에요."

"게다가 너한테 위험하다고 말도 해주고. 보통 죽은 사람들은 산 사람 일에 관여 안 하거든. 신기한 녀석일세. 심지어 이성적인 사고도 꽤 하는 것 같은데. 죽은 사람들은 자기 소원에 관련된 일 아니면 그게 안 되거든."

윤성우가 특이하다는 건 나희도 이미 느끼고 있었다. 다른 자들은 존재 자체가 흐린 것처럼 깜박거리다가 갑자기 사라지기도 했는데 윤성우는 좀 더 단단한 느낌이었다.

"말이 좀 이상하긴 한데…… 그 사람 좀 두툼한 느낌 아니에요?”

“두툼?”

“네. 튼튼해 보인다고 해야 하나. 죽은 사람한테 하기는 이상한 말인데 그냥 오늘내일 사이에 휙 떠날 것처럼은 안 보여요.”

“그렇게 생각하니 또 그런 것 같네.”

둘이 한창 주거니 받거니 수다를 떨고 있을 때 미수가 들어왔다. 벌써 야간 근무자가 출근할 시간이 다 되어 있었다. 평소와 달리 그녀는 어딘가 초췌한 얼굴이었다.

“안녕, 둘 다.”

인사도 기운이 없었다. 언제나 활기찬 그녀가 이렇게 피로한 듯한 모습은 처음이라 나희도 수영도 입을 다물었다. 미수는 느릿느릿 들어와서 가방을 카운터 뒤에 던져놓고 테이블 앞에 털썩 앉았다.

“피곤하다.”

“낮에 잠 안 주무셨어요, 사장님? 진짜 피곤해 보이세요.”

나희가 걱정스럽게 묻자 미수는 고개를 저었다.

“자긴 잤어. 근데 자꾸 잠을 설쳐서.”

“불면증이에요?”

“몰라. 나 여태 불면증 같은 건 정말 없었는데. 근데 어젯밤, 아니 오늘 새벽인가. 일하다가 이상한 걸 느꼈거든. 그거 때문인 거 같아."

"이상한 거?"

수영이 눈을 가늘게 떴다. 미수는 지금 생각해도 소름 끼친다는 듯 양팔로 몸을 감싸 안았다. 그녀는 시계 밑을 가리켰다.

"너희가 말했던 그 할머니 귀신 말이야. 나 보지는 못해도 느낀 거 같아."

"정말로?"

"응. 나도 새벽 두 시였어. 손님도 없고 하길래 잠 쫓으려고 테이블을 좀 닦고 있었거든. 근데 이 시계 밑 테이블을 닦는데 소름이 돋더라고. 오한이 들어서 벌벌 떨면서 카운터 뒤에서 담요 쓰고 한참 있었어."

미수는 시계 밑을 보며 한숨을 쉬었다.

"보통 못 보는 사람들이 느끼지도 못하는데 희한한 일이네."

수영이 느릿하게 말했다. 나희 역시 이상하다고 생각했다. 보지 못하는 사람들 중에도 좀 더 예민한 이들이 있지만 미수는 확실히 아니었다. 주변에 죽은 자들이 서넛 겹쳐 있어도 전혀 모르는 게 미수였다. 그런데 그런 이미수가 오한까지 느껴서 떨 정도였다면.

나희와 수영은 서로 시선을 교환했다. 수영이 말했던 것처럼 그 할머니는 미수와 관련 있는 게 맞아 보였다. 미수는 기분 나쁘다는 듯 뺨을 감싸더니 한숨을 푹 쉬었다.

"그래도 당직 서는 직원들이랑 보호자들 때문에 매점을 야간에 닫을 수는 없는데. 되게 기분 나쁘더라고. 오늘도 그럴까 겁난다."

수영은 미수의 한탄을 듣다가 조심스럽게 말했다.

"미수 언니, 그러면 오늘 밤에 내가 같이 있을까? 나 있으면 좀 덜 무섭지 않겠어?"

"어머, 너 그래도 돼? 너무 피곤할 텐데."

"하룻밤 정도야 뭐 어때. 같이 있으면 덜 무섭겠지."

"그럼 난 너무 고맙지."

미수는 기뻐하며 수영을 꽉 끌어안았다. 수영은 미수의 어깨 너머로 나희에게 의미심장한 눈길을 보냈고 나희 역시 고개를 끄덕였다. 아직은 몰라도 나중에 미수의 사정을 알게 된다면 그 이후에 그 할머니에 대한 이야기도 알 수 있을 것이다.

백연석은 우울한 얼굴로 운동장을 바라봤다. 점심시간, 반 남자애들이 전부 달려 나간 운동장에서는 축구 경기가 한창이었다. 불과 작년만 해도 연석 역시 친구들과 어울리며 축구며 농구를 즐겨 했지만 3학년에 올라오고서는 그런 일이 없어졌다. 고3이라고 딱히 공부를 열심히 하는 건 아니었다. 삼화고등학교는 학생들의 학구열이 그리 높은 학교가 아니었고 선생님들도 크게 신경 쓰지 않았다. 연석은 그중에서도 성적이든 운동이든 딱 중간 가는 무난한 학생이었다. 초등학교에 입학하면서부터 지금까지 평균에서 크게 벗어난 적이 없었다. 친한 친구도 적당히 있었고 반의 모든 애들과 적당한 관계를 유지했다.

하지만 그게 고등학교 3학년에 올라와서부터 깨졌다. 반에서 한 남학생과 싸움이 붙었기 때문이었다. 3월에 개학하고 얼마 안 되어서의 일이었다. 평소와 다를 바 없이 친구들과 장난치면서 놀고 있던 쉬는 시간, 갑자기 손찌검이 날아와 뒤통수를 때렸다.

"아, 뭐야?"

친구가 쳤다기에는 힘이 너무 세서 연석은 홧김에 돌아보았다. 그곳에는 서서 그를 쳐다보고 있는 강선빈이 있었다. 반만 같을 뿐 여태 인사조차 해보지 않은 놈이었다. 연석뿐 아니라 반 애들이 전부 슬슬 피해 다녔다. 삼화고등학교 학생들은 성적이 높지 않지만 얌전한 편이었는데, 녀석은 전교에서도 성격이 제일 고약하다고 소문난 애였다. 강선빈은 연석을 노려보았다.

"야, 네가 백연석 맞지?"

"맞는데, 왜?"

백연석도 갑자기 뒤통수를 맞은 것 때문에 기분이 좋지 않아 삐딱하게 대답했다. 무슨 소리를 하려고 그러나 했지만, 뒤를 이은 것은 얼굴로 날아온 주먹이었다. 창졸간에 얻어맞고 연석은 뒤로 나동그라졌다. 천만다행 책상 모서리에 뒤통수를 찧지는 않았지만 허리를 부딪치고 넘어졌다. 하지만 그것이 끝이 아니었다. 강선빈은 쓰러진 연석의 배를 차려고 덤볐다. 연석이 그의 발을 붙들고 늘어지자 이번에는 올라타서 가슴 부근을 때렸다. 뒤에서 친구들이 놀라 붙들어 말리면서 강선빈이 간신히 떨어져 나갔다. 하지만 그 짧은 사이에 연석은 꽤나 얻어터져 일어나기가 힘들었다. 가슴을 얻어맞은 탓에 숨을 제대로 쉴 수가 없었다.

이유도 말하지 않고 강선빈은 그를 노려보다가 일어나서 사라졌다. 연석은 비틀대면서 친구들의 부축에 기대 일어났다. 그는 보건실로 가서 누워 있다가 조금 움직일 수 있게 되자 교무실로 갔다. 얼굴에 한 대 맞은 자국은 남았지만 가슴과 옆구리를 주로 때려서 겉으로 보기에는 표도 나지 않았다.

화가 나서 항의했지만 선생님은 놀라지도 않는 얼굴이었다. 그저 또 시작이냐는 얼굴로 알겠다고만 했다. 집에 가서 말하자 어머니는 화가 나서 다음 날 학교로 쫓아갔다. 연석의 상처가 도저히 그냥 넘어갈 수 없는 수준이었기 때문이었다. 교무실에 들어간 어머니가 선생님에게 하소연하자 선생님은 다시 골치 아프다는 표정이 되었다. 무슨 일이냐며 다가온 교감도 마찬가지였다.

"남학생들 사이에 싸움은 간혹 있는 일이죠. 어머님, 너무 흥분하지 않으셔도 됩니다."

"그게 하실 말씀이신가요? 일방적으로 시비를 걸었는데요."

어머니가 흥분해서 말했지만 담임과 교감은 서로 시선을 교환할 뿐 제대로 대답하지 않았다. 그 후 강선빈은 아무런 처벌을 받지 않았다. 학기 초라 어머니는 학교폭력위원회가 열릴 것을 요구하지는 않았지만 제대로 아이에게 따끔한 벌을 내려달라고 했다. 강선빈은 선생님에게 불려갔지만 그저 그뿐이었다.

몇 번 더 어머니가 학교로 쫓아가는 일이 생겼지만 아무런 변화도 없었다. 그러면서 알게 된 게 있었다. 강선빈은 이미 중학교 때부터 유명한 말썽쟁이였다. 정학이나 퇴학을 당할 정도는 아니었지만 끝없이 선생님과 학교를 귀찮게 하는 타입의 학생이었다. 걸핏하면 친구와 싸우고 별것 아닌 일에도 화를 내며 날뛰는 데다 무단결석도 꽤 자주 있었다.

솔직히 강선빈이 어떤 녀석이든 상관은 없었다. 백연석은 대체 왜 그가 자신에게 시비를 거는지 알 수 없었다. 강선빈은 때때로 뭔가 하고 싶은 말이 있는 듯한 얼굴로 연석을 바라보곤 했지만, 언제나 말보다 주먹이 먼저 나와서 뭘 물어볼 수가 없었다. 선생님은 참으라고만 하지, 강선빈은 불편하게 굴지, 연석은 불만이 쌓여갔다.

계속해서 강선빈의 시비가 이어지던 어느 날, 담임은 조용히 연석을 불러다가 방과 후 함께 강선빈의 집으로 향했다. 선빈이 무단결석한 다음 날이었다.

"어제 나간 프린트물을 전해주려고 가는 거야."

담임이 말은 그렇게 했지만, 사실 그게 전부는 아니라는 걸 연석은 알았다. 담임의 차는 얼마 달리지 않아 재개발이 예정된 좁은 골목으로 들어섰다. 옆자리에 앉아 백연석은 주변을 둘러보았다. 이주가 마무리 되어가는 지역이어서 그런지 동네가 거의 다 비어 있었다. 곳곳에 빈 집과 깨진 유리창, 쓰레기만 널려 있었다.

차에서 내리자 을씨년스러운 공기에 어깨가 떨릴 지경이었다. 차에서 빵 봉지, 음료수 박스와 프린트 파일을 꺼낸 담임은 연석을 옆에 세우고 낡은 대문 앞으로 다가가 문을 밀었다. 잠기지도 않은 문은 끼익 하고 금속성의 소음을 내며 열렸다. 건조한 먼지 냄새가 코끝에 스몄다.

"누구세요?"

안에서 콜록거리는 기침 소리와 함께 강선빈의 목소리가 들려왔다. 담임은 이미 몇 번 와본 것인지 익숙하게 좁은 콘크리트 바닥 마당을 가로질러 현관문을 열었다. 유리와 새시로 된 현관은 너무 오래되어 삐걱대는 소리를 냈다.

“선생님이다.”

“……왜 오셨어요?”

“오늘 프린트물 가져다주러. 그리고 이거 먹어라.”

담임은 들고 온 꾸러미를 마룻바닥에 내려놓았다. 멀찍이 뒤에 선 연석의 눈에, 집 안의 어둠 속에서 흔들흔들 걸어 나온 강선빈의 얼굴이 보였다. 창백한 얼굴의 그는 고맙다는 말도 없이 뚱하게 빵 봉투와 음료수를 들었다. 그러다가 담임의 어깨 너머로 백연석과 눈이 마주쳤다. 강선빈의 얼굴이 순식간에 험악해졌다.

“……쟤는 왜 여기 왔어요?”

강선빈이 거의 으르렁대듯이 말했다. 담임은 어깨를 으쓱했다.

“너희 둘, 이제 화해를 좀 해야 하지 않겠니? 서로를 좀 알아가는 것도 좋은 일일 거 같아서 같이 왔다.”

“아, 왜 쟤를 데려와요!”

선빈은 얼굴이 벌게져서 소리를 질렀다. 그는 담임을 막무가내로 밀어내고 현관문을 닫아버렸다. 그 틈으로 연석은 현관에서 바로 이어진 어둠침침한 방을 보았다. 한눈에 보일 만큼 작은 방에는 이부자리밖에 보이지 않았다. 담임이 다시 현관을 두드리며 뭐라고 강선빈에게 말을 걸었지만, 안에서는 욕설만 들려왔다. 뭔가 던지는 듯 현관에 물건 부딪히는 소리가 들려왔다. 담임은 돌아서서 연석에게 어깨를 으쓱했다.

"이렇단다."

선빈은 중학교 때 부모님을 잃고 혼자 살아서, 담임을 비롯한 학교 측에서 가능하면 고등학교까지는 졸업시켜 주려고 한다고 했다. 돌아오는 길에 담임이 해준 말이었다.

"네가 조금만 참아주었으면 해. 아주 큰 문제만 아니라면 말이다. 선생님도 계속 선빈이한테 말을 하고 있으니 연석이도 이런 상황을 알았으면 해서 함께 오자고 한 거란다."

"네……"

"사실 선빈이가 부모님 잃고 난 뒤로 감정을 조절하지 못하는 상태야. 어디 기댈 수가 없으니까…… 네가 좀 참아주렴."

담임은 백연석이 강선빈의 횡포를 더 인내하기를 바랐다. 여기서 자신이 계속 강선빈과 불화를 키우면 연석이 나쁜 사람이 될 것 같았다. 백연석은 그걸 깨달은 이후 입을 다물었다. 일하느라 바쁜 부모님에게 말해봤자 소용도 없고 걱정만 키웠다. 어차피 고3이니 1년만 버티면 졸업이었다.

하지만 버티는 게 쉽지는 않았다. 때리는 것뿐 아니라 강선빈은 계속해서 연석에게 시비를 걸었다. 지나다닐 때마다 말싸움을 걸고 교과서나 사물함에 낙서를 해놓기도 했다. 연석은 강선빈의 표적이 된 이후 반에서도 은근히 따돌림을 당했다. 엮여서 골치 아플 일을 모두가 피하는 게 눈에 보였다. 하지만 그때도 곁에 함께 다니는 사람이 있어서 견딜 수 있었다. 옆 반의 양소연이었다.

소연은 초등학교 2학년 때 골목에서 놀다가 만나 친구가 된 사이였다. 양소연은 성격이 시원하고 매력적이어서 남학생들 사이에 인기가 많았다. 어떻게든 같이 앉거나 등하고 길에 같이 가려는 남학생들이 차고 넘쳤다. 하지만 소연은 꼭 연석을 기다렸다가 함께 다녔다. 심지어 등굣길에도 소연이 먼저 와서 연석의 집 앞에서 기다릴 때가 많았다. 부모님도 양소연을 잘 알았다.

"내가 남자였으면 강선빈 패줬을 텐데."

소연은 틈 날 때마다 투덜거렸고 연석은 그럴 때마다 웃었다.

"말만으로도 고맙다, 야."

"농담 아니야. 저런 건 꼭 죽지도 않아."

"그래도 그렇게 험하게는 말하지 마."

양소연은 겉모습과 달리 말이 직설적이었다. 연석은 그런 그녀의 모습이 좋았지만, 그래도 그렇게까지 말하는 건 듣고 싶지 않았다. 소연은 입을 삐죽대다가 연석의 등을 철썩 때리며 소심하다고 투덜거렸다.

"사실 나, 강선빈하고 작년에 독서반에서 같이 활동한 적 있었거든. 그때는 애가 참 괜찮았는데 대체 왜 그렇게 변했는지 모르겠다."

양소연은 한숨을 쉬며 말했다.

"독서반이었다고? 걔가?"

"응. 처음에는 책 읽는 걸 어색해했는데, 내가 짝으로 붙어서 같이 읽었더니 훨씬 나아졌어. 고맙다고 나한테 초콜릿도 사다 주고 항상 인사도 했거든. 요새는 계속 눈도 안 맞추고 피하더라고."

아쉽다는 듯한 소연의 말에 연석은 어딘지 심술이 났다. 친한 친구가 자신을 괴롭히는 상대에 대해 좋은 말을 하는 게 싫었다. 그리고 백연석은 인정하지 않았지만, 그는 양소연의 간단한 말에 담긴 강선빈에 대한 연민에 질투심이 났다.

"수능까지만 버티면 뭐, 이제 우리 둘 다 걔랑 볼 일 없을 테니까."

백연석은 애써 웃으며 말했다.

하지만 강선빈은 거기에서 끝내지 않았다. 일은 일파만파 계속해서 퍼져갔다.

"야, 나 패드 없어졌어!"

6월의 어느 날, 체육 수업을 하고 돌아온 학생 중 하나가 아이패드가 없어졌다며 소리쳤다.

"나도!"

"어, 나도 없어졌다."

다른 친구는 충전하던 스마트워치가 없어졌고, 또 다른 친구는 비싼 펜이 사라졌다. 담임이 들어와서 반 학생들을 둘러보았다.

"누가 그런 건지 지금 선생님한테 말하면 그냥 넘어가겠다. 선생님 핸드폰으로 메시지 지금 보내라."

하지만 범인이 나올 리가 없었다. 한동안 메시지를 기다리던 선생님은 곧 모두 가방을 책상 위에 올려두라고 했다. 하나씩 확인하던 선생님이 백연석의 가방 앞에서 굳어졌다. 없어졌던 모든 물품들이 백연석의 가방에서 나왔다. 파란 백팩에서 쏟아지는 낯선 물건들을 보면서 연석은 눈을 들어 강선빈을 노려보았다. 그는 비실거리며 웃고 있었다.

그걸 보며 백연석은 생각했다. 그래, 나도 저 새끼가 죽어버렸으면 좋겠어.

나희는 제대로 강선빈을 한 방 먹이고 싶었다. 하지만 강선빈이 말한 핸드폰을 찾아달라는 부탁을 거꾸로 하려면 뭘 어떻게 해야 할지 알 수 없었다. 고민하던 나희는 한숨을 푹푹 쉬며 그냥 좀 버티다가 강선빈이 제풀에 지쳐 떠날 때까지 기다려야 할지도 모른다고 말했다. 하지만 수영은 고개를 저었다.

"그런 놈들 생각보다 오래 버틸 수도 있어. 진짜 그 할머니처럼 한 10년 버티면 어쩌려고 그래."

"으악, 끔찍해."

나희는 머리를 쥐어뜯었다. 그녀는 고민하면서 핸드폰을 두드렸다.

"기사 검색하니까 자세한 게 조금 더 나와요."

나희는 핸드폰으로 검색한 기사를 보며 말했다. 지난번 강선빈의 친구 SNS에서 본 정보를 기반으로 다시 뉴스를 검색한 결과였다. 이름은 정확히 나오지 않았지만 고등학교 3학년 학생이 근처에서 킥보드를 타다가 죽은 사망사건은 3개월 전 하나뿐이었다.

"이 밤에 왜 킥보드를 탔을까."

"그러게. 밤에 놀러 다녔나?"

수영은 테이블에 엎드린 채 중얼거렸다.

"삼화고등학교는 보통 꽤 얌전한 애들이 많은데 저런 새끼가 있었으니 참 시끄러웠겠어."

"수영 씨, 삼화고에 누구 아는 애 있어?"

갑자기 등 뒤에서 들려온 목소리에 수영은 놀라서 벌떡 일어섰다. 고순영이 뒤에서 들어오다가 지레 놀라서 가슴을 부여잡았다.

"에구, 깜짝이야. 아니 수영 씨, 왜 그렇게 놀라. 애 떨어지는 줄 알았네."

"아아, 고 주임님. 죄송해요. 손님이 아무도 없는 줄 알았는
데 갑자기 목소리가 들려서 그만……."

"내가 너무 갑자기 끼어들었지? 나이 먹어서 주책이야. 근
데 삼화고등학교는 왜?"

고순영은 가슴을 탕탕 두드렸다.

"우리 아들이 거기 다니잖아. 뭐 궁금한 거 있어?"

나희와 수영은 순간 시선을 마주쳤다. 예상외의 힌트가 등
장했다. 이 동네는 정말 좁고 좁았다.

"아드님이 3학년이라고 하셨죠?"

수영이 확인차 묻자 고순영은 환하게 웃었다.

"아유, 수영 씨는 별걸 다 기억하네. 맞아. 3학년이고, 공부
는 잘 못해. 애가 건강은 한데. 뭐…… 좀 불편한 일은 있었지
만. 아무튼, 뭐가 궁금한 건데?"

나희와 수영 둘은 슬쩍 고개를 끄덕였다.

"잠깐만, 고 주임님. 이쪽으로 앉아보세요. 제가 좀 궁금해
서 여쭤볼 게 있어서요. 시간 괜찮으세요?"

"응, 응, 왜? 지금 사무실에 일 없어서 괜찮아."

수다 떠는 것을 워낙 좋아하는 고순영은 눈을 빛냈다. 매
점으로 다른 손님들이 들이닥치는 동안 수영은 고순영과 함께
테이블 자리에 앉아 한참이나 이야기를 나눴다. 나희는 대화

내용이 궁금했지만, 일단 손님들을 소화해야 했기 때문에 끼어들 수가 없었다. 대략 20분 뒤 고순영은 일어나서 수영이 쥐여준 커피 한 잔을 들고 사무실로 돌아갔다.

한참 계산하는 나희 곁에서 수영은 묵묵히 일을 도왔다. 사람이 쭉 빠지고서 어느 정도 뜨막해지고 나서야 수영이 입을 열었다.

"거 참 일이 묘하네."

"왜요, 언니? 뭐 알아낸 거 있어요?"

"응. 고 주임님 네 아들 말이야. 같은 학년에 같은 반인 데다가 강선빈 그놈하고 뭔가 무척 사이가 나빴나 봐."

어머나, 하고 나희는 입을 가렸다. 공교롭기 그지없는 일이었다. 수영은 투덜거렸다.

"하여간 이놈의 동네는 한 다리 건너면 다 나온다니까."

"일단 지금 저희한테는 좋은 일이네요."

"그렇긴 한데 가끔 좀 무섭다고."

고순영에게서 들은 이야기는 상당히 구체적이었다. 고순영의 아들인 백연석은 고등학교 3학년 올라가자마자 강선빈에게 맞았고, 고순영은 학교에 항의했지만 별다른 효과는 없었다. 고순영은 펄펄 뛰었지만 학교 측에서는 움직이는 흉내만 냈다고 했다.

그런 일이 몇 번 더 발생한 후 아들은 고순영에게 학교에서 있었던 일을 잘 말하지 않게 되었다. 별일이 없었다기보다는 말하지 않는 것을 선택한 것 같다고 고순영이 전했다. 하지만 고순영도 별 도리가 없어서 예의 주시만 하고 있었는데, 어느 날 갑자기 강선빈이 죽어 삼종합병원 장례식장에서 장례를 치렀다.

흥미롭게도 양소연에 대해서도 고순영이 알고 있었다. 아주 어릴 때부터 아들의 친구였다고 했다. 워낙 오래 골목에서 같이 살고 친했던 사이라 부모와도 알았다. 양소연이 혹시 강선빈과 사귀는 사이였냐는 질문에 고순영이 고개를 절레절레 흔들었다.

"아유, 무슨 소리야. 걔 연석이랑 꼭 붙어 다니는데. 등교 시간에도 먼저 우리 집에 와서 기다리거든. 여자애가 넉살도 좋아서 아침에 밥도 같이 먹고 갈 때가 있어."

"그럼 강선빈한테 감정이 좋을 가능성은 별로 없겠네요."

"소연이가 나한테 그놈 욕도 얼마나 많이 했는데."

고순영은 코웃음 치면서 대답했다고 했다. 수영이 전하는 말에 나희가 고개를 갸웃했다.

"그럼 강선빈은 왜 핸드폰을 보여주면 안 된다고 한 거죠?"

"글세."

김수영은 가만히 생각에 잠긴 채 고개를 옆으로 기울였다.

"그런데 고 주임님이 의외로 걔를 동정하시더라고."

“동정이요? 강선빈을요?”

“응. 하도 답답해서 하굣길에 기다려서 개랑 따로 이야기를 해봤나 봐. 그런데 의외로 고 주임님한테는 얌전하더래. 이상해서 여기저기 알아봤는데, 부모님이 몇 년 전 돌아가시고 혼자 살고 있던 애였대. 스트레스를 많이 받았다고 하더라고.”

“아…….”

“그래서인지 개 죽었을 때도 조용히 지나갔나 봐.”

수영은 어깨를 으쓱했고 나희는 잠시 침묵했다. 마음이 좀 이상했다. 그녀가 곰곰이 생각에 잠긴 모습을 보고 김수영도 가볍게 한숨을 쉬었다.

“다들 사정이 있긴 해. 그치?”

수영의 말에 나희가 고개를 끄덕였다. 나희가 그를 무시했을 때 강선빈이 그렇게 발작적으로 반응했던 게 사실은 이유가 있을지도 몰랐다. 강선빈이 나희를 위협해 위험하게 했던 건 도를 넘은 행동이 맞지만, 마냥 비난할 수도 없게 되어서 나희는 생각이 많아졌다.

그러나 문제는 따로 있었다. 고순영의 아들은 몇 개월 전 같은 반 아이들의 돈과 전자기기를 훔친 범인으로 지목되었다. 강선빈이 죽기 직전의 일이라 고순영은 그게 강선빈의 소행일지도 모른다고 생각하고 있었다.

“으음, 사실 의심스럽긴 하죠.”

"아무래도 그렇지?"

나희와 수영은 눈을 찌푸리고 생각에 잠겼다. 새롭게 알게 된 사실들도 그저 혼란스러울 뿐이었다.

백연석이 반에 들어가자 학생들은 핸드폰을 주머니에 넣었다. 눈에 보일 정도라서 속이 상했지만 그는 못 본 척하고 자기 자리에 앉았다. 대놓고 따돌림을 당하는 건 아니었지만, 여전히 뒤에서 도둑놈이라는 꼬리표가 따라다녔다. 그게 벌써 석 달도 더 전의 일이고 연석 자신이 열심히 해명했는데도 그랬다. 체육 시간에 연석이 반에 들어온 적 없다는 사실을 아는 담임은 다행히도 연석의 말을 믿어주었지만, 직접적인 증거가 없어서 반 아이들을 설득하지는 못했다.

그는 오후 수업을 듣는 둥 마는 둥하고 시간을 흘려보냈다. 고등학교 3학년이라 우등생들은 수업 시간에 열과 성을 다해 공부했지만, 나머지 학생들은 예전과 마찬가지였다. 백연석은 수업 시간에 딴 짓을 하는 편이 아니었지만, 최근에는 그마저 하고 싶지 않았다. 학교에 흥미가 너무 떨어지고 있었다.

'죽어버리면 다인가?'

강선빈이 죽은 후 연석의 마음은 여러 갈래였다. 연석의 학교생활이 힘들어진 것에 대해 책임도 지지 않고 죽어버린 강선빈에 대한 미움 반, 반대로 강선빈이 죽기를 바라던 마음에 대한 후회 반이었다. 어차피 이제 채 2개월도 남지 않은 고등학교 생활이라 딱히 더 고되거나 하지는 않지만 원망과 후회는 갈 곳을 잃고 배회하고 있었다.

마지막 수업이 끝난 후 연석은 바로 엄마 고순영이 근무하는 직장으로 발걸음을 옮겼다. 고순영이 오늘 야근이라 함께 저녁이라도 먹자고 했기 때문이었다. 고순영의 퇴근 시간까지는 한두 시간 더 기다려야 했지만, 엄마는 그곳 1층의 매점에 앉아 커피라도 마시며 기다리라고 했다.

연석은 1층 매점 문을 열고 들어가 커피를 사며 물었다.

"혹시 여기 행정팀 사무실이 어느 쪽인가요?"

"행정팀요? 일 보려면 저기 원무 데스크에 가시면 될 텐데."

"아뇨, 그…… 사무실에서 일하는 분들이 어느 쪽으로 나오시는지 궁금해서요."

카운터에 선 여자가 고개를 갸우뚱했다. 해맑고 귀여운 인상에 나이는 연석과 비슷할 것 같은데 대학생인 모양이었다. 연석은 이상해 보일까 봐 얼른 덧붙였다.

"저희 엄마가 여기서 일하시거든요. 퇴근 시간에 맞춰 같이 저녁 먹기로 해서요."

순간 여자가 아! 하고 입모양을 동그랗게 만들었다. 다른 테이블에 앉아 있던 여성 손님이 갑자기 일어나서 데스크로 다가왔다.

"고순영 주임님 아드님이신가?"

"어, 저희 엄마 아세요?"

연석은 어리둥절했다. 다른 테이블에 앉아 있던 손님도 매점 직원인지, 태연하게 카운터 안으로 들어가 연석의 커피를 내려주었다. 어린 여자 쪽이 방긋 웃었다.

"오전에 잠깐 매점 오셔서 아드님하고 저녁 먹으러 가신다고, 오후에 올 거라고 말씀하셨거든요. 백연석 군이죠?"

"아…… 엄마도 참."

연석은 얼굴이 벌게졌다. 고순영은 언제나 오지랖이 넓고 말도 많은 편이라서 동네 아주머니들은 연석의 학교생활을 미주알고주알 다 알았다. 직장에서마저 이럴 줄이야. 나이가 더 많은 여성 쪽은 씩 웃으며 커피를 내주었다. 두 여성은 어쩐지 의미심장한 얼굴로 서로 눈을 마주쳤다.

연석은 속으로 꿍얼대며 한쪽 구석의 테이블에 앉아 시선을 피했다. 이런 일이 하루이틀은 아니지만 아무튼 불편했다. 최대한 시선을 피하려고 구석에 웅크리고 앉아 이어폰을 꼈는데, 유튜브 영상을 두어 개 보고 났을 때쯤 테이블을 누군가 톡톡 두드렸다. 카운터에 있던 나이 많은 여성 쪽이었다.

"안녕, 연석 군. 잠깐 뭐 좀 물어보려고 하는데, 괜찮을까요?”

“예, 예? 저한테요?”

“맞아요. 난 김수영이라고 해요.”

김수영이 싱긋 웃었다.

“사실 연석 군이 잘 아는 사람한테서 부탁을 받은 게 있는데, 그걸 해결할 길을 못 찾아서요. 혹시 연석 군이 알까 하고.”

“어떤 건데요?”

짐작조차 되지 않아서 연석은 멍한 얼굴로 물었다. 수영은 고개를 갸웃거리다가 말했다.

“강선빈이라고 알죠?”

예상하지 못한 이름이 튀어나와서 백연석은 잠시 갈피를 잡지 못했다. 그는 잠깐 입을 다물었고 수영은 더 말하지 않고 연석을 바라보았다.

“걔…… 걔를 어떻게 아세요? 걔 석 달 전에 죽었는데요.”

“부탁을 받은 적이 있어서요.”

“무슨 부탁을…….”

“핸드폰을 찾아달라고 하더라고요.”

이게 무슨 소리인가 싶어서 백연석은 의아한 눈으로 수영을 바라보았다. 강선빈이 죽기 전에 핸드폰을 찾아달라고 했다는 건가? 잃어버렸었다는 건가? 연석은 강선빈의 핸드폰이 어떤 모델인지, 어떻게 생긴 것인지 알았다. 아주 오래된 구형 모델, 액정이 깨져 방사형의 금이 간 형편없는 물건이었다. 아마 새로 살 여력이 없었으니 강선빈에게는 아주 중요한 물건이었을 것이다.

하지만 그게 백연석과 무슨 상관인가.

"무슨 말씀이신지 모르겠어요. 걔 핸드폰에 대해서 제가 아는 것도 없고."

"아는 거 뭐라도 좋은데."

"진짜 몰라요. 걔는 그냥 같은 반 애일 뿐이라서요. 뭐 특별히 얽힌 관계도 아니고요."

수영은 잠시 백연석을 바라보았지만, 연석은 더 이상 대화할 의지가 없다는 얼굴로 고개를 돌렸다. 그녀는 고개를 끄덕인 후 말을 덧붙였다.

"그렇구나. 사실 강선빈이 양소연이라는 학생한테서 그 핸드폰을 꼭 숨겨달라고 해서요. 뭐 나쁜 게 있는 거 아닌가 해서 그랬지."

연석은 순간 굳었다. 수영은 별거 아니라는 듯 손을 젓고 카운터로 돌아갔다. 한 시간 후 고순영이 업무를 끝내고 매점으로 찾아올 때까지, 백연석은 유튜브 영상을 한 개도 더 보지 못했다.

　백연석은 몰랐지만 매점 바깥에는 익숙한 얼굴의 영혼이 서 있었다. 강선빈은 심술궂은 표정으로 팔짱을 끼고 서서 계속해서 핸드폰을 찾아내라고 요구했다. 손님이 있으니 나희와 수영은 눈길도 주지 않았지만, 강선빈도 거칠게 굴지는 않았다. 어쩐지 한 풀 기가 꺾인 듯한 모습이었다. 나희가 정말 다칠 뻔했던 날 이후 그는 더 이상 그녀의 곁을 맴돌지 않고 매점에만 나타났다. 가끔 눈치를 보며 뭔가 말하려다가 입을 다물기도 했다. 어째서인지 백연석이 있는 매점 쪽도 시선을 피했다.

　나희는 슬쩍 수영에게 고개를 숙여서 속삭였다.

　"쟤, 좀 미안해하는 거 같지 않아요?"

　"좀 그런 거 같긴 해."

　강선빈은 여전히 핸드폰을 찾아달라고 말했지만 태도는 얌전했다. 그는 이내 흥분할 것 같다가도 곧 나희와 시선이 마주치면 고개를 돌려 눈을 내렸다. 미안해하는 기색에 나희는 참 의외라는 생각이 들었다.

　"저 백연석 친구는 핸드폰에 대해 아무래도 아는 게 없는 거 같죠?"

　"알아도 말은 안 해줄 거 같아. 일단 미끼는 던졌는데 물지도 잘 모르겠고."

흠, 하면서 수영은 턱을 문질렀다. 둘은 애매한 상황이었다. 강선빈의 부탁을 들어줄지, 아니면 거꾸로 복수를 해줄지, 핸드폰을 찾을지 말지 결정하기가 어려웠다. 하지만 일단 핸드폰을 찾은 뒤 어떻게 할지 정할 수 있을 것 같아 할 수 있는 데까지는 찾아보기로 했다.

곧 고순영이 매점으로 들어와 아들을 데리고 나갔다. 저녁을 먹으러 간다고 했다. 아들을 데리고 나가는 엄마는 무척 들뜨고 기분 좋아 보였다. 나희는 카운터에 턱을 괴고 씩 웃었다.

"좋을 때다."

"뭔 노인네 같은 소리를 해."

"진짜로요. 엄마랑 같이 밥 먹는 게 얼마나 좋은데요."

그리움이 깃든 말에 수영은 나희의 머리를 토닥였다. 하늘에 노을이 깊게 드리우다 어두워졌고 창밖의 강선빈은 그사이 사라지고 없었다. 밤이 깊은 바깥에는 인적이 드물었다.

의외의 손님이 찾아온 것은 다음 날 오후 일곱 시 경이었다. 수영과 나희는 매점 문을 열고 들어오는 백연석을 쳐다봤다. 연석은 머뭇거리다가 카운터로 다가왔다.

"어제 어머님하고 저녁 잘 먹었어요?"

수영은 그가 올 것을 예상했던 것처럼 자연스럽게 물었다. 나희는 좀 당황했지만 일단 입을 다물고 가만히 있었다. 연석은 고개를 끄덕이고 망설이며 말했다.

"강선빈이 핸드폰 소연이한테 보여주지 말라고 했다고, 어제 말씀하신 게 걸려서 다시 왔어요."

"그랬군요."

"사실 제가 걔 핸드폰이 어디 있는지 아는 건 아닌데, 있을 만한 곳은 알아서요."

일몰 무렵이라 바깥에는 강선빈이 서 있었다. 백연석을 물끄러미 보면서 그는 어제와 달리 말이 없었다. 나희는 흘긋 강선빈 쪽을 봤다가 연석에게 시선을 돌렸다.

"거기가 어디예요?"

"가까워요. 여기서 차로 20분 정도 걸리나? 강선빈네 집이에요."

연석은 입을 꾹 다물었다가 다시 말했다.

"지금 같이 가보실래요? 걔 핸드폰이 소연이랑 무슨 관계인지 알고 싶어서요."

"그래요, 그럼."

수영은 나희를 끌고 매점 문을 잠그고 나섰다. 문에는 오랜만에 "저녁 먹고 돌아옵니다"라는 팻말을 붙인 채였다. 그녀는 차 키를 가지고 운전해서 곧장 연석이 가리키는 곳으로 향했다. 재개발이 곧 있으면 시작되는 구역이었다.

주민 이주가 완료된 지역으로 차를 몰면서 수영이 물었다.

"강선빈이 여기에 살았어요?"

"네. 담임선생님하고 한 번 왔던 적이 있어요."

연석은 어느 좁은 골목 어귀에 차를 세워달라고 했다. 텅 빈 유령도시 같은 동네였다. 인기척이라고는 느껴지지 않아 목덜미에 소름이 돋았다. 고요한 회색 골목 안을 조금 더 걸어 들어가, 연석은 낡은 철 대문 하나를 밀고 들어갔다. 오래된 단층집이었다.

담임과 왔던 집의 현관문은 열린 채였다. 강선빈이 죽은 후 그의 유류품을 유족 대신 받은 담임은 그것을 선빈의 집에 가져다뒀다고 했다. 아마 거기에 핸드폰도 포함되어 있을 것이다. 연석은 자신의 핸드폰 플래시를 켜고 어둡고 좁은 방 안에 들어갔다. 먼지가 잔뜩 쌓여 쓸쓸한 공간이었다.

나희와 수영도 그의 뒤를 따라 들어갔다. 좁은 방 안에는 앉은뱅이책상 하나와 이부자리뿐이었다. 그 책상 위에 비닐에 곱게 쌓인 교복과 물품이 보였다. 담임이 가져다놓은 유류품이었다.

"이거네요."

연석이 비닐을 열고 안의 물건을 꺼냈다. 아주 오래된 구형 핸드폰이 그의 손 안에 들어왔다. 작은 창문으로 달빛이 들어와 핸드폰의 방사형으로 깨진 액정을 비췄다.

"이거 근데 배터리 다 닳아서 안 켜질 거예요. 게다가 너무 구형이라 충전기도 맞는 거 찾기 힘들 텐데."

“한번 켜보기나 할까?”

나희가 핸드폰을 받아 전원 버튼을 눌렀다. 켜질 리가 없었다. 3개월이 넘도록 방치된 아주 오래된 핸드폰이었다. 아예 망가지지나 않았으면 다행이었다.

“충전기를 구해야 하는데 그거부터 난관이네.”

나희는 고민스러운 얼굴로 고개를 갸웃했다. 하지만 그때, 핸드폰의 깨진 액정으로 빛이 스미기 시작했다. 핸드폰이 켜지고 있다는 사실을 깨닫고 세 사람은 커다래진 눈으로 놀라 그것을 들여다보았다. 통신사의 로고가 떠오르며 반짝 빛난 액정에 곧 핸드폰의 메인 화면이 나타났다.

“어, 어? 이게 켜질 리가 없는데.”

“그러게……”

수영이 천천히 핸드폰 화면을 살폈다. 배터리는 완전히 충전된 상태로 나타났다. 심지어 맨 위에 와이파이가 연결되었다는 표시도 나타났다. 마치 강선빈이 생전에 사용하던 때처럼 핸드폰은 멀쩡해 보였다. 하지만 어플을 건드려보자 아무런 반응이 없었다. 통화 어플도, 웹사이트도 열리지 않았다.

“뭐지? 고장 난 걸까요?”

연석이 이해할 수 없다는 얼굴로 고개를 갸웃거렸다. 나희는 가만히 화면을 들여다보다가 강선빈의 말을 떠올렸다. 그는 양소연에게 핸드폰을 보여주지 말아야 하고, 메일을 보내야 한다고 했다.

그녀는 수없이 많은 어플들 사이에 있는 메일 아이콘을 눌렀다. 곧 어플이 커지며 화면이 나타났다.

"어, 어? 이건 되네?"

연석의 탄성을 들으며 나희는 메일함을 살폈다. 받은 메일 중 특별한 건 없었다. 온통 게임 프로모션이나 쇼핑몰 할인 소식뿐이었다. 곁에서 보던 수영이 임시 보관함을 가리켰다.

"여기, 쓰다 만 메일이 있는데?"

과연 쓰다가 보내지 못한 메일이 한 통 저장되어 있었다. 임시 보관함을 누르자 이미지 몇 장이 첨부된 메일이 나타났다. 파란 백팩을 벌리고 그 안에 아이패드를 집어넣으며 카메라를 보고 있는 강선빈의 사진이었다. 몇 장의 사진에서 그는 파란 백팩 안에 각각 다른 물건을 집어넣고 있었다. 사진 속 강선빈은 웃고 있었지만 어딘지 켕기는 듯한 표정이었다.

로딩된 사진을 보고 연석이 망연하게 말했다.

"어…… 이거, 제 가방에 물건 넣기 전에 찍은 사진이네요."

"물건?"

"그게……"

연석은 자신이 도둑으로 몰렸던 사건을 간단히 축약해서 들려주었다. 나희와 수영도 어느 정도는 아는 일이어서 이해하기 쉬웠다. 연석의 파란 백팩 지퍼를 열고 물건을 넣으면서 강선빈은 히죽대는 인증샷을 찍어두었다. 과시였을까, 조롱이었을까.

연석은 말없이 사진을 보다가 메일 수신자에 눈길이 닿았다.

"받는 쪽이 담임선생님 메일 주소인데요."

"무슨 내용이야?"

나희는 눈을 찌푸렸다. 강선빈이 말했던 메일이 이것이었다. 사진 밑에 나타난 메일 내용을 백연석이 천천히 읽었다.

"선생님, 고백할 것이 있어서 메일 드립니다. 얼마 전 백연석이 물건 훔쳤던 거, 제가 그런 겁니다. 그냥 걔 골탕 먹이고 싶어서요. 솔직히 질투 났어요. 걔가 막 그렇게까지 난처해질 거라고 생각을 못 했어요. 제가 한 짓입니다. 아시잖아요. 저 이상한 놈인 거."

거기까지 읽고 백연석은 잠시 멈췄다가 이어서 말했다.

"백연석한테 정말 미안하다고 전해주세요."

연석은 입을 꾹 다물었다. 나희와 수영은 서로 얼굴을 쳐다보다가 한숨을 쉬었다. 메일의 작성일자는 강선빈이 죽기 며칠 전이었다.

"마지막까지 마음에 걸렸을 수밖에 없네."

메일을 보내려다가 용기가 나지 않아 전송 버튼을 누르지 못했을 것이다. 누명을 씌우고, 그 때문에 반에서 따돌림 당하는 백연석을 보면서 자신의 잘못을 알긴 했을 텐데. 하지만 잘못을 바로잡을 사이도 없이 강선빈은 세상을 떠났다. 그게 못내 마음에 걸려 오랫동안 이 근처를 배회했던 것이다.

"씨발, 그 짓을 하기 전에 잘못이라는 걸 알았어야지."

백연석이 내뱉었지만 거기에는 분노보다 한탄이 더 많이 섞여 있었다. 그는 복잡한 마음으로 얼굴을 벅벅 문질렀다. 뒤늦게 알게 되었어도 그동안 고생한 연석의 시간은 돌아오지 않는다. 대체 이게 뭐란 말인가.

"이거 가져다 선생님께 보여드려야 하지 않겠어?"

나희가 조심스럽게 묻자 연석은 얼굴을 벅벅 문질렀다. 이제 와서 이걸 자기 손으로 가져다줘 봤자 무슨 의미일까. 한숨을 푹푹 쉬는 그의 곁에서 수영과 나희는 별다른 말을 하지 못했다. 연석은 화와 한탄이 섞인 소리를 내뱉었다.

"이걸 쓸 거면 지 손으로 보내기까지 했어야지, 대체⋯⋯."

그때 화면이 환하게 빛났다. 놀란 셋이 바라보는 사이 메일의 전송 버튼이 눌렸고, 곧 메시지가 떠올랐다.

—메일이 발송되었습니다.

아무도 손을 대지 않은 터라 셋은 모두 눈이 휘둥그레졌다. 그리고 곧, 핸드폰의 화면이 검은 색으로 꺼졌다. 희미하게 빛나는 달빛이 창문으로 들어와 깨진 핸드폰의 액정을 비추었다.

강선빈이 매점에 나타난 것은 사흘 뒤였다. 일몰 무렵 창밖을 보던 나희는 기다렸던 손님이 나타나자 일어나서 창문을 열었다. 강선빈은 처음 만났을 때처럼 평범한 남학생의 얼굴로 머뭇거렸다. 나희는 핸드폰을 내밀었다.

"찾았어."

강선빈은 창가로 다가와서 핸드폰을 내려다보았다. 그는 침울한 얼굴로 액정을 보다가 주머니에 손을 넣고 나희를 바라보았다.

"나, 잘한 건가요?"

아직 성인이 되지 못한 남학생의 어린 얼굴이었다. 나희는 어떻게 대답할까 하다가 고개를 저었다.

"잘한 건 아니지."

"역시 그렇죠?"

"잘했다고 칭찬받으려면, 애초에 연석이를 그렇게 괴롭히지 말았어야지. 너 못된 애였더라."

강선빈은 우울하게 고개를 끄덕였다. 그는 한참 석양지는 하늘을 바라보았다.

"나 항상 내 상황도, 주변 사람들도, 나 자신도 싫었거든. 어설프게 동정하는 담임도 백연석도 다 싫었어요."

"그랬구나."

"특히 날 무시하는 게 싫었거든요. 부모님 돌아가신 이후로 쭉. 항상 화가 나 있었어요."

나희는 작게 그래, 하고 대답했다. 강선빈이 이어서 말했다.

"무슨 뜻인지 알죠? 변명하려는 건 아니지만요."

"그래, 알았어."

나희는 고개를 끄덕였다. 지금 와서 강선빈의 삶에 말을 보탤 자격은 나희에게 없었다. 그의 삶은 난관이 가득했지만, 얼마나 힘들었을까 하는 연민도 강선빈이 원하는 바가 아닐지 모른다. 그저 있는 그대로 타인의 삶을 받아들이는 건 생각보다 어려운 일이다.

"그쪽한테도 미안했어요. 괜히 괴롭히려고 들고 위험한 짓이나 하고."

강선빈이 어렵사리 사과의 말을 꺼냈다. 나희는 물끄러미 그를 바라보다가 어깨를 으쓱했다.

"그래도 마지막에 사과하고 네 잘못을 수습한 건 잘했어. 그럴 기회가 있어서 다행이었지. 안 그러니?"

"그건 그래요."

"그러니까, 넌 진짜 못된 애는 아니었던 거 같아."

나희는 빙긋 웃었다.

"편하게 떠나도 돼, 이제."

강선빈은 소심하게 몸을 움츠리고 있다가 마침내 만족한 듯 기분 좋은 한숨을 내쉬었다. 그가 몸을 돌려 돌아서자 그곳에 장례지도사가 서 있었다. 여전히 얼굴에는 짙은 안개만이 낀 채 그녀는 가만히 서서 강선빈에게 인사했다.

"이제 가실 시간입니다, 손님."

장례지도사에게는 얼굴이 없었지만 미소 짓는 것을 알 수 있었다. 강선빈은 고개를 끄덕이고 그녀가 가리키는 방향을 향해 걸어갔다. 나희는 손을 들어서 인사했다. 장례지도사는 나희에게 슬쩍 고개를 숙여 보이고 그대로 강선빈의 뒤를 따라갔다. 평소처럼 그 얼굴에서 웃는 기색이 느껴졌다.

"잘 가, 강선빈!"

나희는 주문창을 열고 제법 크게 말했다. 어둠 속으로 둘의 모습이 순식간에 묻혀 들어갔다. 그를 데리고 가는 장례지도사는 아이를 인도하는 어머니처럼 단단해 보였다.

사실 나희는 이 구형 핸드폰의 충전기를 구해 핸드폰을 애써 켜보았었다. 하지만 전원이 들어온 핸드폰에도 별다른 것은 없었다. 갤러리 어플에 딱 한 장, 강선빈과 양소연의 사진이 있었던 것을 제외하면. 아마 특별활동 시간에 함께 찍힌 사진인 것 같았다. 양소연의 시선은 오로지 책을 향하고 있었지만, 강선빈의 눈길은 그녀를 하염없이 따라가고 있었다. 이 사진은 강선빈의 소원대로 양소연에게 보이지 않고 영원히 사라질 것이다. 나희는 후회 없는 마음으로 주문창을 닫고 카운터로 돌아섰다.

"아, 잘됐다. 하여긴 골치 아픈 일이 참…… 어머나."

나희는 당황해서 말을 삼켰다. 돌아섰을 때 매점 안에 손님이 있었기 때문이었다. 게다가 그 손님은 아주 황당한 얼굴을 하고 있는 박현우였다.

"하, 하하, 선생님, 오셨어요? 저, 오늘, 오늘도 커피 사러 오셨나요?"

나희는 최대한 태연한 척 말했지만 계속 더듬었다. 하필 꼭 들키는 사람한테 계속 들킨다. 박현우는 평범한 표정을 지으려고 애썼지만 애쓰는 것까지 얼굴에 다 드러났다. 두 사람 모두 마치 로봇처럼 뚝딱대며 아닌 척하고 있었다.

나희는 얼른 커피를 컵에 따라 내밀고서 계산했다. 박현우가 카드를 넣고 계산이 끝나 영수증이 나왔을 때, 그가 조심스럽게 말을 꺼냈다.

"저……."

"네, 네?"

화들짝 놀라는 나희를 향해 그가 두 손을 들어 올려 진정하라는 뜻을 전했다. 오해하지 말라는 말에 덧붙여서 박현우가 말했다.

"혹시 요즘 좀 힘드세요?"

"어머, 어머, 그런 거 아니에요 선생님. 그런 거 아니에요 정말."

나희가 어색하게 웃으며 고개를 흔들었지만 박현우는 믿는 눈치가 아니었다. 그의 얼굴에 스민 걱정스러운 기색 때문에 나희는 더 쪽이 팔렸다. 그는 커피를 들고 돌아서려다 한 마디를 더 남겼다.

"힘든 일 있으시면 병원 들러보는 거 괜찮아요. 요새는 뭐 드문 일도 아니고."

별거 아니라는 듯한 박현우의 말에 나희는 얼굴이 벌게졌다. 그게 아니라고 해명하고 싶었지만 대체 뭐라고 해명한단 말인가. 운 나쁘게 박현우에게 연이어서 이런 광경을 들킨 게 문제였다.

며칠 뒤 담임이 백연석을 교무실로 불렀다. 담임의 책상에는 몇 장의 서류와 프린트된 사진이 놓여 있었다. 그는 피로한 기색으로 연석을 앞에 앉혔다. 그는 무슨 일인지 짐작되는 바가 있어 담임을 바라보았다. 중년 남성인 담임의 얼굴은 낯빛이 어두웠지만 동시에 후련한 표정이어서 꽤 기묘했다.

"며칠 전에 메일을 하나 받았단다."

“메일이요?”

“그래. 이상한 일이긴 하지만……. 선빈이한테서 온 메일이란다.”

담임은 연석이 놀란 얼굴이 되기를 기대하는 눈이었지만 백연석은 평온했다. 굳이 놀란 척을 지어내고 싶지 않았다. 담임은 의아한 표정으로 말을 이었다.

“아마도 예약 메일로 설정을 해놨지 않았을까 싶더구나. 왜 이렇게 오랜 시간 후로 예약을 설정했을까 싶긴 하지만.”

“네…….”

“메일 내용은 넉 달 전 반에서 있었던 분실 사건에 대한 거였는데 말야. 선빈이가 너에게 누명 씌우려고 벌인 일이었다고 하더구나.”

담임도 이미 어렴풋이 짐작했던 내용이라 크게 놀라지는 않은 기색이었다. 그는 그날의 현장에서 연석을 유일하게 믿어줬던 사람이기도 했다.

“반 애들한테 이 내용을 알려주면 네 누명이 완전히 해소될 거야. 아직도 의심하는 애들이 있잖니.”

“다행이네요. 좀 빨랐으면 더 좋았을 텐데.”

연석의 시니컬한 반응에 담임은 희미하게 웃었다.

“그러게 말이다. 선빈이가 메일 말미에 적었더구나. 네게 미안하다고 전해달라고.”

백연석은 직접 보았던 메일 내용을 떠올렸다. 일을 쳐놓고 어떻게 해야 할까 고민했을 강선빈의 얼굴이 메일과 겹쳐서 떠올랐다. 연석은 깊이 한숨을 쉬며 손을 내려다보았다. 그는 자기도 모르게 주먹을 꽉 쥐고 있었다.

"걔가 살아서 저한테 사과했다면 더 좋았을 거 같아요."

"그래, 그랬겠지."

"살아 있었다면, 직접 사과를 들을 가능성이 있었겠죠. 그러니까 제 말은……."

강선빈이 사과를 위해서라도 죽지 않았더라면 좋았을 것이다. 사이가 아직 나쁘더라도 어쨌든 살아 있었다면 모든 가능성이 여전히 열려 있었을 테니까. 담임은 생략된 그 말을 알아들었다.

그날 하교할 시간쯤에는 이미 연석의 도둑질이 강선빈의 짓이라는 소문이 전교에 다 퍼져 있었다. 소문이란 빠른 법이다. 게다가 괴롭히던 강선빈이 이미 죽었기 때문에 더욱 소문이 빨랐다. 연석을 은근히 따돌리던 아이들이 눈치를 보며 서로 수군거렸다.

양소연은 그날도 하교 시간에 맞추어 반 앞문에서 기다리고 있었다. 그녀 역시도 소문을 들었다. 하지만 평소와 다름없는 표정으로 소연은 연석을 이끌고서 학교를 나섰다. 교문을 나서서 한참 지날 때까지 소연은 말이 없었다. 그녀는 집 근처 어린이 놀이터까지 연석을 끌고 갔다. 연석이 아이스크림을 사 와서 둘이 하나씩 들고 먹었다.

"좋은 소식 있더라?"

소연이 한쪽 눈썹을 올리며 물었다. 연석은 피식 웃으면서 고개를 저었다.

"응. 참…… 되게 늦긴 한데 뭐, 좋은 소식이긴 하네."

"당연히 그럴 거라고 생각하긴 했어."

양소연은 단호하게 말하며 다 먹은 아이스크림 쓰레기를 착착 접었다. 연석도 소연이 언제나 자신을 믿었다는 걸 잘 알았다. 그는 놀이터의 낮은 벤치에서 긴 다리를 쭉 편 채 하늘을 바라보았다. 노을이 지고 있었다.

양소연은 한동안 턱을 괴고 노을을 바라보다가 말을 꺼냈다.

"사실 강선빈 개 말야, 나한테 고백하려고 했었대."

"뭐?"

연석은 눈을 끔벅거렸다. 강선빈이 소연을 좋아한다는 건 이미 눈치채고 있었지만 설마 그걸 양소연도 알 줄은 몰랐다.

"개 죽은 다음에 친구가 말해주더라고. 근데 친구가 말렸대. 소연이 따로 좋아하는 사람 있으니까 그러지 말라고."

"따, 따로 좋아하는 사람이 있어? 네가?"

백연석이 놀라서 말을 더듬으며 외쳤다. 양소연이 눈을 가늘게 떴다. 어딘가 못마땅한 기색이었다.

"너 정말 모르겠다는 거야?"

소연은 입술을 꾹 깨물었다. 그녀는 얄밉고 아둔한 존재를 바라보는 눈길로 연석을 노려보았다. 하지만 그 눈길에는 분명한 애정이 깔려 있어서 연석은 자기도 모르게 가슴이 두근거렸다.

"멍청하기는."

양소연은 연석의 등을 한번 철썩 치고 벌떡 일어나서 골목길로 걷기 시작했다. 백연석은 황급히 그녀의 뒤를 따라가 곁에 나란히 섰다. 노을이 물드는 콘크리트 길 위로 두 사람의 떠들썩한 수다 소리가 울렸다.

# Chapter 4.

병실 창문 밖 하늘이 맑았다. 아래를 내려다보자 맞은편 동네 뒤를 둘러싼 작은 산이 푸릇했다. 5월이라 봄이 깊었고 날이 더워서 이른 여름 날씨처럼 느껴졌다. 최희진은 재작년 여름에 친구와 동해로 휴가를 갔던 것을 떠올렸다. 그때는 7월이라 지금보다 훨씬 더웠지만, 지금처럼 하늘이 파랬다. 숲은 훨씬 짙은 녹색이었고 기온은 이르게 30도를 웃돌았다. 잔뜩 몰린 피서객들 사이에서 튜브만 타고 놀아도 재미있었다. 배고파 끓여 먹은 컵라면에서는 모래가 씹히고 걸핏하면 치고 지나가는 관광객들로 화가 났는데도 그랬다. 그래도 다시 간다면 성수기는 피해서 가는 게 좋을 것 같았다. 비수기의 바다도 아름다울 것이다. 가령 지금 같은 5월이라든가.

지금의 바다는 한가하고 푸르겠지. 최희진은 큰 베개에 기댄 채로 두서없이 생각했다. 하얀 구름, 반짝이는 모래, 곁에서 깔깔대고 웃던 친구의 웃음소리. 떠올리는 것만으로도 행복해져서 그녀는 미소를 띠었다.

"자, 최희진 님."

벌써 회진을 돌 시간이었는지 의사와 간호사가 함께 와서 침대 커튼을 열었다. 최희진은 흐린 시야로 익숙한 의사의 얼굴을 올려다보았다. 병세가 나빠진 이후 시력 역시 급속도로 떨어졌다.

"오늘은 기분이 좀 어떠세요?"

의례적인 질문이다. 하지만 의사로서도 어쩔 도리가 없는 상황이었다. 췌장암이 급격히 악화되면서 입원한 이후 그는 최선을 다해 최희진을 치료하려고 애썼다. 그걸 알아서 최희진은 그가 고마웠다. 그녀는 고개를 끄덕이며 최대한 괜찮은 얼굴을 만들려고 노력했다.

"나쁘지 않아요. 오늘 아침에는 죽도 먹었어요."

"그러셨군요. 잘하셨습니다."

의사 역시 애써 웃었다. 최희진은 이미 손 쓸 수 있는 단계를 지나 있었다. 지금처럼 정신이 맑은 시간도 점점 더 줄어들었다. 큰 고통에 마약성 진통제를 쓰면서 까무룩 잠드는 시간이 더 많았다. 기억도 오락가락하기 시작했다. 오늘은 정말 유달리 머리가 맑아서 고마웠지만 희진은 이 시간이 오래 가지

 나의 완벽한 장례식

않을 것을 잘 알았다. 마지막으로 좋았던 기억을 한 번 더 떠올리고 가라는 것일까 싶을 정도였다.

청년일까, 중년일까. 나이 구분이 쉽지 않은 안경 낀 의사는 무표정한 얼굴을 하고 있었다. 하지만 희진은 흐린 시야로도 그의 심적인 고통을 읽을 수 있었다. 그녀는 말했다.

"괜찮아요."

"……."

"다 좋아요. 정말로요."

의사는 잠시 그녀를 보다가 간호사에게 뭔가 지시하고 작게 희진에게 인사하고 떠났다. 황급히 떠나는 그 뒷모습이 마치 비참한 패잔병 같아서 희진은 위로해 주고 싶었다. 아마 그럴 시간이 없을 것이다.

그녀는 힘겹게 손을 들어올렸다. 푸른 하늘을 배경으로 펼쳐진 다섯 개의 손가락은 가시처럼 가늘었다. 뼈에 가죽만 붙은 듯한 모양새였다. 말도 안 되게 가느다란 팔목에는 뼈가 툭툭 불거져 나왔고 손등에는 힘줄이 앙상하게 올라왔다. 참 고약한 모습이다.

그래도 이제 정말 끝이 보였다. 어린 시절부터 루푸스가 있어 항상 힘들었고 합병증으로 심장과 신장에 문제가 생겼다. 평생 고통스러운 병에 시달려 왔지만 드디어 마지막이다.

옆의 보호자 침대에 앉은 어머니는 얼굴이 꺼칠했다. 예순이 넘은 나이에 하나밖에 없는 딸의 죽는 길을 함께해야 한다니, 새삼 어머니가 가여웠다. 하지만 이미 너무 오래전부터 어머니도 딸도 죽음을 준비해 왔다. 최희진은 자가면역 질환자였고, 루푸스가 심장에 침범해 태어나서 얼마 안 돼 성인이 될 수 없을 거라는 이야기를 들었다.

하지만 그녀는 서른까지 살아냈다. 이것만으로도 최희진은 자기 자신이 자랑스러웠다. 더 살고 싶은 욕구가 없다면 거짓말이겠지만, 남들이 생각하는 것보다 훨씬 담담했다. 간헐적으로 슬프고 억울할 때를 제외하면 그녀는 적당한 때에 죽음이 자신에게 다가왔다고 생각했다. 너무 늦지도 빠르지도 않게, 그녀에게 딱 맞는 시기에.

며칠 전 친구 김수영에게 더 이상 오지 말라고 해놓았다. 수영은 항의하는 눈으로 희진을 바라보았지만 결국 말 한마디 더 하지 않고 고개를 끄덕였다. 아마 그녀도 짐작할 것이다. 희진은 마지막으로 시들어 가는 모습을 보여주고 싶지 않았다. 수영은 그녀와 가장 좋은 시간을 많이 보낸, 즐겁고 환한 희진의 모습을 잘 아는 유일한 사람이었다.

'수영이는 내가 제일 건강할 때 모습을 간직해 줘야지.'

아무렴, 그렇다. 세상에 그런 사람 한 명 정도는 남아 있는 게 좋다. 주변의 모든 사람이 고통받는 희진의 모습을 기억할 것이다. 수영은 그러지 않았으면 좋겠다. 수영만은 희진과 가장 행복하게 놀러 다니던 시간을 떠올리기를 바란다. 이미 아픈 희진을 오래도록 보아왔지만 그래도 마지막 가는 길에는 행복했던 나를 배웅해 주기를.

"엄마."

"응?"

어머니의 지친 목소리가 대답했다. 희진은 핸드폰으로 음악을 틀어달라고 했다. 그녀는 80년대의 오래된 포크송을 좋아했다. 특히 이연실이 부른 〈목로주점〉을 좋아해서 어머니는 언제나 희진의 요청에 그 곡을 골라 틀어주었다. 또다시 핸드폰에서 청량한 목소리의 〈목로주점〉이 흘러나왔다. 희진은 만족스러운 기분으로 눈을 감았다. 죽을 때 가장 마지막까지 남는 감각이 청각이랬다. 끝까지 이 곡을 듣다가 갈 것이다.

"음악, 나 죽을 때까지 끄지 말아줘."

그녀는 작게 중얼거렸다. 얼마 걸리지 않을 거야. 다시 날카로운 통증이 등과 전신으로 퍼져나갔다. 호흡이 가쁘고 온몸의 관절이 부서지는 것 같았다.

'안녕.'

천천히 고통 속에 멀어지는 의식 속에서 희진은 희미하게 미소 지었다. 지금 의식을 놓으면 영원히 다시 떠오르지 못할 것이다. 그녀는 이미 확신하고 있었다.

◇ ◇ ◇

최근 일주일 넘도록 김수영은 매점에 전혀 들르지 않았다. 미수도 연락이 되지 않아 걱정했지만, 그래도 짐작되는 바가 있었다.

"친구가 많이 아프댔어."

출근하러 온 미수는 가볍게 한숨을 쉬었다.

"원래 지병이 있었는데 암이 생겨서 엄청나게 급속도로 진행됐나 보더라. 지난번에 이야기 들었을 때는 나을 가능성이 없는 모양이었어."

나희는 엄마를 떠올렸다. 나희의 엄마 역시 암으로 죽었다. 너무 젊은 나이에 위암에 걸려 진행속도가 지나치게 빨랐다. 아빠의 말로는 뭘 해볼 사이도 없이 앓다가 죽었다고 했다. 엄마 역시 몸이 튼튼하지 않았던 사람이라서 아픈 날이 많았는데, 결국 치명적인 병에 걸렸다. 아빠는 엄마가 아팠던 이유를 '이상한 것'을 보는 능력 때문이라고 믿었다.

"무척 친한 분인 거 같던데요."

"수영이가 자매 같은 애랬어. 그것도 샴쌍둥이. 취향이나 성격이나 이런 것도 너무 잘 맞았대."

미수도 어두운 얼굴이었다. 그렇게 마음 잘 맞고 친한 사람은 일생에 단 한 명이 나타나도 행운이다. 그런 친구를 보내는 일은 가족보다 쉽지 않을 것이다.

사실 이곳이 종합병원 매점이라 온갖 환자들을 많이 보았다. 매점에 들르는 손님들 중 테이블에 마주 앉아 긴 이야기를 나누는 사람도 많아서 정말 다양한 사정을 보고 들을 수 있었다. 응급차의 시끄러운 사이렌 소리와 다급한 의료진의 외침, 고통 때문에 울부짖는 환자의 비명. 반대로 조용히 이동용 침대에 누운 채 허공만 바라보는 고령의 환자들과 장기간 간병에 지친 보호자들. 세상에는 정말 많은 종류의 고통이 있었다. 나희는 어느새 그런 사정들에 다소 무뎌져 있었다. 그러나 그중 하나가 수영의 가장 친한 친구라는 이야기를 듣자 새삼스럽게 다가왔다.

"췌장암이랬는데 그게 고통도 정말 심하고 치료하기는 어려운 모양이더라. 죽으려면 누구나 한번은 괴로운 고비를 넘겨야 하지만 그중에서도 유달리 고통스러운 것 같았어."

"저도 그렇다고 들었어요."

"수영이가 마음이 복잡할 텐데 어째야 할지 모르겠다. 뭔가 해줄 수 있는 게 있으면 좋을 텐데. 걔가 혼자 사는 탓에 우울해지기 쉬울 거 같아서 더 걱정이네."

미수가 걱정스럽게 말했다. 매점 아르바이트생과 사장으로 만났어도 미수와 수영은 이미 나이차를 넘어 친구에 가까웠다. 사실 이제 나희도 마찬가지였다. 둘은 수영이 걱정되어 시무룩해진 채 어깨를 늘어뜨렸다.

그로부터 사흘 뒤 김수영이 매점에 나타났다. 그녀의 얼굴이 꺼칠했다. 친구 곁에서 간병한 걸까 싶어서 나희는 얼른 음료수를 내놨다. 김수영은 고맙다며 마시고서 테이블 자리에 주저앉았다. 나희가 메시지를 보내자 집에서 쉬던 미수가 얼른 매점으로 달려왔다. 누워 있다 나와서 머리가 까치집인 미수를 보고 수영은 미소를 지었다. 하지만 눈까지는 미치지 않는 미소였다. 그녀는 한동안 빈 음료수 캔을 만지작거리다가 입을 열었다.

"장례 치르고 왔어."

그녀는 담담하게 말했다. 미수도 나희도 말을 할 수가 없어서 침묵을 지켰다. 차라리 그 침묵이 고마워서 수영은 가만히 테이블을 내려다보았다. 산 지 오래되어 낡은 테이블의 나뭇결을 따라 의미 없이 시선을 따라갔다. 수영은 마치 깊은 물속에 잠수했을 때처럼 감각이 둔하고 귓속이 막힌 듯 모든 소리가 먹먹하게 들렸다. 최희진이 죽은 이후부터 계속 그랬다.

손님이 들어와서 나희가 얼른 카운터에서 계산했다. 매점에는 끊이지 않고 사람이 들어와서 자기들끼리, 혹은 나희와 주고받는 말소리로 시끌시끌했다.

하지만 미수와 수영이 마주 앉은 자리는 고요했다. 아무도 입을 열 기분이 아니어서 더욱 그랬다. 한참 들어오던 손님을 처리한 나희가 간신히 짬이 나서 다시 테이블로 돌아와 앉았다. 그동안 창밖을 바라보던 수영이 불현듯 나희를 쳐다봤다.

"어때?"

"뭐가요?"

나희는 어리둥절해서 물었다.

"어머니 돌아가신 이후에 몇 년이나 지나야 잊을 수 있었어?"

수영은 멍한 어조로 물었다.

"난 부모님하고 아예 남처럼 산 지 벌써 10년이 넘어서 잘 몰라. 애초에 별로 정도 없었거든. 나희네 어머님은 나희한테 아마 소중한 사람이었겠지?"

수영에게 최희진은 아주 소중한 사람이었다. 가족에게 별다른 애착이 없는 김수영이 아끼는 몇 안 되는 친구였다. 중학교 1학년 때 만나 서른이 넘도록 인생의 절반 이상을 서로 의지하며 살았다. 그런 사람이 떠나는 기분을 나희는 잘 알았다.

"음. 아주 많이 소중한 분이었죠."

나희는 말을 조심스럽게 골랐다. 어떤 단어로 표현해도 충분하지 않은 사람이었다. 엄마에 대한 기억은 초등학교 2, 3학년 시절부터 졸업 때까지밖에 없다. 하지만 그것만으로도 엄마의 사랑을 나희는 온몸으로 체득했다. 놀이터에서 놀고 집 안으로 뛰어 들어가면 안아주던 엄마의 품, 나희를 간지럽히며 깔깔 웃던 목소리, 매일 아침 머리를 땋아주던 손길. 나희는 그 기억을 품고서 단단한 성인이 될 수 있었다.

엄마는 나희가 열세 살 때 돌아가셨다. 아팠던 건 1년 정도였다. 아빠와 나희는 엄마의 침대 곁에서 임종을 지켰다. 엄마가 숨이 멎는 순간 나희의 시간은 멈춘 것 같았다. 그때 엄마가 영원히 곁을 떠났다는 사실을 어린 나이에도 끔찍하도록 명확히 알았다. 하지만 다음 순간 더 이상 엄마가 괴롭지 않다는 것을 깨달아서 나희는 다행이라고 생각했다. 먼 곳에 보내더라도 엄마가 더 아프지 않을 수 있다면 만나지 못하는 슬픔 정도는 감내할 수 있었다.

"7년이라 오래된 건 맞지만, 사실 잊었다는 말은 정확하지 않아요."

나희는 여전히 가슴 속에 엄마와 슬픔을 품고 살아간다. 하지만 이제 그것을 안고도 건강하게 사는 법을 배웠을 뿐이다. 삶에는 기쁨과 행복뿐 아니라 슬픔도 언제나 공존한다는 사실을 나희는 빨리 배웠다. 누구나 살아가면서 배우는 것을 그녀는 조금 더 이르게 배웠을 뿐이었다.

"지금은 슬퍼도 웃으면서 엄마 이야기를 할 수 있어요. 그냥 그것뿐이에요."

"그렇구나."

"아빠랑 가끔 엄마 이야기 하는데 즐거워요. 전 그게 되게 좋더라고요."

김수영은 바람 빠지는 소리로 웃었다. 힘없는 웃음소리였지만 나희는 수영이 조금쯤 그녀의 이야기에서 위로 받았다는 걸 알 수 있었다. 미수도 웃었다.

"나희는 은근히 어른스럽다니까."

"은근히가 아니라 대놓고 어른스러운 게 아니고요?"

"요새 애들은 무슨 칭찬을 못해."

둘의 농담에 수영의 얼굴이 조금이나마 흐릿하게 풀렸다. 미수는 카운터로 가서 가져온 커피를 호로록 마시면서 가벼운 어조로 말했다.

"근데 사실은 나도 어릴 때 부모님하고 헤어졌거든. 내가 뛰쳐나온 거에 가깝지만."

미수는 쓰게 웃었다.

"우리 집은 아버지가 가족들을 때렸어. 마음에 안 들면 욕하고 패고. 견디기가 힘들었지."

"언니랑 오래 알았어도 처음 듣는 이야기네."

수영의 말에 미수는 어깨를 으쓱했다.

"뭐 좋은 이야기라고 여기저기 하고 다니겠니. 열일곱 살쯤에 더 못 견디겠어서 가출해서 막무가내로 먹고살았지. 무슨 일 없었던 게 천만다행이야. 그런 면에서는 운이 좋았던 거 같기도 하고."

그랬구나, 하고 나희는 고개를 끄덕였다. 겉모습만 보고 사람 속은 모르는 일이다. 이미수는 활달하고 명랑한 성격이라 겉으로 보기엔 그늘이 없어 보였다.

"그래서 나희가 엄마한테 좋은 기억 갖고 있고 아빠랑 사이 좋은 거 보면 너무 부러워. 사실 질투도 나. 난 한 번도 가져보지 못한 기억이라서."

어린 시절 가장 연약할 때 각인된 기억은 평생 지속된다. 나희의 집은 경제적으로 풍족하지 않아도 좋은 부모님이 있었다. 나희는 거기에 대해 평소 별 생각이 없었지만, 지금은 무척 고마운 일이라고 생각했다. 어린 시절 받았던 부모님의 무한한 애정과 지지를 속에 품고 살아갈 수 있었으니까.

"아버지 죽은 지는 한 30년 됐나. 10년 전에는 엄마 돌아가셨고. 아버지는 속 시원했는데 엄마는 좀 다르더라. 집에서 나온 후 서로 통화조차 한 적이 거의 없었는데 마음이 무거웠어."

"미수 언니도 힘들었던 거구나."

수영은 고개를 기울이며 미수를 바라보았다. 미수는 고개를 끄덕였다.

"사실 난 나희랑 다르게 지금도 엄마가 생각나. 생각하면 마음이 복잡해, 좀."

수영은 미수의 쓸쓸한 말에서 희진을 떠올렸다. 담백하고 행복하게 엄마를 떠올릴 수 있는 나희와 여전히 복잡하고 슬픈 미수. 서로가 쌓아온 시간에 따라 죽음 뒤의 기억이 갈라진다. 아마 수영은 어느 쪽도 아닐 것이다. 희진과의 시간은 행복했지만 수영의 곁에는 나희의 아빠처럼 함께 추억을 나눌 사람이 없었으므로.

다음 날에도 수영은 매점에 나왔다. 나희는 내색 없이 그녀를 건드리지 않고 손님을 응대했다. 수영은 농담처럼 집이 너무 썰렁하다고 했지만 미수도 나희도 그게 농담만은 아님을 잘 알았다. 미수가 자기 집에 와서 같이 지내자고 한 것도 그래서였다. 물론 수영은 웃으며 거절했다.

"이상하지. 희진이가 나랑 같이 산 것도 아니거든. 근데 이상하게 집 들어가면 추울 정도로 썰렁해."

"마음이 허해서 그렇죠."

"그런가? 난 여태까지 못 느껴본 감정이라 이상하네."

수영은 외로움을 거의 타지 않는 성격이었다. 스물이 되자마자 부모님이 멀리로 이사 가고 혼자 살기 시작했을 때도 허전함은 전혀 느끼지 못했다. 그래서 최희진이 죽고 나서 느끼는 이 쓸쓸함이 낯설었다. 그녀는 멍한 기분으로 창밖을 바라보았다. 시간이 어떻게 흐르는지 알 수 없었다.

저녁 여섯 시가 좀 넘자 서서히 해가 지기 시작했다. 일몰 시간은 점차 늦어지고 있었다. 날도 점점 더워진다. 희진 때문에 한국에 돌아온 이후 한 달이 넘었다. 이제 모든 일이 끝났으니 여기 있어봤자 소용없었다. 수영은 다시 여행 작가의 본분으로 돌아가야 했다. 세계를 떠돌며 이야깃거리를 모으고 그것을 글로 써내는 일. 하지만 기이할 정도로 무기력했다.

"언니, 뭐라도 먹어야죠."

"음…… 그래야지."

매점에서는 냄새가 나면 좋지 않아서 주로 샌드위치나 김밥을 먹었다. 미수는 호쾌하게 매점 문을 잠가두고 잠깐 구내식당에 다녀오라고 했지만 나희는 그러기 싫었다. 그녀는 오늘 저녁 식사거리로 사 온 샌드위치를 수영에게 나눠주었다.

둘은 오물거리면서 재빨리 샌드위치를 먹어치웠다. 손님이 뜸해질 때라고는 해도 먹는 중간에 사람이 들어오면 당황스럽기 마련이다.

"그래도 또 배는 고프고 맛은 있네."

어처구니가 없어서 수영은 웃어버렸다. 나희는 어깨를 으쓱했다.

"뭐 그렇죠. 커피 드릴까요, 언니? 아니면 사장님 별사탕이라도?"

"응. 한 잔 줘. 별사탕은 됐고."

나희는 솜씨 좋게 우유까지 타서 카페오레를 만들어 수영에게 내놨다. 우유는 자기가 산 거라며 뽐내는 나희를 향해 수영은 웃었다. 힘 빠진 웃음이라도 어쨌든 무기력한 것보다 나았다.

그때 주문창 쪽에 비친 그림자를 보고 수영은 잠시 움직임을 멈췄다. 나희는 고개를 돌려 창밖을 확인했다. 노을의 마지막 빛에 물든 그 형체는 투명한 젊은 여성이었다. 수영은 천천히 눈을 깜박이다가 카운터로 들어와 나희 곁에 섰다.

"희진아."

수영의 목소리가 떨렸다. 나희는 눈앞의 죽은 자가 수영의 친구 최희진임을 깨달았다. 희진은 창백한 얼굴로 가만히 서서 허공만을 바라보고 있었다. 눈앞에 나희와 수영이 있는데도 알아보지 못하는 표정이었다. 애초에 앞에 무엇이 있는지도 인지하지 못하는 것 같았다. 다른 죽은 자들보다 희진은 유달리 투명하고 연약해 보였다. 그녀가 입을 열어 뭔가 말했지만 소리가 너무 작아 들리지 않았다.

나희가 황급히 주문창을 열었다. 바깥의 소음들이 매점 안으로 들이닥쳤다. 수영은 손을 내밀어 희진을 잡고 싶었다. 잡히지 않을 것을 알면서도. 최희진이 다시 입을 열었다.

"가고 싶어."

최희진은 허공을 바라본 채로 중얼거렸다. 수영과 나희는 꼼짝도 하지 않은 채 그녀의 말을 한 마디라도 놓칠세라 귀를 기울였다. 하지만 희진은 수영도 알아보지 못하고 같은 말만 반복했다.

"가고 싶어."

최희진이 나타난 후 수영은 며칠 동안 집에 두문불출하며 고민에 빠졌다. 가고 싶다는 말이 대체 어딜 말하는 것인지 아리송했다. 기억 속에서 수영은 열심히 희진이 가고 싶어 할 만한 곳을 더듬어 찾아 헤맸다. 덕분에 아주 오래되어 떠올릴 일 없던 추억들까지도 하나둘씩 머릿속에 생생하게 살아났다.

중학교 시절 최희진은 자주 자리를 비웠다. 희진이 교실 자리에 없으면 양호실에 가서 누워 있거나 병원에 가거나 둘 중 하나였다. 아예 학교에 빠지는 일도 잦았다. 키도 작고 마른 몸이라 반에 앉아 있으면 잘 보이지도 않았는데 자꾸 수업에 빠지니 친구들 사이에서도 겉돌았다. 나중에는 희진이 있는지 없는지도 다른 친구들이 잘 모를 정도였다. 머리를 딱 귀 밑에서 자른 희진은 그림자처럼 무채색으로 학교에 나왔다가 사라지고는 했다.

중학교 1학년 때 희진과 같은 반이었던 수영은 2학년 때도 같은 반으로 배정되었다. 1학년 때 같은 반이었던 아이들은 하필 최희진하고 같은 반이냐며 놀리려 들었다.

"친한 애랑 같은 반이면 좋은데. 걔는 있으나 마나잖아."

"맨날 핑계 대면서 수업 빠지는데 선생님은 걔만 예뻐하고, 되게 별로야."

실제로 최희진은 매번 학교에 나오지 않는 것치고 선생님의 비호를 많이 받았다. 담임선생님은 항상 희진이한테 잘해줘라, 너희들이 챙겨줘야 한다면서 잔소리를 했다. 희진이 아프다는 건 친구들도 알았지만 그런 식으로 선생님이 말하니 마치 편애를 받는 아이처럼 생각되었다. 딱히 예쁘지도 않고 공부를 잘하지도 않는데 선생님이 좋아한다며 질투하는 아이들도 꽤 많았다.

하지만 김수영은 별 생각이 없었다. 수영은 언제나 공상에 잠겨서 창문 밖의 하늘만 바라보는 아이였다. 선생님에게 수업에 집중하라는 지적을 여러 번 들었지만 그때마다 수영은 히죽 웃을 뿐이었다. 말은 많지 않아도 넉살이 좋은 편이라 선생님들도 수영을 미워하지 못했다. 주변 친구들도 마찬가지였다.

사실 수영은 언제나 주변 친구들한테 관심이 없었다. 그녀는 항상 책을 펼쳐놓고 더 넓은 세계를 상상했다. 국내와 세계 여행 모두 관심이 많았다. 그래서 최희진에 대해서 아는 게 없었다. 그냥 항상 교실에 없는 애 정도가 다였다. 그래서 아무런 신경도 쓰지 않았다.

"저기, 혹시 휴지 있어?"

갑자기 다가온 최희진과 대화하게 된 건 그때가 처음이었다. 중학교 2학년 봄, 3교시 체육시간이었다. 이번 체육 시간에는 체육선생님이 발야구를 할 거라 미리 말해두었는데, 김수영은 하필 전날 발목을 삐었다. 수영은 체육을 꽤 잘하는 편이라서 선생님은 아쉬워하며 교실에서 쉬라고 배려해 주었다. 최희진은 원래 체육시간마다 열외로 교실에 남아 있고는 했다.

"휴지?"

"어. 저기 학급 휴지가 다 떨어졌나 봐. 내가 가진 것도 딱 떨어졌네."

희진은 난처해하며 코를 가리고 있었다. 하지만 작고 하얀 그녀의 손 밑으로 가느다란 빨간색 핏줄기가 보였다. 입술을 타고 내려온 코피가 턱에 맺히자 희진이 당황하면서 다른 손으로 피를 훔쳤다.

"나 코피가 자주 나거든. 별건 아닌데 닦고 싶어서."

"나 휴지 없는데. 어…… 화장실에 있지 않을까?"

"하지만 지금 수업시간이라 화장실 가면 안 되지 않아?"

희진이 고지식하게 말했다. 선생님도 없는데 화장실에 좀 가면 어때서. 하지만 수영은 희진이 서 있는 모습 자체가 위태롭게 느껴져서 그녀를 자리에 앉혔다. 희진은 원래 코피가 자주 난다며 태연했지만 생각보다 흐르는 양이 많았다. 양호실에 가야 하는 게 아니냐고 물었지만 희진은 고개를 저었다. 이 정도는 괜찮다는 거였다.

"현기증 날지 모르니까 잠깐만 있어. 내가 가져올게."

"어, 어……."

화장실은 복도 끝에 있어서 꽤 달려가야 했다. 수영은 다른 반 교실 안에서 보이지 않도록 허리를 숙이고 재빠르게 달려서 화장실 휴지를 끊어왔다. 조금만 가져오려다가 혹시 몰라서 양손에 둘둘 말아 제법 많은 양을 가져왔다. 허리를 숙인 채 달려서 교실에 돌아오니 희진은 코 위를 쥔 채 얼굴을 감싸고 있었다.

"어, 야, 너 엄청…… 코피 많이 나는데. 정말 양호실 가야 하는 거 아냐?"

"괜찮아."

희진은 고집스럽게 말하면서 휴지를 받아 피를 닦아냈다. 여전히 얼굴에 핏자국이 남아 있어 보기 흉했다. 그녀는 휴지 뭉치를 코 밑에 대고서 한숨을 쉬었다.

"조금 있으면 멈출 거야."

"음, 어…… 그래."

본인이 괜찮다는데 강요할 수도 없었다. 수영은 애매한 얼굴로 고개를 끄덕인 후 원래 읽던 책으로 돌아갔다.

"무슨 책 읽어?"

자기 자리로 돌아갈 거라 생각했던 최희진이 의외로 관심을 보였다. 수영은 어깨를 으쓱하고 책 표지를 보어주었다.

"'한 권으로 읽는 한국 여행 완전 정복'? 여행안내서야?"

"응. 제목은 좀 구린데 내용이 튼실해서 좋아. 사진도 많이 들어 있고."

센스가 없어도 내용을 반영하는 완벽한 제목이기는 했다. 아직 어린 나이지만 수영은 혼자서 기차를 타고 지방을 오가는 여행을 해본 적도 있었다. 부모님은 수영에게 관심이 없어서 적당한 용돈을 주고 어디에 있든 신경 쓰지 않았다. 수영은 혼자 마음껏 돌아다닐 수 있어 도리어 그게 좋았다. 나중에는 조금씩 더 먼 거리를 여행해 세계 전체를 돌아다니고 싶었다.

하지만 지금은 아직 한계가 있다. 그래서 각종 여행 서적들을 섭렵하면서 지식을 쌓고 상상에 잠겼다. 그러면서 구체적인 꿈도 생겼다. 여행 작가가 되는 것이었다.

"여행 좋아해?"

"응. 엄청. 멀수록 좋은 거 같아."

"많이 다녀봤어?"

"부모님하고는 아니고 나 혼자서는 수원도 가봤고 대전도 가봤어."

아직 대중교통이 편한 곳만 골라서 다니고 있었다. 용돈을 많이 받는 것도 아니니 아껴 써야 했다.

"그런 데 가면 재미있어? 막 자유롭고 그래?"

희진은 신기한 듯 눈을 반짝였다. 수영은 왠지 모르게 어깨가 으쓱하면서 자랑스러워졌다. 수영의 여행에 관심을 보인 것은 희진이 생전 처음이었다. 수영은 자기도 모르게 다녀온 곳들에 대한 이야기를 풀어놓기 시작했다. 읽고 있던 국내 여행책에 대한 이야기도 곁들여서였다.

"난 나중에 진짜 여행 많이 다닐 거야. 여행 작가가 될 거거든."

"와, 멋있다. 글도 잘 쓰나 보구나."

"아니, 그건 아니고. 이제 연습해야지."

수영은 조금 머쓱하게 말했다. 사실 글을 써본 적은 없어서 글 솜씨가 어느 정도인지는 스스로도 알 수 없었다. 희진은 턱을 괴고 꿈을 꾸듯 눈을 빛냈다.

"너무 좋겠다. 가고 싶은 곳 자유롭게 다니는 인생. 나도 그러고 싶어. 근데 난 집을 떠나본 적이 없어."

"너 여행 안 가봤어?"

"응. 한 번도 안 가봤어. 이 동네를 떠나본 적이 없어."

그 말에 수영은 조금 놀랐다.

"피서 여행도 안 가봤어? 아님 할머니 할아버지네나?"

희진은 고개를 저었다. 그녀는 시선을 피해 창밖을 바라보

았다. 휴지 뭉치를 떼어내자 코피는 이제 멈춰 있었지만 핏자
국은 그대로였다.

"한 번도. 태어난 건 다른 지방이었는데 나섯 실 때 여기 이
사 와서 한 번도 떠나본 적이 없어."

"어떻게 그럴 수가 있어? 피서야 그렇다 치지만 명절 때 친
척 집도 안 가?"

"우리는 친척이 없고 있어도 사이가 나쁘거든."

아, 하고 수영은 고개를 끄덕였다. 그럴 수는 있었다. 하지만
아무리 그래도 중학교 2학년인 지금까지 동네를 떠나본 적 없
다는 건 이상했다. 희진은 우울하게 말했다.

"사실 내가 몸이 안 좋아서 어디 멀리를 못 가. 엄마도 내
병원비 때문에 돈이 없고."

최희진이 심각한 소아 루푸스 병으로 시작하여 온갖 합병
증을 달고 산다는 사실을 수영은 그때 알았다. 물론 당시 희진
은 아주 짧게 설명했고 수영은 모두 알아듣지 못했다. 중2는
온갖 어려운 병명을 알아듣기에 너무 어린 나이였다. 그리고
그 병을 전부 한 몸에 담고 사는 친구의 상황을 단번에 알기에
도 너무 어렸다. 하지만 어렴풋이 수영은 희진에게 연민을 가지
게 되었다. 가까이서 본 희진은 동갑인데도 너무 작고 연약해
보였다. 코피 자국이 말라붙어서 더욱 그랬다.

수영은 물병을 열어서 깨끗한 휴지 뭉치를 적셨다. 그리고

희진의 앞으로 다가가 얼굴을 벅벅 닦아주기 시작했다. 처음에 조금 당황했던 희진은 곧 얌전하게 얼굴을 맡기고 앉아 있었다. 휴지가 마르면 다시 물을 조금 적시고 닦기를 반복하자 얼굴은 어설프게나마 깨끗해졌다. 수영은 만족해서 다시 자리에 앉았다.

"넌 어디 가보고 싶은 건 아니고?"

"가고 싶은 곳 있어. 바다!"

수영이 물어보자마자 희진이 외쳤다. 그녀는 누군가 물어주길 기다렸다는 듯한 모습이었다.

"바다? 동해, 아니면 서해?"

"동해. 얼마 전에 동해 어부들 다큐멘터리를 봤어. 해변이 나왔는데 물이 너무 맑고 좋더라. 그리고 바다가 넓고 탁 트여 있었어."

"동해가 그렇지."

수영은 고개를 끄덕였다. 수영도 사실 아직 동해에 가본 적은 없었지만 여행 책을 읽으면서 습득한 지식에 따르면 동해 바다가 정말 아름답다고 했다. 기차를 타면 곧장 갈 수 있다고 읽었기 때문에 수영 역시도 가보고 싶었다. 그래서 그녀는 충동적으로 말했다.

"나, 다음 달쯤 시험 끝나면 어디 여행 갈 거야."

"다음 달?"

희진은 눈을 동그랗게 떴다. 수영은 고개를 끄덕였다.

"어디로 갈지는 아직 정하지 않았는데 당일치기로 다녀오려구. 너 말한 대로 동해 다녀올까 싶어. 나도 아직 안 가봤거든."

"정말? 와…… 부럽다."

희진의 얼굴에 부러움이 가득 찼다. 그녀의 눈이 먼 데를 바라보며 조금 멍해졌다. 수영은 희진을 툭 건드렸다.

"같이 갈래?"

"응?"

"같이 가자고. 기차표 사서 다녀오면 되니까 돈도 별로 안 들 거야. 당일치기라 뭐."

갑작스러운 제안에 희진은 놀란 모양이었다. 눈만 동그랗게 뜬 채로 수영을 한참이나 바라보던 그 표정이 여전히 수영의 기억에 선명하게 남아 있었다.

"싫으면 말고."

수영이 시큰둥하게 말했다. 희진이 다급하게 양손을 저으면서 고개까지 도리도리 저었다.

"아, 아냐 아냐. 싫지 않아. 오히려 너무 좋아."

희진은 생전 처음 다가온 기회를 붙잡으려는 것처럼 급하게 말했다. 그녀는 갑자기 수다쟁이가 되어서 수영에게 엄청난 양의 질문을 쏟아붓기 시작했다. 기차표는 어떻게 사야 하는

지, 바닷가에서는 뭘 입어야 하는지, 동해까지 거리가 얼마고 시간은 얼마나 걸리는지. 수영은 희진의 질문 폭풍을 감당하느라 진땀을 빼야 했다.

하지만 결국 그 다음 달에 둘은 여행을 가지 못했다. 희진의 몸 상태가 악화되었기 때문이었다. 결국 한 달간 입원해야 하는 상황이 되어 수영은 혼자 동해에 다녀온 뒤 병문안을 갔다. 그때 한창 폴라로이드 사진에 재미를 붙였던 수영은 직접 찍은 바다 사진을 한 장 희진에게 선물했다. 희진은 몹시 기뻐하면서 그 사진을 들여다보았다. 나중에는 작은 비닐에 넣어 지갑에 넣고 다니기까지 했다.

급속도로 친해진 둘은 모든 학창시절을 함께했다. 삼화 중고등학교를 쭉 같이 다니면서 희진이 아플 때마다 수영이 돌봐주었다. 고등학교에 들어가서는 정말 동해에 함께 다녀오기도 했다. 희진의 어머니는 망설였지만, 그래도 고등학교 진학 후 조금 건강해진 희진을 배려하여 여행을 허락해 주었다. 그 외에도 당일치기로 가능한 곳이라면 닥치는 대로 다녔다. 다녀올 때마다 폴라로이드 사진을 찍어 이제 사진첩이 가득했다.

수영의 부모님이 멀리 이사 간 후에도 수영은 이 동네에 남아 혼자 살았다. 고등학교 졸업 후 희진의 몸 상태는 호전과 악화를 반복했다. 둘이 다닐 수 없는 날이 더 많아져 수영은 혼자 여행을 다녀와야 했다. 여행 작가가 되고자 하는 꿈은 여전히 마음에 품고 있어 국내 여행 후 쓴 원고를 출판사에 돌리기도 했다. 한 출판사에서 원고를 받아주어 여행 작가로 데뷔도 했다. 첫 책이 제법 좋은 성과를 거두자 출판사에서는 해외 여행으로 책을 써보는 게 어떠냐는 제안을 했다.

"가봐. 가서 마음껏 보고 느끼고서 원고 써."

"음, 근데 일단 가면 몇 달 걸릴 텐데."

수영은 망설였다. 다른 이유는 아무것도 없었다. 희진의 몸 상태가 좋지 않아 불안했다. 하지만 희진은 엄한 얼굴로 말했다.

"넌 네가 하고 싶은 걸 해야 해. 그때 그거 했어야 했다고 나중에 후회하고 싶어? 난 그런 후회에 핑계로 기억되고 싶지 않아."

나중에 생각해도 그건 맞는 말이었다. 수영은 희진의 단호함에 떠밀려서 첫 해외여행을 시작했다. 그리고 그 이후는 마치 밀려오는 파도에 탄 것처럼 자연스러운 흐름에 몸을 맡기게 되었다. 세상을 떠돌면서 보고 느끼고 글을 쓰면서 책이 나왔다. 김수영은 여행 작가로 소소하게나마 이름을 알리며 자리를 잡아갔다.

일로 하는 여행의 사이사이마다 수영은 희진을 데리고 가까운 곳으로 떠났다. 하지만 그것도 희진이 아플 때는 그러지 못했다. 가장 최근이 재작년에 방문한 동해 바다였다. 그때는

유달리 희진의 상태가 좋을 때라서 정말 그대로 건강해지는
줄 알았다.

"어때, 오랜만에 본 동해가?"

해가 눈부신 바닷가에 도착해 수영은 으스대면서 말했다.
희진은 눈을 반짝거리면서 핸드폰 카메라로 이곳저곳을 찍고
또 찍었다. 하지만 수영은 실물로 인화되는 사진의 위력을 알
아서 폴라로이드를 꺼내 들었다. 희진은 재빨리 수영과 얼굴을
맞대었다.

"이거 거리 너무 가까워서 진짜 대박 웃기게 나오겠는데."

"찐빵처럼 나오겠지."

폴라로이드로 셀카를 찍으면 꽤나 우스운 사진이 나온다.
아니나 다를까 둘의 얼굴은 마치 어안 렌즈로 본 것처럼 우스
운 몰골이었다. 제대로 얼굴이 중앙에 나오지도 않고 비껴 나
와서 사진의 80퍼센트는 둘의 얼굴이 아니라 바다와 하늘을
담고 있었다. 희진은 어처구니없어 하면서도 그 사진을 수영에
게서 빼앗아 주머니에 넣었다. 혹시 다른 사람한테 보여줄까
무섭다는 이유에서였다.

날씨 좋은 여름날의 바닷가에는 사람이 많다. 희진이 유달
리 동해를 좋아해서 두세 번 오기는 했지만 그렇게까지 사람
이 많은 날은 처음이었다. 작정하고 모래 좋은 해변에 자리 잡
고 앉아서 더 했다.

"사람 너무 많아. 아오."

수영은 모래투성이 빵을 씹어 먹으며 투덜거렸다. 점심으로 컵라면을 먹을 때도 모래가 씹혔는데 간식으로 싸 온 빵도 마찬가지였다. 희진도 아이스 아메리카노에 모래가 들어갔다며 울상이었다. 햇볕은 지나치게 따가워서 수영은 가져온 배스타월로 희진을 둘둘 말다시피 했다. 겉옷도 덮고 후드도 씌웠다. 피부가 약한 희진이 화상을 입을까 겁났기 때문이었다. 사람들이 서로의 틈을 비집고 이리저리 다니는 탓에 가끔 남의 발이 피부에 스쳤다. 음식은 어딜 가든 비쌌고 쓰레기가 걸음마다 채였다.

"진짜 붐비고 진짜 엉망진창이다."

"장난 아니네. 성수기 동해 바닷가가 이렇구만."

수영은 한숨을 푹 쉬었지만 그렇다고 나쁜 기분은 아니었다. 해변에는 사람이 많았지만 위를 보면 눈부시게 투명한 햇빛이 푸른 하늘을 비췄다. 먼 수평선을 바라보면 한가롭게 배 몇 척이 둥둥 떠다니는 모습이 눈에 들어왔다. 가끔 시원한 바람이 불어와 머리카락이 날렸다. 희진 역시 선글라스를 쓴 채 만족스러운 얼굴이었다.

"좋네, 이것도."

"그러게 말이야."

둘은 아수라장인 성수기 피서철 동해 바닷가에서 느긋하

게 누워 하늘을 바라보았다. 이런 맛이라면 또다시 오고 싶다고 생각하면서. 지금도 그때의 하늘과 따가운 햇볕이 생생하게 기억났다.

자꾸 옛날 생각이 떠오르는 것을 막지 않고 수영은 나갈 준비를 했다. 그녀는 운동화를 신고 산책에 나섰다. 햇빛이 아주 좋은 날이었다. 아직 5월이라서 너무 덥지는 않았고 빨리 걸으면 적당히 땀이 흐르는 정도의 날씨였다. 근처에 있는 삼화중학교에서 학생들이 하교하며 왁자지껄하게 떠들었다. 교복을 입고 서로 약 올리며 마구 뛰어가는 어린 학생들의 모습을 보며 수영은 미소를 지었다. 그 시절의 자신이 떠올랐다. 몸이 약해도 희진은 장난기가 많아서 수영과 친해진 이후에는 힘이 닿는 한 뛰어다니며 장난쳤다.

희진의 유골은 수도권의 납골당에 보관되었다. 수영은 포항 쪽 동해안에 해양장을 치렀으면 했지만, 희진의 어머니가 있는데 감히 그녀가 간섭할 수는 없었다. 가끔 찾아가 볼 수 있을 듯해서 좋은 면도 있었다. 그러나 평생 답답하게 살았던 희진은 좋아하지 않을 것이다. 희진의 어머니는 장례를 치른 후 며칠 동안 매일 딸의 납골당을 찾아갔다. 수영은 모친의 슬픔 앞에서 한 발 뒤로 물러서야 했다.

희진이는 여전히 바다를 보고 싶어 할까? 수영이 아는 희진이라면 당연히 그럴 거라고 생각했다. 건강 때문에 자유롭게

다니는 것을 꿈도 꾸지 못했으니까. 게다가 동해는 둘의 추억이 깊이 깃든 곳이었다. 만약 희진의 입장이라면 죽은 뒤에라도 가장 가고 싶은 곳, 보고 싶은 곳이 어디일지 수영은 그제야 확신했다.

며칠 뒤 희진의 어머니에게서 만나자는 연락이 왔다. 삼종합병원 앞 카페에서 만난 어머니는 초췌했지만 조금쯤 마음의 안정을 찾은 얼굴이었다. 그녀는 맞은편에 앉은 수영에게 낡은 파우치 하나를 꺼내서 건넸다.

"이거, 희진이가 너한테 주라고 했었단다."

수영이 이미 중학생 때 만났지만 희진의 어머니는 편한 사람이 아니었다. 그녀는 감정이 희박하고 무뚝뚝했다. 수영은 아마 그녀에게도 힘든 일이 많았을 것이라 짐작했다. 희진의 어머니는 아마 홀로 있는 동안 많은 감정을 쏟아냈을 테다. 겉으로는 흔들림을 보이기 싫어하는 사람이었다.

"희진이가 마지막 입원할 때 가지고 들어간 파우치야. 이제 개 물건 중 남은 건 그것뿐이란다."

"이거 희진이가 굉장히 오래 갖고 다녔던 거네요."

"너도 아는구나. 걔가 새 물건 사는 걸 별로 안 좋아했었지."

희진은 손때 묻은 물건을 더 좋아했다. 수영의 손 안에 있는 파우치도 너무 낡아 끝이 나달거렸고 원래의 파란색은 하늘색으로 바랬다. 손바닥만 한 파우치의 지퍼를 열자 안에 든 것은 두 개의 물건뿐이었다.

수영은 희진의 파우치에서 비닐봉지에 든 실팔찌를 꺼냈다. 빨간 실에 녹색 보석이 달린 팔찌였다. 희진의 취미가 실팔찌 만들기라 여러 가지 원석을 엮어서 다양하고 화려하게 만든 팔찌를 지인과 친구들에게 선물하곤 했다. 몇 개월 전에는 5월 말께에 있는 희진의 생일에 탄생석 팔찌를 세상에서 가장 화려하게 만들어서 주겠다며 호언장담을 했다. 원석을 많이 넣어 너무 화려하면 이미 실팔찌가 아니라 원석 팔찌 아니냐고 수영이 반문했지만 희진은 입 다물라고 호통을 쳤다. 비쩍 마르고 허약해도 성격 하나는 화통한 친구였다.

파우치에는 작은 폴라로이드 사진도 하나 들어 있었다. 희진의 어머니는 기운 없는 메마른 목소리로 말했다.

"그 사진을 정신이 있는 마지막 순간까지 꺼내 봤어."

수영도 그 사진을 잘 알았다. 2년 전 희진과 둘이 동해바다로 놀러갔을 때 사진이었다. 둘은 푸른 바다 앞에서 촌스러운 V자 포즈를 취하고 한껏 웃고 있었다. 모래가 묻은 엉망진창인 얼굴을 가까이 들이대고, 각도도 맞지 않아 원래보다 못생기게 나온 사진이었다. 흰 구름이 푸른 하늘을 떠다니고 있었다. 수영은 그날 그 사진을 찍던 순간으로 다시 돌아간 것 같았다. 사람이 가득해서 걸음마다 맨살이 부딪히고 시원하기보다 뜨거웠던 바닷가. 맨발에 닿던 모래의 감촉. 내리쬐는 태양광에 희진은 새카맣게 탈 것 같다며 선크림을 꺼내 피부에 덧발랐다. 작은 콤팩트 거울에 의지해 바르려니 선크림이 제대로 도포될 리 없었다. 수영은 친구의 얼굴에 엉망진창으로 하얗게 떡 진 선크림을 보면서 웃음을 터뜨렸다. 입을 삐죽이는 희진을 앉혀놓고 그녀는 세심하게 선크림을 다시 펴 발라주었다. 손가락 끝에 닿던 희진의 얼굴 피부가 지금도 생생했다.

만났던 마지막 날 수영은 희진의 얼굴을 어루만졌다. 앓은 지 오래되어 건조하고 거친 피부였다. 하지만 그 감촉은 이미 사라진 것 같았다. 기억나는 것은 오로지 바다에서 선크림을 바르던 희진의 건강한 피부뿐이라 수영은 다행이라고 생각했다.

"여기 든 거 전부 너 가지라고 했었단다. 자기 가진 나머지는 전부 깨끗하게 처분하라고 했어. 세상에 흔적 남기기 싫다고."

수영은 고개를 끄덕였다. 희진은 언제나 죽고 난 뒤 세상에 왔다 간 흔적이 없으면 좋겠다고 했다. 환생도 저승도 없이 그저 죽음 뒤에는 아무것도 없는 세상이 좋다고.

희진의 어머니는 물끄러미 카페 창밖을 내다보았다. 이제 혼자가 된 그녀에게 수영이 불쑥 물었다.

“이제 뭐 하실 거예요?”

“나?”

희진의 어머니는 주름진 손을 내려다보았다. 딸인 희진과는 언제나 사이가 멀었다. 어쩌면 너무 어려서부터 곧 세상을 떠날 아이라고 되뇌며 키워서일지도 모른다. 아주 오래전부터 희진의 어머니는 딸의 마지막을 각오하고 살았다. 희진이 죽은 것은 슬펐지만, 산 사람은 살아야 했다. 아마 희진 역시 어머니가 죽었어도 마찬가지였을 것이다. 다만 속은 텅 빈 것처럼 공허했다. 그녀는 이제 인생에 남은 것이 많지 않다고 느꼈다.

“난 다시 가게 열어야지. 희진이 아픈 동안 닫아뒀으니까.”

어머니는 잠시 멈췄다가 말을 이었다.

“쭈그리고 있는다고 잊히겠니? 살다 보면 잊는 거지.”

수영은 고개를 끄덕였다. 맞는 말이다. 그녀 역시 멈췄던 여행을 재개할 시간이었다.

다음 날 나희 대신 수영이 매점을 맡았다. 수영의 부탁이었다. 원래 매점 아르바이트를 했던 데다가 계속 오가며 얼굴이 익었던지라 단골손님들도 당연히 수영이 매점 직원 중 한 명이라고 생각했다. 손님이 꽤 많아서 앉을 시간도 없이 금세 다섯 시가 지났다.

"아유, 힘들어."

오랜만에 하니 체력이 달리는 느낌이다. 방랑하는 여행 작가로 산 지 이미 너무 오랜 세월이 지나 한 곳에 붙박여 살고 일하는 감각이 무척 생경했다. 손님이 한산한 시간이 너무 반가워서 수영은 카운터에 엎드렸다. 하지만 엎드린 채로도 몸을 옆으로 돌려 주문창은 유심히 바라보고 있었다.

창문 바깥으로 붉은 해가 지기 시작했다. 괌에 갔을 때 해변의 뷔페식당에서 맞았던 일몰이 떠오를 만큼 아름다운 노을이었다. 마치 바닷가처럼 거대한 구름들이 몽글몽글 솟아올라 하늘을 채웠고, 그 구름에 주황과 보라가 섞인 노을이 수채화처럼 물들었다. 일몰 시간 특유의 길디긴 햇빛이 사람들의 발치에 그림자를 드리웠다.

매점 맞은편으로 그림자가 없는 형체 하나가 나타났다. 수영이 기다리던 사람이었다.

형체는 천천히 매점으로 다가와서 주문창을 들여다보았다. 최희진의 유령은 다른 죽은 자들보다 훨씬 투명해서 마치 뒤가 비쳐 보일 것만 같았다. 가여운 내 친구, 너는 죽어서도 연약하구나. 수영은 무표정한 최희진의 얼굴을 보면서 그 뺨을 만져주고 싶었다. 이제는 그럴 수 없었지만.

수영은 기차표 두 장과 둘의 바닷가 사진을 주문창 선반으로 내밀었다. 허공만 바라보던 최희진이 최초로 시선을 내려 수영의 손을 바라보았다. 그녀의 팔목에 녹색 보석이 달린 붉은색 실팔찌가 감겨 있었다.

희진의 초점 없던 눈동자가 몇 번의 깜박임 끝에 총기를 얻었다. 그녀는 손을 내밀어서 수영의 팔목에 있는 팔찌를 만졌다. 수영은 팔목 피부에 스치듯 가벼운 바람결을 느꼈다. 희진은 고개를 숙이고 자세히 팔찌를 들여다보다가 허리를 폈다. 그녀의 얼굴에 웃음이 환한 꽃처럼 퍼져나가는 것을, 수영은 기쁘게 바라보았다.

"잘 어울리네. 그럴 것 같았어."

희진은 경쾌하게 말했다. 수영은 팔을 들어 올려 얼굴 옆에 가져다댔다.

"역시 에메랄드가 딱 내 거지? 아, 나는 에메랄드를 둘둘 말고 태어났어야 하는데 말이야."

"그거 비싸거든? 그런 걸로 둘둘 말려면 강남 아파트도 모자라겠다."

"로또 당첨되면 좀 말지 뭐. 난 언젠가 꼭 당첨될 거라니까."

"언제? 99세에? 아니면 149세에?"

둘은 같이 웃었다. 수영은 언제나 자기가 백 살까지 살 거라고 농담했고 희진은 나 대신 거기에 50년 정도 더 살라고 했다. 그래서 수영의 희망수명은 150세였다. 정말로 희진을 대신해 더 많은 것을 보고 즐기며 오래 살고 싶어서.

희진은 부드러운 표정으로 기차표 한 장을 들어 살펴보았다. 사흘 뒤 서울역에서 시작해 동해로 가는 기차였다.

"정동진 거쳐서 동해로 가는 기차야. 해변 볼 수 있는 좌석이야."

"좋다. 너무 좋다."

"아직 성수기는 아니어도 사람 없어서 도리어 좋을지도 몰라."

희진은 기쁘게 고개를 끄덕이고 사진을 가리켰다.

"이때는 사람 너무 많았어, 그치?"

"지나다닐 때마다 부딪히고 컵라면에 모래 씹히고 난리였지."

"근데 희한하게 재미있었어."

"아마 둘이 놀러가서 그랬을 거야."

수영은 미소를 지으며 희진을 바라보았다. 희진도 씩 웃었다.

"맞아. 우리 둘이 노는 게 최고로 재미있지."

둘은 똑같은 광경을 떠올렸다. 눈부신 햇빛 아래 펼쳐졌던 바다. 그때는 죽음이 이렇게까지 가까울 줄 알지 못했다. 누구나 죽음의 시기를 모른다. 희진은 어려서부터 미리 죽음을 준비했는데도 몰랐다.

하지만 누군가는 세상을 떠나도 누군가는 남아서 살아간다. 떠난 사람의 기억을 품은 채 산다. 그것이 끝없이 반복되는 게 삶이었다. 수영은 다음번 자신이 떠날 때 누구도 남지 않았으면 좋겠다고 생각했다. 모두가 그녀를 잊었으면 좋겠다고. 예전에 그런 생각도 했었다. 희진의 기억을 가진 채 살 거라면 차라리 그녀의 뒤를 따라가는 게 낫다고.

"너, 정말 150살까지 살아야 해."

희진이 웃었다. 수영은 고개를 끄덕였다. 충동적인 슬픔에 지지 않을 것이다. 쓸데없는 생각 말고 희진의 몫까지 마음껏 살고 후회 없이 떠날 것이다. 아주 오랜 시간 후에.

수영은 희진의 어깨 뒤로 누군가의 그림자를 보았다. 검은 정장을 입은 얼굴이 없는 여성. 장례지도사가 희진을 기다리고 있었다. 가야 할 시간이었다.

"그럼, 안녕."

희진이 말했다. 수영은 마치 만질 수 있는 것처럼 손을 내밀어 희진의 손가락 끝을 살짝 건드렸다.

"그래. 나 곧 여행 갈 건데 사진 보내줄게."

"응."

평소 같은 작별 인사였다. 희진은 손을 젓고 장례지도사에게 갔다. 둘은 이야기 한마디 나누지 않고 마치 정해진 길을 가는 것처럼 장례식장을 향해 걸어갔다. 희진의 뒷모습은 금세 사라졌다. 마지막으로 뒤를 살짝 돌아본 장례지도사의 안개 낀 얼굴에 김수영은 정중하게 고개를 숙였고, 장례지도사 역시 인사했다.

　다음 날 오후, 매점은 여전히 분주했다. 진료 시간이 다섯 시까지라 그때까지는 어쩔 도리가 없었다. 대략 여섯 시가 넘어가면 사람이 거의 빠져나가 한가해지는데 그 이후 시간에는 직원들이 왔다. 저녁을 먹은 후 커피와 간식을 사 먹으려고 오는 것이다.

　여섯 시가 되어 사람이 좀 뜨막해졌을 때 익숙한 얼굴이 등장했다. 박현우였다.

　"어머, 선생님. 오랜만에 오시네요."

　"아, 그런가요? 그러고 보니 그런 것 같네요."

　박현우는 여전히 기운 없고 피로한 얼굴이었다. 다시 보니 평소보다도 훨씬 안색이 좋지 않았다. 나희는 걱정스러워졌다.

　"너무 피곤하신 것 같아요. 평소보다 더."

　"요 며칠 좀 그러네요. 계속 잠을 못 자고 일도 그렇고 해서 그런가 봐요."

　"저런."

종합병원이다 보니 피곤한 의사들의 모습은 자주 봤다. 박현우는 워낙 단골인 데다 나희를 도와주겠다고 했던 일이 있어 더 안 되어 보였다. 나희가 안쓰러운 눈으로 지켜보는 사이 박현우는 시계 밑 테이블 단골 좌석으로 갔다가, 의외로 다시 카운터 앞 테이블에 와서 앉았다.

"사실은요."

"네, 말씀하세요."

"며칠 전에 제가 담당하던 환자가 사망했거든요."

환자가 죽었을 때 의료진이 심리적 고통을 겪는 일은 드물지 않았다. 하지만 동시에 병원 내에서는 아주 흔하게 일어나는 일이기도 했다. 오랫동안 병원에서 일하다 보면 사람의 죽음이 그리 특별하지 않다고 여기게 된다. 그러나 문득 어느 날 어떤 죽음을 맞이하면 다시 한번 평온한 일상이 흔들리는 날이 찾아온다. 이번에 박현우가 보낸 환자가 그랬다.

살고 싶은 욕구가 별로 없는 환자였다. 박현우 자신이 좀 더 노력했으면 더 오래 살 수 있지 않았을까. 치료를 받지 않겠다는 환자의 말에 고개를 끄덕이는 게 아니라 좀 더 설득했다면……

"굉장히 젊은 환자였습니다. 그런데 살고 싶은 의욕이 별로 없더군요."

"그랬군요."

"치료법을 제안해도 이제 편해지고 싶다는 말뿐이었어요. 물론 아주 오래 지병에 시달려 온 환자였기 때문에 이해는 하지만……."

"환자분이 아예 거절하셨던 건가요?"

"네. 그래도 뭐라도 더 해봤으면 후회라도 없었을 텐데 말이죠."

박현우는 피로한 얼굴로 커피를 마셨다. 나희는 가만히 그의 심정을 짐작해 보았다. 다 알 수는 없었다. 그의 손끝과 결정에 환자의 생명이 달려 있는 매일의 시간. 그리고 결국 환자를 떠나보내야 하는 무력감.

"자주 겪는 일인데도 우울해져요. 이걸 이겨내야 더 나은 의사가 될 텐데요."

그는 고개를 저었다. 모든 환자를 구할 수 없다면 최소한 흔들림 없는 튼튼한 의사라도 되고 싶었다. 심적으로 흔들리는 환자들이 그에게 얼마든지 의지할 수 있도록.

나희는 말없이 그에게 초콜릿 하나를 내밀었다. 심심할 때 하나씩 꺼내 먹는 나희의 간식이었다. 박현우는 그것을 받아들고 쓴웃음을 지었다.

"이거 지난번에 맛있던데, 여기서 파는 거예요?"

"아뇨. 수입 과자점에서 사다놓고 저 혼자 간식으로 먹는 거예요. 사장님한텐 비밀이에요. 사장님은 저렴한 별사탕만 드시거든요."

"특별 대접 받는 것 같아서 고맙네요."

"특별 대접 맞아요. 오늘만 드리는 거예요."

박현우는 초콜릿을 까서 그 자리에서 입 안에 넣고 따뜻한 원두 커피를 마셨다. 초콜릿과 커피향이 섞이며 달콤 쌉싸름한 맛이 혀와 목구멍을 타고 전신으로 퍼져나갔다. 카페인과 당분 덕분인지 머릿속이 조금 맑아졌다. 그는 고개를 흔들었다. 또다시 치료를 위해 봐야 하는 환자들이 여럿 그를 기다리고 있었다.

오늘은 유달리 커피가 썼지만, 초콜릿의 단맛이 끄트머리에서 약하게나마 존재감을 알렸다. 그는 곧 인사하고 매점을 나섰다. 박현우의 입에 그 향미가 오래도록 남아 있었다.

# Chapter 5.

윤성우는 일몰 무렵 삼종합병원의 매점 앞에 나타났다. 맑은 하늘에 노을이 드리웠지만 그의 발밑에는 그림자가 없었다. 그는 기억이 뚝뚝 끊어지고 논리적인 생각도 사라져 아주 오래 검은 어둠 속에 묻히기도 했지만, 때때로 그림자를 헤어 나와 매점에 와서 정나희를 보면 머릿속이 명료해졌다. 그가 나타나는 곳은 대체로 의지와 상관없었는데도 정신을 차리면 매점 앞에 자주 와 있어서 고마웠다. 정나희는 갓 스물이라 했고 아주 똑똑한 사람이었다. 그녀를 보면 기분이 좋아졌다. 기억이 사라진 이후 '기분이 좋다'라는 감각을 느낀 건 그때가 처음이었다.

죽은 후 그에게는 어제도 오늘도 내일도 구분할 수 있는 기준이 사라졌다. 단속적이고 반복적인 기억 때문에 윤성우는 계속해서 같은 자리를 맴돌았다. 어둡고 차가운 시간. 계속해서 뭔가를 찾으려고 하면서. 잊어버린 게 대체 무엇인지 본인도 잘 기억하지 못했다. 붕대와 알코올을 손에 쥐고 싶었지만 그게 왜인지 알 수 없었다. 마침내 그 둘을 손에 넣은 순간, 그의 머릿속이 조금 더 명료해지고 기억은 조금씩 이어지기 시작했다. 정나희라는 존재를 보고 싶어서 찾아오기 시작한 것도 그 즈음이었다.

지난번 만남에서 그런 이야기를 하자 나희의 곁에 있던 사나운 인상의 여자가 재미있다는 듯 웃었다. 그녀는 주문창 너머로 윤성우의 얼굴을 자세히 살피더니 나희의 귓가에 뭔가를 속삭였다. 나희는 얼굴이 빨개져서 그녀의 옆구리를 찔렀다. 사나운 인상의 여자는 과장되게 아야야 소리를 내다가 싱글벙글 웃으며 갑자기 일어나 화장실을 간다며 밖으로 사라졌다. 왜인지 알 수 없었지만 나쁜 기분은 아니었다. 그는 발그레한 나희의 얼굴을 보면서 이야기 나누는 것이 무척 행복했다.

'행복이라?'

그는 얼굴을 갸우뚱했다. 무슨 단어인지는 알았지만 그가 정말로 아는 단어는 아니었다. 지금 느끼고 있는데도 거리가 먼 것 같았다. 그때 나희가 톡톡 주문창을 두드렸다.

"저기, 성우 씨. 듣고 있어요?"

"아, 미안해요. 잠깐 넋이 나갔었어요."

"넋이 나가면 안 되죠. 성우 씨가 지금 넋인데."

나희는 회심의 농담이었는지 말해놓고서 까르르 웃었다. 별로 재미없는 농담이었지만 나희가 웃는 모습이 귀여워서 윤성우는 헤벌쭉 따라 웃었다. 그는 아무 의미 없이 이렇게 즐거운 시간을 보내는 게 대체 얼마만인지 몰랐다. 그러다가 윤성우는 고개를 흔들었다. 오랜만인 것 같아도 실제로 그런지는 알 수 없다. 실제 기억인지 아니면 그저 혼란일 뿐인지 그조차도 구분할 수 없었으니까. 귓속에서 윙 울리는 이명이 들렸다. 눈앞으로 흐린 도로의 모습이 스쳤다. 그는 눈을 깜박였다.

그때 윤성우의 발치에서 끼잉하는 소리가 들렸다. 윤성우와 나희 둘 모두 한번에 바닥을 내려다보았다. 그곳에 대략 윤성우의 무릎 정도 오는 키의 황구 한 마리가 꼬리를 흔들고 있었다.

"어머, 세상에. 강아지잖아요?"

나희는 당장 매점에서 달려 나가고 싶었지만 아직 이곳저곳에 오가는 사람이 있어 그렇게까지 움직이기는 힘들었다. 그녀는 대신 주문창을 열고 머리를 내밀었다. 그게 더 눈길을 끌 것 같았으나 윤성우는 나희를 말리지 않았다. 그는 황구의 옆에 쪼그리고 앉았다.

"안녕. 너 참 귀엽구나."

윤성우가 손을 내밀자 손끝에 개의 혓바닥이 닿았다. 따뜻하지도 차갑지도 않은 묘한 느낌이었다. 죽은 자들끼리 맞닿을 때면 이런 감촉이 들고는 했다. 윤성우는 망설이면서 나희를 올려다보았다.

"음, 이 친구도 저하고 같은 신세네요."

"어, 어머나."

나희는 말을 잇지 못했다. 동물의 영혼을 본 것은 처음이었다. 오늘은 수영이 오지 않은 날이라 본 적 있냐고 물어볼 수도 없었다. 윤성우는 황구의 목덜미를 살폈지만 목걸이에 아무것도 적혀있지 않았다. 목걸이는 너무 오래되어 낡아 버클 금속에 녹이 슬어 있었다. 윤성우는 능숙하게 황구의 입술을 들어 올려 이빨을 살폈다. 이빨이 하얗다. 나희가 고개를 갸웃거렸다. 황구의 얼굴은 동그랗고 귀여웠다.

"노견 같지는 않은데요."

"네. 확실히 어리고 건강해요. 한두 살 정도 됐을까? 물론 지금 상태로 건강을 논할 수는 없지만요."

이 꼴이 되면 누구든 건강하다는 건 우스운 말이다. 어불성설이라 윤성우는 자신도 모르게 헛웃음을 지었다.

죽은 개라도 황구는 꽤 친화력이 좋았다. 꼬리를 설렁설렁 흔들면서 코를 윤성우의 다리에 들이댔다. 하지만 아무리 후각이 발달한 개라도 영혼에게서 냄새를 맡을 수는 없는 노릇이다. 죽은 개의 코에 후각세포가 남아 있지도 않을 것이다. 하지만 그런 행동이 어딘가 소원을 쫓아다니는 죽은 인간들과 닮아 보여 윤성우는 안쓰러워졌다. 그는 개의 정수리를 슬슬 쓰다듬었다. 죽은 존재끼리 서로 맞닿는 것이 그리 좋은 감촉은 아니었지만 개에게는 달랐던 모양이다. 머리를 쓰다듬는 손에 개는 머리를 푹 기대왔다.

"세상에 귀여워라."

"나희 씨, 얼굴 집어넣어요. 저기 사람 지나가요."

나희는 윤성우의 말에 허둥지둥 주문창에서 얼굴을 뺐다. 창 안쪽에서 잘 보이지 않았지만, 곧 황구가 매점 맞은편으로 가서 지나가는 사람 뒤를 쫓아가기 시작했다. 나희는 소리 높여 불러야 하나 싶었지만 진짜 개도 아니고 개의 영혼이다. 어딜 돌아다니든 황구의 마음이었다. 윤성우도 비슷한 마음인지 어정쩡한 자세로 서서 황구를 지켜보고만 있었다.

황구가 쫓아간 것은 점퍼에 바지를 입은 평범한 중년 남성이었다. 하지만 개는 어딘가 실망한 듯 귀가 처져서 곧 돌아왔다. 그리고 매점 앞 간이 벤치 곁에 엎드려서 지나다니는 사람들을 주시하기 시작했다. 윤성우가 다가가 슬쩍 개의 머리를 쓸고 턱도 긁어주었지만 황구는 헥헥댈 뿐 사람들에게서 눈을 떼지 않았다.

◇ ◇ ◇

　며칠 뒤 저녁 김수영이 들렀다. 미수를 만나기 위해 온 거라 늦은 시간이었다. 곧 긴 여행을 떠날 거라며 준비 중이라고 했다. 김수영이 말하는 긴 여행이란 최소 반년 이상을 뜻했다.

　"어디로 가실 건데요?"

　"핀란드에 갈까 해. 희진이가 한번 가보고 싶다고 했던 나라거든."

　"언니도 처음이에요?"

　"그건 아니지만 희진이의 팔찌를 끼고서는 처음이지."

　수영이 팔을 들어 올려 손목에 걸쳐진 실팔찌를 보여주었다. 빨간색 실이 유달리 눈에 환하게 띄었다.

　"같이 다닌다고 생각하기로 했어. 언젠가 슬프지 않고 떠올릴 날이 있겠지."

　"저도 그렇게 생각해요. 몇 달이나 다녀오시려고요?"

　"한 6개월 정도? 나로서는 그리 긴 건 아니지만. 아마 북유럽 전체를 다 돌아볼 것 같아."

　수영은 전보다 얼굴이 훨씬 밝았다. 나희는 그녀가 친구의 상실을 이겨낼 때까지 그리 긴 시간이 걸리지 않으리라 짐작했다. 여전히 잃은 사람의 빈 자리가 쓸쓸하더라도 좀 더 부드럽고 아름다운 기억들로 채울 수 있을 것이다.

“너 계속 여기서 일할 거지?”

“네. 저는 내년에 대학 등록금 모으고 싶거든요. 가능하면 대학 다니면서도 여기서 일하고 싶고요.”

“그럼 야간으로 해야겠네?”

“네. 이제 야간도 뭐 괜찮을 것 같아요.”

만약 윤성우가 놀러온다면 도리어 밤이 낫다. 사람이 워낙 없어서 둘이 이야기 나누기도 훨씬 오붓할 것이다. 사실 죽은 사람과 대화하며 이렇게 설레는 게 좀 이상하다는 건 알고 있었지만, 그래도 나희는 윤성우가 좋았다. 윤성우도 언제나 다정하게 그녀를 바라보고는 했다. 김수영은 나희의 꿈꾸는 듯한 눈빛에서 누굴 생각하는지 알아챘다.

“흠, 근데 윤성우 걔는 진짜 좀 희한해.”

“음…… 그렇죠, 역시.”

“정말이야. 보통 죽은 사람들 행동하고 너무 다르게 움직이더라고.”

나희는 고개를 끄덕였다. 이전부터 이미 나왔던 말이었지만, 윤성우는 사망자와 생존자의 중간에 위치한 듯한 모습이었다. 소원을 제외하면 기억하는 게 많지 않은 죽은 자들과 달리 그는 이야기를 나눠도 이상한 점을 찾아내기 어려웠다. 사리에 맞는 말을 해서 길게 대화를 이어가도 어긋나는 데가 없었다.

“게다가 요즘 들어서는 매점 앞에 오는 시간이 점점 일러지고 있어.”

“그러고 보니 그렇네요.”

원래 죽은 사람들은 해 끄트머리가 넘어간 이후에 나타난다. 하지만 윤성우는 점점 더 해가 남아 있는 시간에 빨리 나타나기 시작했다. 오늘도 태양의 머리끝이 아직 지평선 위에 남아 있을 때 그가 주문창을 두드렸다.

“미수 언니랑 매점에서 밤새우면서 본 할머니도 좀 이상했는데.”

“왜요?”

“네가 봤을 때 할머니 그냥 서 있었지? 나도 그랬거든.”

“맞아요. 그냥 저기 시계 밑에 서서 저 보고 있었는데.”

지금 생각해도 꺼림칙했다. 이상할 정도로 한기가 느껴지는 유령이었다. 수영의 말에 의하면 너무 오래 머무른 죽은 자들은 이 세상과 더 이질적인 경우가 많았다. 유달리 그 할머니에게서 나희가 두려움을 느끼는 것도 부자연스러운 존재를 목격해서 그런 것일 거라고도 했다.

“그런데 어제 미수 언니랑 같이 있으니까 좀 다르더라고. 계속 언니가 가는 쪽으로 시선을 돌리면서 보더니 언니 있는 카운터로 다가오려고 했어.”

“진짜요? 으악.”

말만 들어도 무서워서 나희는 양팔로 몸을 감쌌다. 하지만 수영은 그리 무섭지 않았다. 기이한 냉기가 느껴지기에 나희가 무서워하는 걸 이해할 수 있었지만, 미수에게 다가오던 할머니는 도리어 연민이 이는 모습이었다. 산소 호흡기를 덮고 의료용 관에 칭칭 감겨 결박된 채 삐걱대는 몸으로 한 걸음이라도 다가오려는 노력. 하지만 정작 발은 움직이지 않고 움찔댈 뿐이었다. 입과 코에 연결된 관 때문에 표정을 읽을 수 없는 주름진 얼굴이었지만 늘어진 눈가에 눈물이 고여 있었다. 수영은 몸을 틀어서 나희를 보며 신중하게 말했다.

"나희야, 나 곧 여행 가니까 이제 네가 미수 언니랑 그 할머니를 지켜볼 수밖에 없어. 뭔가 이유가 있는 것 같더라고."

"아악, 저 무서운데."

"너무 무서우면 딴 데 보지 말고 그 할머니 눈을 봐. 조금 덜 무서워질 거야."

수영이 자기 눈가를 톡톡 두드렸다. 나희는 할머니의 눈은커녕 발치를 보는 것도 무서워서 이해할 수가 없었지만, 어쨌든 충고를 받아들였다. 김수영은 그 할머니가 이미 10년 전부터 지금까지 나타나고 있다는 사실을 상당히 신경 쓰고 있었다. 나희 역시 미수와 관계 있는 일이라면 무서움을 이겨내고 지켜봐야겠다고 생각했다.

◇ ◇ ◇

황구는 며칠째 매일 30분가량 매점 앞에서 죽치고 있었다. 그사이 윤성우는 한껏 개를 귀여워했지만 황구는 언제나 처음처럼 윤성우에게 조금 꼬리를 친 다음 다른 사람에게 시선을 돌렸다. 황구의 관심은 특히 가벼운 바람막이 점퍼와 검은 바지를 입은 중년 남성에게 쏠렸다. 벤치 앞에 턱을 괴고 엎드려 있다가도 그런 남성이 나타나면 허겁지겁 쫓아가다가 실망한 채 돌아오고는 했다. 찾는 사람이 아닌 모양이었다. 당연하게도.

노을이 질 때마다 나희는 윤성우와 둘이 황구를 지켜보는 게 일이었다. 최근 윤성우는 거의 매일같이 매점 앞에 와서 손님이 없는 틈을 타 나희와 대화를 나눴다. 그는 눈치가 빨라 매점 입구로 손님이 오면 재빨리 가르쳐 줘 몇 번의 위기를 지났다. 그런데도 지난번에 또 한 번 박현우가 이 모습을 목격해서 심각한 얼굴로 고개를 절레절레 저었다. 하지만 나희는 이제 대범하게 헤헤 웃고 넘길 줄 알게 되었다.

"쟤는 주인 찾는 게 소원인가 봐요. 주인은 바람막이 검은 점퍼 입은 중년 아저씨일 거 같고요."

"그런 것 같죠?"

"아마 이 주변 개일 테니까 주인도 병원에 올 수 있을 텐데."

“하지만 그럴 가능성이 너무 적긴 해요.”

개가 세상을 떠나지 못한 채 주변을 맴도는 건 안타까웠다. 주인을 찾아볼까 싶었지만 검은색 바람막이 점퍼를 입은 남성이라는 단서만으로는 찾는 게 불가능했다. 윤성우는 황구의 목걸이를 풀어 그 안쪽까지 살펴보았지만 아무런 이름이 없었다. 혹시나 싶어 나희가 손을 뻗어 목걸이를 만졌다. 풀어서 보니 직접 만든 것처럼 투박한 솜씨의 가죽 목걸이였다. 선명하게 낡은 가죽의 감촉이 느껴져서 나희는 목걸이를 쥐고 미소 지었다.

“죽은 존재의 물건을 받을 수 있는 거 신기해요. 지난번에 오수형 아저씨 명함 받은 것도 그렇고.”

“하긴 저도 조금씩은 물건 건드릴 수 있으니까.”

황구는 곧 시간이 흘러 자리에서 사라졌다. 윤성우는 자신 역시 어둠에 잠기는 것을 깨달았다. 나희에게 인사하고 사라지고 싶었지만 매번 실패했다. 그의 존재는 빠르게 매점 주문창 앞에서 증발했다. 손님을 간단히 응대하고 돌아선 나희는 비어 있는 길을 보고 조금 허탈하게 웃었다. 선반에 윤성우가 남기고 간 황구의 목걸이가 있어서 그녀는 재킷 주머니에 그것을 넣었다.

손님이 드문드문 이어지는 저녁 시간이 지나고 미수가 출근했다. 미수는 몸이 좋지 않은 듯 꽤 무겁게 발걸음을 옮겼다. 나희는 놀라서 그녀를 붙들었다.

"사장님, 몸 많이 안 좋으세요?"

"응. 아유…… 내가 그랬잖아 새벽 두 시에 계속 한기가 든다고. 그랬더니 몸살이 올 거 같네."

"어떡해. 제가 오늘 밤 근무 대신할까요?"

"무슨 소리니. 벌써 주간 근무를 했는데."

"그럼 내일부터라도요. 자꾸 새벽에 추우니까 몸에 문제 생기는 거면 제가 하는 게 나을 것 같아요. 사장님은 며칠 좀 쉬시고요."

미수는 정말 힘들긴 한 모양인지 나희의 제안에 가만히 고민했다. 오전 단시간 아르바이트는 따로 있었는데, 곧 미수는 그에게 전화해 오전과 오후까지의 근무를 부탁했다. 시급을 잘 쳐주겠다는 말에 단번에 좋다고 한 모양이었다. 나희에게는 내일 밤 근무를 부탁하며 미수가 쓰게 웃었다.

"면목이 없다. 내가 원래 이러질 않는데."

"걱정하지 마세요. 저 원래 밤 근무였잖아요."

"무서워서 어떡해. 너 처음에 무서워서 바꾼 거였잖아."

그 말에 나희는 의료용 관으로 결박된 할머니를 떠올렸다. 여전히 무서웠지만 수영이 나희에게 당부했다. 그 할머니를 잘 지켜보라고. 미수가 아픈 것을 보니 이제부터 나희가 정신을 똑바로 차려야 할 것 같았다.

"걱정하지 마세요. 괜찮아요."

씩씩한 나희의 말에 미수는 흐리게 웃었다. 오늘 밤부터 벌써 걱정되긴 했지만, 지금 계속 일하기엔 나희도 너무 피곤했다. 미수는 얼른 들어가라며 나희의 등을 밀었다.

날씨가 참 좋은 밤이었다. 산책하기에 딱 맞는 온도와 바람, 건조한 공기에는 꽃향기와 우거지는 녹음의 냄새가 실려 왔다. 삼종합병원 근처는 답답한 구도심이었지만 사거리 반대 방향으로 조금만 더 걸어가면 작은 공원이 있었다. 걸어서 딱 10분 정도라 나희는 아빠에게 산책하고 들어간다는 메시지를 넣고 공원으로 향했다.

작긴 해도 걸을 수 있는 트랙과 울창한 나무를 갖춘 공원이었다. 트랙에는 주민들이 나와서 뛰고 있었다. 나희는 천천히 뛰는 주민들을 피해 걸었다. 공원을 밝힌 가로등 기둥에 붙어 있는 전단지를 본 것은 순전히 우연이었다.

[개 찾음. 사례함. 노란 색, 중간 크기 잡종.]

간단한 글이었지만 그 밑에 프린트된 사진은 눈길을 끌기 충분했다. 화질 좋게 인쇄된 사진은 틀림없이 매점 앞에 있는 황구였다. 목걸이까지 똑같았다. 이름은 진돌이라고 표기되어 있었다.

"세상에!"

나희는 얼른 밑에 있는 핸드폰 번호와 약도를 사진으로 찍었다. 열 시가 넘어 너무 늦은 시간이라 차마 전화는 하지 못했지만 갑자기 혜성처럼 희망이 나타난 셈이었다. 다행히 내일은 야간 근무라 주간에는 시간이 빈다. 연락해서 뭐라 말할지는 사실 알 수 없고 황구를 거기 데리고 갈 수도 없었지만 희망이 있는 게 어딘가. 매일 시무룩한 황구의 모습을 보는 건 슬픈 일이었다. 주인을 찾아줄 수 있으면 좋겠다, 하면서 나희는 얼른 집으로 향했다.

다음 날 오전에 연락할 수도 있었지만 나희는 일부러 다섯 시 무렵에 매점 근처를 어슬렁거렸다. 친하지 않은 오전 근무자가 안에 있어서 들어갈 생각은 하지 않았다. 해가 저물어 가자 윤성우가 나타났다. 옷이 점점 얇아지고 있는 사람들 사이에서 검은 패딩을 입은 그가 유달리 눈에 튀었다.

나희가 손짓하자 윤성우가 그녀를 보고 따라왔다. 나희는 말없이 그대로 쭉 걸어갔고 그녀의 옆으로 윤성우가 와서 섰다. 거의 입술을 움직이지 않고 복화술처럼 그녀가 말했다.

"황구 주인 찾았어요."

놀란 기색의 윤성우에게 나희는 띄엄띄엄 사람이 근처에

없을 때마다 사정을 설명했다. 그녀는 핸드폰에서 약도를 찾았다. 병원 맞은편 블록에 나희의 집보다 더 남쪽으로 가야 하는 위치였다. 거의 삼사십 분은 걸어가야 하는 거리다.

"좀 머네요."

"버스 탈까 싶긴 한데."

나희는 그렇게 말하다가 움찔했다. 윤성우는 죽었기 때문에 버스를 탈 수 있을지, 그 거리를 따라올지 알 수 없다는 사실을 깨달았기 때문이었다. 나희는 얼른 말을 바꿨다.

"그렇지만 날씨 좋으니까 걷죠, 뭐."

둘은 천천히 걸음을 옮겨서 골목을 지났다. 윤성우가 점점 더 일찍 나타나고 있어 시간이 생각보다 일렀다. 평생 살아온 동네인데도 집을 지나 20여 분을 더 걷자 꽤 낯선 곳에 온 듯한 기분이었다. 그간 거의 오지 않은 방향이었다.

"황구 이름이 진돌이라니 좀 놀랐어요. 어떻게 봐도 진돗개는 아니고 똥……개던데."

"그렇죠. 다른 말로 시고르자브종."

진돗개와 닮은 점은 노란색에 털이 짧다는 것 정도다. 얼굴은 진돗개에 비해 짧았고 귀는 둥그렇고 꼬리는 일자였다. 심지어 꼬리에만 털이 좀 길어서 볼품없었다. 귀엽기는 했지만 그렇다고 아주 예쁜 외형은 아니었다.

목적지까지는 걷기에 부담될 만큼 꽤 먼 거리였다. 날이 좋은데다 윤성우와 도란도란 이야기하며 걸으니 나희는 도리어 먼 게 좋을지도 모른다고 생각했다. 대로변에서 한참 걸어 들어온 속골목에는 인적이 드물어 둘이 이야기하기에도 딱 좋았다.

긴 노을도 이제 자취를 거의 감추었지만, 아직 그리 어둡지는 않았다. 나희는 스마트폰으로 목표 지점을 설정하고 지도를 가끔 확인했다. 횡단보도를 건너자 오피스텔과 상가가 많은 블록이 나왔다. 지하철역이 있어서 가끔 굉음이 울렸다. 근처에 대학이 있어서인지 학생들이 활기차게 무리지어 다녔고 오토바이와 자전거가 많았다. 번잡한 거리를 가로지르면서 나희는 내년쯤 그녀 역시 대학생이 될 거라는 생각을 했다.

대로를 지나 조금 더 들어왔을 때 윤성우가 중얼거렸다.

"아까 거기, 어쩐지 익숙해요."

작은 목소리라 나희는 듣지 못한 것 같았다. 그녀는 거의 다 왔다며 지도를 들여다보며 목적지 찾기에 여념이 없었다. 윤성우는 주변을 둘러보았다. 아까의 번화한 대로변도 그랬고 지금 이곳도 익숙했다.

느리게 윤성우를 가두고 있던 짙은 안개가 물러나는 것 같았다. 그는 조금씩 빛 아래 드러나는 기억들을 물끄러미 바라보았다. 그리고 생의 기억들은 없어진 적 없는 것처럼 순식간에 제자리에 돌아왔다. 그는 원래의 윤성우가 되어 놀라서 눈을 껌벅거렸다. 죽기 전과 후의 기억이 모두 제자리에 안착했다. 귓가 저 멀리로 누군가가 그를 부르는 목소리가 들려왔다.

"성우 씨?"

나희가 고개를 갸웃하면서 그를 불렀다. 윤성우는 정신을 차리고 그녀를 돌아보았다. 나희의 손가락이 한 곳을 가리켰다. 북적이는 골목 끝자락에 있는 철물점이었다.

"저기예요."

지금 당장은 황구의 주인을 찾는 게 먼저다. 윤성우는 조금 어리둥절한 상태로 나희와 함께 그곳으로 다가갔다. 두 사람은 기웃대면서 철물점 안쪽을 살폈다. 간판에는 설비 수리가 필요하면 연락 달라면서 핸드폰 번호가 적혀 있었다. 전단지에 있던 핸드폰 번호와 동일했다.

문은 열려 있는데 아무도 없는 것처럼 고요했다. 사람 눈에 보이지 않는 윤성우가 먼저 들어가서 가게 안을 둘러보았다. 가게 뒤편 작은 문이 열려 있는데, 거기로 연결된 뒷마당 같은 공간에서 인기척이 있었다.

가게 밖으로 돌아온 윤성우가 말했다.

"주인아저씨로 보이는 사람 있어요. 저 뒤쪽에요."

"음, 알았어요. 고마워요. 이제 나한테 맡겨요."

나희는 가게 문을 손으로 두드린 다음 들어가며 크게 외쳤다.

"계세요?"

"어어, 잠깐만 기다리세요."

뒷마당에서 목소리가 들려온 다음 문이 크게 열리고 중년 남성이 가게로 들어왔다. 험상궂게 생긴 덩치 큰 남자였다. 황구가 쫓아다니던 중년 남성들과 거의 비슷한 체구로 보였다. 나희는 왠지 모르게 긴장되어서 양손을 꽉 잡고 억지로 미소를 지었다. 곁에 윤성우가 딱 붙어 있었지만 그는 도움이 되기 힘든 존재였다.

뭔가 힘들여 수리하던 참이었는지 중년 남성의 이마에 땀이 맺혀 있었다. 안경은 머리 위로 올려 걸친 상태였다. 그는 물을 마시더니 무뚝뚝하게 물었다.

"음, 뭐 사시려고?"

"뭘 사려는 건 아니고요. 제가 저쪽 공원에서 전단지를 봐서요."

순간 그의 눈이 번쩍 빛났다.

"개 찾는 전단지? 우리 진돌이?"

"네, 네."

"진돌이 본 거예요? 어디, 어디서 봤어요? 어디서?"

철물점 주인은 나희의 손을 잡을 기세로 가까이 다가왔다. 나희는 순간 식은땀이 났다. 지금 자신이 해야 하는 말의 무게가 새삼 느껴졌기 때문이었다. 사실 지금 그녀가 전해야 하는 건 그의 개가 죽어서 주인을 찾고 있다는 말이었다. 나희 자신은 죽은 자들과 함께 대화할 수 있어 간혹 산 것과 죽은 것의 경계를 헷갈렸다. 여기 올 때도 매점에서 진돌이가 기다린다는 말을 전하면 될 거라고 가볍게 생각했다. 하지만 진돌이는 살아서 주인을 기다리는 게 아니었다.

그녀는 애타게 주인을 찾던 개를 떠올렸다. 한 번이라도 주인을 본다면 진돌이는 좀 더 가벼운 발걸음으로 세상을 떠날 것이다. 그냥 그거 하나일지라도, 마지막 소원 정도는 이루어 줄 수 있게 노력하는 게 낫지 않을까. 그래서 나희는 입술을 꾹 물었다가 입을 열었다.

"그런 건 아닌데, 믿으실지는 모르겠지만요."

철물점 주인은 그녀에게 집중하고 있었다. 나희는 나오지 않는 말을 억지로 목구멍으로 밀어냈다.

"제가 사실 죽은 존재들…… 유령이나 귀신이라고 부르는 존재를 볼 수 있어요. 그래서 소식을 알려드리려고 온 거예요."

갑작스러운 말에 철물점 주인의 얼굴에 의문이 떠올랐다. 나희 본인이 생각해도 너무 영업하려는 사기꾼 무당 같은 발언이라 얼굴이 벌게졌다. 그녀는 얼른 말을 덧붙였다.

"정말이에요. 못 믿으시겠지만요."

"아가씨, 혹시 뭐 종교나 그런 거 믿어? 전도하려고 그래?"

철물점 주인의 얼굴이 험상궂어졌다. 갑자기 사이비가 아니냐는 소리를 들은 것 같아서, 그리고 그 의심이 일리가 있어서 나희는 허둥지둥 손을 저었다.

"그런 거 아니에요. 제가 진짜로 보고 말할 수 있거든요."

주인이 대답하지 않았다. 당연하게도 전혀 믿지 않는 눈치였다. 처음에는 진돌이 소식을 가져왔을까 싶어서 호의적이던 눈매도 차가워졌다. 낯선 사람에게 이런 말을 하는 건 나희도 처음이라 진땀이 났다. 그녀는 진땀을 흘리며 상황을 반전시켜 보려고 말을 꺼냈다.

"여기도 사실 그런 존재가 하나 있어요. 제 옆에 한 명이 같이 왔거든요."

"정말 이상한 소리를 하는군."

"정말이에요. 그 친구가 있다는 걸 여기서 보여드릴게요."

"뭘 어쩌겠다는 거야?"

"저기 저 종, 울려볼게요. 지금 당장."

철물점 앞문에는 손님이 온 것을 알리는 작은 철제 종이 달려 있었다. 철물점 주인은 헛웃음을 지었다. 나희는 옆에 있는 윤성우에게 눈짓했다. 윤성우는 고개를 끄덕였다.

"무슨 소리야. 저거 내가 오래전에 만들어서 단 종이고, 문을 흔들어도 뻑뻑해서 잘 울리지도 않아. 말도 안 되는."

말을 하다 말고 주인이 입을 다물었다. 종이 정말로 흔들리며 금속성 소리를 연달아 내고 있었다. 아무런 움직임 없는 공간에서 작은 종 하나만 혼자 흔들리는 광경은 기이했다. 주인은 이해할 수 없어서 가까이 다가가 머리 위의 안경을 내려 제대로 쓰고 먼지가 잔뜩 쌓인 종을 살폈다. 평상시의 모습 그대로였지만 스스로 흔들리고 있었다. 종의 표면에 쌓인 먼지에 마치 지금 사람이 건드리고 있는 듯 동그란 자국이 희미하게 생겨났다. 상식적으로 알 수 없는 광경이었다. 주인은 멍한 표정으로 중얼거렸다.

"이게…… 뭐지."

"그리고 이거."

나희는 재킷 주머니에 손을 넣었다가 가죽 목걸이를 꺼냈다. 주인은 눈을 가늘게 뜨더니 다가와 그녀의 손바닥 위에 있는 낡은 목걸이를 낚아챘다.

"이거 어디에서 났어?"

"진돌이 목에서 풀었어요."

"진돌이는 어디 있는데."

나희는 주인의 눈을 들여다보았다. 그는 긴가민가하면서도 아니길 바라고 있었다. 하지만 해야 하는 말이었다. 그녀는 힘을 주어 또박또박 말했다.

"저는 지금 삼종합병원 매점에서 일해요. 진돌이는 거기 저만 볼 수 있는 모습으로 있어요. 죽어서도 계속 아저씨 닮은 사람들을 쫓아다니고 있어서 주인을 찾아주려고 제가 여기 온

거예요. 검은 바람막이에 청바지 입은 사람들만 따라다니고 있
거든요."

나희는 침착하게 말했다.

"진돌이가 아저씨를 찾고 있어요. 아마 한번 만나고 나면
조금은 더 즐겁게 가야 할 길을 갈 거예요. 저하고 같이 가주
세요."

"어처구니없는 소리군."

철물점 주인은 거칠고 날카롭게 웃었다. 그렇지 않아도 험
상궂은 얼굴이 공격적으로 번득여서 나희는 심장이 오그라드
는 것 같았다. 주인은 목걸이를 꽉 쥔 채로 이를 악물었다. 그
의 눈에 적의가 선명했다.

"최소한 아가씨가 진돌이를 해치진 않았으리라고 믿어."

"무슨 말씀이세요, 절대 아니에요!"

놀란 나희가 크게 항의했지만 철물점 주인은 흔들림 없었
다. 그는 손가락으로 문을 가리켰다.

"나가."

"한 번만 같이 가주세요. 진돌이가 기다려요."

"나가라고."

철물점 주인이 위협적으로 말하면서 나희에게 가까이 다가
섰다. 그녀가 주춤거리며 물러서는 순간 주인의 안경이 벗겨지
며 바닥으로 떨어졌다. 그의 안경을 쳐서 벗긴 윤성우가 나희

에게 빨리 나가라고 손짓했다. 주인이 멈칫했고 나희는 재빨리 가게 밖으로 나와서 도망치듯이 온 길을 되짚어 갔다.

그날 밤 나희는 힘이 쭉 빠진 채 밤 근무를 시작했다. 윤성우는 그런 나희의 모습이 안쓰러워서 차마 떠나지 못하고 주변을 맴돌았다. 그는 두서없이 아무 말이나 떠들다가 말없이 고개만 끄덕이는 나희를 보고 조용해졌다. 잠시 매점 안에 침묵이 맴돌았다.

"진돌이 때문에 그러죠?"

윤성우의 물음에 나희가 희미하게 웃었다. 애타게 주인을 찾는 진돌이의 모습이 눈앞에 아른거렸다. 철물점 주인이 한번만 와주면 될 텐데. 죽기 전 소원을 이루지 못한다고 무슨 일이 일어나는 건 아니다. 하지만 조금이라도 마음 가볍게 떠날 수 있다면 도와주고 싶었다. 주인의 믿지 못하는 마음은 충분히 이해했다. 그저 안타깝고 아쉬울 뿐이었다. 기르던 개의 죽음을 전해야 한다는 사실도 도착할 때까지 깨닫지 못했다. 조금 더 부드럽게 소식을 전할 수 있었다면 나았을까. 스스로의 미숙함도 부끄러웠다.

윤성우는 화제를 돌리기 위해 곰곰이 생각하다가 입을 열었다.

"사실 아까 거기요. 되게 익숙한 느낌이더라고요."

"어디요?"

"그 철물점 근처에 있던 대로변이요. 사람 많고 번화했던 대학 근처."

윤성우는 언제나처럼 주문창의 선반에 기대섰다. 자기 이야기를 하려는 것 같아 나희는 귀를 기울였다. 윤성우는 좀 망설이다가 조심스럽게 말했다.

"거기 지나가는데 여러 가지 기억이 떠올랐어요. 사실 전부 다 알게 된 것 같아요."

"전부요?"

놀라운 이야기라 나희는 눈을 껌벅였다. 죽은 사람들은 생전에 대해 희미한 기억만을 가지고 있고 그나마도 관심이 없어 곧 잊어버린다. 사실 생전 일을 자세히 이야기할 만큼 오래 머물지도 않았다. 작은 소원이 풀리고 나면 곧 증발하듯이 세상에서 사라져 버리고 마니까.

윤성우는 자신에 대해 떠오르는 것들을 하나씩 되짚었다. 사실 그럴 필요도 없었다. 아까 그 거리를 지나친 이후 신기할 정도로 그는 다시 생전의 자신이 되어 있었다. 22년간 살아온 윤성우라는 사람이.

"저, 거기 대학에 다녔어요."

2년제 전문대학이었다. 동물간호학 전공이었던 윤성우는 졸업을 앞두고 있었다. 졸업 후 군대를 다녀와서 전공을 살려 취업할 생각이었다. 자전거를 무척 즐겨 탔고 동물을 좋아했다. 그리고 그 두 가지로 인해 사고가 났다.

"밤에 친구네 집에 갔다가 돌아오는 길이었는데 고양이 한 마리가 상처 나고 다리도 부러진 채 버려져 있었어요. 아마 어느 고약한 인간이 해코지를 한 것 같더라고요. 24시간 하는 응급병원이 근처에 있어서 거기 데려가려고 자전거 바구니에 넣고 달렸는데……"

비가 부슬부슬 내리기 시작했다. 친구와 저녁을 먹고 게임도 하고 오는 길이라 열두 시가 넘은 시간이었다. 번잡한 대로변에는 여전히 차가 많았고 24시간 동물병원은 좀 멀어서 윤성우는 힘차게 페달을 밟았다. 신호를 지키지 않은 차 한 대가 직진하는 윤성우의 자전거를 향해 달려온 건 순식간이었다. 핸드폰과 지갑을 넣어둔 작은 크로스백이 거리에 나뒹굴고 윤성우는 자전거와 반대편으로 나동그라졌다.

"그다음부터 기억이 없어요. 아니, 다른 기억으로 이어진다고 해야 하나."

이후 윤성우는 엉뚱한 곳에서 아무것도 모르는 채로 서 있었다. 그는 무작정 소독용 알코올과 붕대를 사야 한다고 생각했다. 그때는 왜인지 몰랐다. 지금은 알 수 있었다. 아마도 사고에서 죽었을 아기 고양이를 치료해야 한다는 생각만 뇌리에 남아 있었을 것이다. 아주 작고 안쓰러웠던 노란 줄무늬 아기 고양이.

나희가 내준 붕대와 알코올을 손에 쥐고 난 뒤 윤성우는 간헐적으로 기억이 생겨나는 것을 알아챘다. 단속적이던 기억은 점점 더 길게 연결되기 시작했다. 시간과 공간을 구분할 수 없었던 그는 어둠 속에서 빠져나오는 시간이 늘어났다.

그는 평범한 집안에서 자란 꿈이 있는 청년이었다. 그걸 깨닫자 윤성우는 다시 생으로 돌아가고 싶어졌다. 나희는 이야기를 모두 듣고 몹시 놀란 얼굴이었다.

"그걸 어떻게 다 기억해요? 죽은 사람들은 생전의 모습을 거의 기억하지 못하고 관심도 없잖아요. 성우 씨는 다 알고 있네요."

윤성우가 미소를 지었다. 조금 긴장한 듯한 미소였다.

"아마 나중에 이야기해 줄 수 있을 거예요."

김철호는 이마의 땀을 닦았다. 동네 단골손님이 맡긴 업소용 청소기의 수리가 다 끝났다. 별것도 아닌 일인데 날씨가 더워서인가 등이 흠뻑 젖을 정도로 땀이 났다. 며칠 동안 잠을 자지 못해서 컨디션이 좋지 않아서일 수도 있었다.

그는 작은 뒷마당에 있는 철제 의자에 앉아서 담배를 피워 물었다. 뻐끔거리며 담배를 태우는 동안 김철호는 옆에 놓아둔 가죽 목걸이를 들어서 다시 살폈다. 1년 전 진돌이를 처음 데려와서 키울 때 직접 만들어 주었던 가죽 목걸이였다. 진돌이는 그때 이미 성견이었다. 길에서 떠도는 더러운 개가 안쓰러워 며칠 밥을 주었더니 가게까지 따라 들어왔다. 그래서 얼결에 키우게 된 것이 진돌이였다.

노란색에 영특한 것이 아무래도 진돗개의 혈통일 것 같아 진돌이라고 불렀는데 이웃 구멍가게 사장은 그 말을 듣고 비웃었다. 무슨 잡종 개를 진돗개라고 주장하느냐는 것이었다. 하지만 김철호는 별 상관 없었다. 진돗개든 잡종 개든 진돌이는 영특했고 혼자 사는 그의 외로움을 따뜻하게 달래주었다.

그러나 줄이 잠깐 풀렸던 어느 날 낮 진돌이가 밖으로 뛰어 나갔고 그 후 넉 달이 넘도록 찾지 못했다. 이 복잡한 도시에서 잃어버린 개를 몇 달이나 찾지 못했으니 사실 김철호도 포기 상태였다. 찾으리라는 희망은 애초에 버린 지 오래였지만 그는 관성처럼 전단지를 붙이고 다녔다. 죽었다면 죽었다는 소식이라도 들을 수 있도록. 그리고 결국 김철호는 진돌이가 죽었다는 소식을 이 목걸이로 들은 셈이 되었다.

아니, 사실은 두 달 전에 연락 하나를 받았다. 전단지의 개와 비슷한 모습의 개가 차에 치여 죽은 걸 봤다는 연락이었다. 그때 이미 진돌이의 죽음은 확정적이었다. 그래도 혹시 몰라 전단지를 붙이며 여태까지 기다렸지만 결국 사실인 모양이었다.

그는 얼굴을 양손으로 문질렀다. 눈물은 나오지 않았다. 이미 몇 달 전부터 각오했던 일이기 때문이었다. 그러나 며칠 전 찾아왔던 어린 아가씨가 한 말이 자꾸 머리를 맴돌았다.

'진돌이가 주인아저씨를 기다리고 있어요.'

그녀가 말했던 것이 전부 생생히 기억났다. 삼종합병원 매점이랬지. 주인 보는 게 마지막 소원이라 기다리며 검은 바람막이를 입은 중년 남자들을 쫓아다니고 있다고. 김철호는 자기가 몇 년 내내 즐겨 입던 낡고 검은 바람막이 점퍼를 떠올렸다. 진돌이와 산책 나갈 때마다 입었던 옷이었다.

아무리 생각해도 마냥 거짓말이라기엔 무리가 있었다. 김철호는 괴로워져서 눈을 감았다. 진돌이가 죽었다. 하지만 죽은 후에도 그를 기다리며 아직 세상을 떠나지 못하고 있다. 그런데 내가 가보지 않아도 되는 걸까. 다른 건 하지 않고 그저 정말인지 거기 가보기만 해도 되는 거 아닐까. 상식적으로 말이 안 된다는 생각과 며칠 내내 싸웠지만, 결국 김철호는 자리에서 일어섰다.

'일단 가서 진짜 거기 그 여자가 있는지라도 보면 되겠지.'

그는 애써 핑계를 만들면서 가게 문을 닫고 삼종합병원으로 향했다. 근방에서 가장 큰 병원이라 버스 노선이 많아 가는 것은 금방이었다. 김철호는 정류장에서 내려 기웃거리며 걸어 들어갔다. 주차장을 가로지르자 1층에 촌스러운 글씨로 매점이라 붙은 간판이 보였다. 이 근처에 진돌이가 있을지 모른다고 생각하니 가슴이 두근거렸다. 말도 안 되는 상상이라고 애써 속으로 비웃었지만 마음은 멋대로 흘러갔다. 그는 자신도 모르게 두리번거리며 진돌이를 찾다가 매점으로 들어가 머뭇거렸다. 그곳에는 기대와 전혀 다른 중년의 여성이 카운터에 앉아 있었다.

"저, 음. 안녕하세요."

"네, 뭐 드릴까요?"

중년 여성 직원이 붙임성 있게 말했다. 김철호는 고개를 저었다.

"뭘 사려는 건 아니고요. 그…… 사람 좀 물어보려고 하는데요."

"사람이요?"

자신이 꽤 험상궂은 인상이라는 사실을 잘 아는 김철호는 혹시 상대가 꺼릴까 봐 매우 조심스럽게 말을 꺼냈다. 한 20대 초반 정도 되는 어린 여성 직원이 있는지 궁금하다고. 머리를 하나로 묶고 동그란 얼굴인 여성 직원을 찾는 그의 말에 상대는 도리어 반색했다.

"아, 나희가 말했던 그분이시군요. 진돌이 주인분. 맞죠?"

김철호는 움찔해서 고개를 끄덕였다.

"잠시만 기다리세요. 제가 나희한테 전화 좀 할게요. 저 대신 요새 야간 근무 하고 있어서 지금 쉬고 있거든요."

시간은 여섯 시를 조금 넘어 있었다. 중년 직원이 전화하는 사이 김철호는 테이블에 가서 앉았다. 20분이 채 지나지 않아서 매점으로 아는 얼굴이 뛰어 들어왔다.

"오셨네요!"

며칠 전 보았던 아가씨가 환한 얼굴로 외쳤다. 김철호가 어색하나마 뭔가 인사하려고 했지만 그녀는 후다닥 달려가 주문창으로 매점 앞을 바라보았다.

"아, 있다."

뭘 말해볼 겨를도 없었다. 그녀는 다짜고짜 김철호에게 밖으로 나가보라고 했다. 매점의 창문 앞으로. 김철호는 영문도 모른 채로 어리둥절해서 쫓겨나듯이 매점 바깥으로 나갔다. 간이 벤치가 하나 있는 곳을 가리키면서 아가씨가 거기 앉으라고 했다. 말 잘 듣는 아이처럼 김철호가 몸을 수그리고 그곳에 앉았다. 아가씨는 손뼉을 치면서 웃었다.

"세상에. 정말 바로 알아보는구나."

"나를 알아봤어요? 진돌이가?"

김철호는 주변을 두리번거렸다. 그리운 개를 보고 싶었지만 빈 공간뿐이었다. 퇴근하는 직원들이 간혹 지나가면서 아가씨와 그를 흘금거리며 쳐다봤다. 아가씨는 무릎에 손을 대고 허리를 굽혀 김철호의 아래쪽을 보고 있었다. 그 눈이 반짝거리며 기쁨을 담고 있었다.

"네, 진돌이가 아저씨 알아봤어요. 세상에, 쟤 원래 좋으면 엉덩이를 저렇게까지 흔들어요? 꼬리가 아니라 엉덩이를 흔드네. 지금은 아저씨 오른쪽 신발 발톱으로 막 긁어요."

"엉덩이……."

"이제 아저씨 오른쪽 다리에 몸 비비고 도네요."

김철호는 믿어지지 않아서 자신의 오른쪽 다리를 내려다보았다. 낡은 면바지에 감싸인 다리에는 아무런 느낌도 없었다. 하지만 저 아가씨가 말하는 모든 것이 진돌이가 하던 행동이었다. 진돌이는 산책 나가거나 간식을 먹을 때 신이 나면 유달리 김철호의 오른쪽 다리에 옆구리를 비비며 돌았다. 신발을 긁어대는 것도 진돌이의 버릇이었다. 진돌이는 왼쪽 눈이 멀어 산책 때 언제나 김철호의 오른쪽에 서서 걸었다. 마치 자기가 보지 못하는 자신의 왼쪽을 지켜달라는 듯이.

"혹시 우리 진돌이……."

그는 자신도 모르게 애타게 물었다.

"어디 아픈 곳은 없어 보여요?"

"전혀요. 괜찮아요."

"다행이군요."

김철호에게는 그거 하나만 남은 소망이었다. 이미 죽었다면 고통스럽지 않았기를. 괴롭지 않고 행복하기를. 그는 작게 웃었다. 아무것도 보이지 않고 느껴지지도 않았지만, 저 아가씨의 말은 믿을 수 있다고 생각했다. 주변을 지나가는 퇴근길의 병원 직원들과 손님들이 혼자 웃고 있는 김철호를 힐끗거리며 보았다. 아마 아주 이상해 보일 것이다. 하지만 김철호는 신경 쓰지 않았다.

"벤치 위로 올라갔어요. 아저씨 오른쪽이요."

아가씨의 말에 김철호는 오른쪽으로 돌아앉았다. 상쾌한 바람이 스치고 지나갔다. 그것이 마치 진돌이의 움직임인 것 같아서 그는 눈을 감았다. 시야가 차단되면 혹시 더 잘 느껴질까 싶어서.

잠시 후 김철호는 그의 코끝과 입술 위에 촉촉한 감각을 느꼈다. 그는 이게 무슨 촉감인지 잘 알았다. 진돌이의 코와 혀였다. 그의 허벅지에 진돌이의 도톰한 앞발 무게가 느껴졌다. 산책을 자주 해서 짧아진 발톱까지 바지를 눌렀다. 너무 익숙해서 모를 수가 없었다. 김철호는 자기도 모르게 진돌이를 껴안으려고 두 팔을 내밀었지만 허공만 휘저었다.

"세상에."

김철호의 얼굴에서 눈물이 흘러내렸다. 지나가는 사람들이 정말 이상한 표정으로 그를 바라보았지만 상관없었다. 그는 한참 팔을 벌리고 벤치에 앉아 있었다. 빈 품에 바람이 스치고 지나갔다. 그래도 이 공간 어딘가에 진돌이가 있다고 생각하니 마음이 저리듯 뿌듯했다. 따뜻한 진돌이의 체온이 느껴지는 깃 같았다.

개의 시체도 찾지 못해 김철호 역시 슬픔과 혼란 속을 헤매며 몇 달을 보냈다. 이제야 제대로 알았다. 그래, 너는 죽었구나. 하지만 최소한 진돌이에게 진심으로 인사할 수 있었다. 그동안 몹시 사랑했고 평안하게 잘 가라고. 사랑하는 개에게 하는 마지막 인사는 그렇게 허공을 끌어안은 채 삼종합병원의 매점 앞에서 이루어졌다.

나희는 뿌듯하면서도 섭섭한 기분으로 카운터에 앉아 밤하늘을 바라보았다. 달이 둥글게 떴고 조용한 공기가 여느 때와 같은 밤이었다. 조금 전 얼굴 없는 장례지도사는 진돌이를 데리고 장례식장으로 걸어갔다. 개는 기분 좋게 꼬리를 흔들며 뒤도 돌아보지 않고 어둠 속으로 사라졌다. 며칠 내내 매점 앞에서 진돌이가 앉아 있는 모습을 보는 게 좋았는데 이제 나타나지 않을 것이다. 나희는 다시 진돌이를 볼 수 없다는 점이 섭섭했지만 그 가벼운 발걸음이 뿌듯했다.

"저기."

멍하니 밖을 내다보던 나희는 손님의 목소리에 깜짝 놀라 벌떡 일어섰다. 단골 박현우가 희미하게 미소를 짓고 서 있었다.

"어머, 선생님. 오늘 당직이세요?"

꽤 늦은 시간이었다. 박현우는 고개를 끄덕였다. 나희는 원두 커피를 따라 내밀고 계산했다. 박현우는 커피를 들고 돌아서려다가 다시 나희에게 말했다.

"요즘 여기 병원에 신기한 소문 도는 거 아세요?"

박현우가 물었다. 나희는 어깨를 으쓱했다.

"어떤 소문이요?"

"유령 나타난다는 이야기가 있어요. 그것도 장례식장이나 영안실이 아니라 이 매점에요."

"어머나, 세상에. 저 귀신 안 믿는데."

나희는 꽤 자연스럽게 거짓말을 했다. 하지만 박현우의 표정은 크게 변하지 않았다.

"저도 사실 안 믿었거든요. 그런데……."

그의 눈이 가늘어졌다.

"요즘은 좀 믿을 수도 있을 것 같아서요."

“왜요?”

“그냥요.”

하필 이렇게 여러 번 박현우에게 연이어 허공에 대고 헛소리하는 모습을 들키는 게 아니었다. 심지어 이번에는 어떤 아저씨가 매점 앞에 주저앉아 자기 개라고 엉엉 우는 모습까지 본 모양이었다. 박현우가 의심하는 게 당연했다. 하지만 나희는 이제 뻔뻔해져서 그리 찔리지 않았다. 사실 찔릴 게 뭐가 있을까. 그녀가 부탁을 들어준 사람들은 대부분 평화롭게 가야 할 길로 향했다.

나희가 천연덕스럽게 싱글싱글 웃으며 “아이, 믿음이란 변하기 마련이죠” 하고 넉살을 부리자 박현우는 어처구니없다는 듯 고개를 젓고 테이블로 가서 앉았다. 그는 커피를 마시고 추가로 산 구슬 아이스크림을 퍼서 입에 넣었다. 핸드폰을 켜서 쇼츠를 보며 다시 다른 일에 관심이 없어진 모습이었다.

나희도 더 신경 쓰지 않고 카운터에 앉아 책을 보았다. 하지만 그녀의 머릿속에는 다른 생각이 맴돌고 있었다. 새벽 두 시의 할머니와 윤성우에 대한 생각이었다.

# Chapter 6.

이미수가 이곳 매점을 맡은 지 벌써 20년째였다. 그녀는 어린 시절부터 혼자 온갖 일을 해가며 돈을 벌었고 다행히 운이 좋아 성공해서 여유롭게 살 수 있었다. 30대에 이미 식당 장사로 큰돈을 만졌지만 더 욕심은 부리지 않고 병원 매점을 인수했다. 미수는 자신의 인생에서 그걸 제일 잘한 일 중 하나라고 생각했다. 아등바등하지 않아도 저축한 돈에 손대지 않고 매달 벌어 먹고살 수 있었기 때문이었다. 큰 흑자를 바란 적 없었기 때문에 만족스러운 일터였다. 아르바이트 직원들에게 여유롭게 시급을 쥐어줄 수 있는 것도 기뻤다. 대부분이 어린 학생들이었기 때문에 더욱 그랬다.

하지만 최근에는 그 만족스러움이 조금씩 감소하고 있었다. 야간 근무를 하고 난 뒤 몸에 이상이 생겼다. 큰 문제는 아니었지만 열이 나고 몸이 아팠다. 감기 기운이 계속해서 조금씩 있었는데 김수영은 그런 미수를 보고 "이제 해결해야 할 때인 것 같네"라며 이상한 소리를 했다. 하지만 정작 수영 역시 어떻게 해결해야 하는지는 모르는 눈치였다. 게다가 그녀는 얼마 전 핀란드로 긴 여행을 떠났다.

미수의 집은 병원에서 가까운 아파트였다. 방 두 개짜리 작은 아파트는 아주 깔끔했고 아기자기했다. 별다른 장식은 없이 생활에 필요한 물품들만 놓여 있었는데, 몇 개 없는 인테리어 물품 중 하나가 탁자 위에 놓인 사진 액자였다. 오래된 사진에는 젊은 여성과 어린 여자아이가 함께 손을 잡고 서 있었다. 벌써 40년이 훨씬 넘은 사진으로 미수가 유치원생일 때 선생님이 찍어준 것이었다.

크리스마스 파티 사진이라서 어머니는 어색한 표정으로 산타 모자를 쓰고 있었다. 미수는 루돌프 코와 뿔을 붙인 채였다. 파티 중간이라 미수는 몹시 즐거워 보였지만 어머니는 마치 있지 말아야 할 곳에 온 듯한 표정이었다. 미수는 50이 넘은 지금까지도 이유를 기억했다. 아버지는 유치원을 싫어했고 어머니는 저 파티 시간에 직장에 있어야 하는 사람이었다.

아버지는 아이들의 교육을 못마땅해했다. 초등학교부터 보내면 됐지 왜 유치원 같은 걸 보내느냐는 것이었다. 어머니는 꿋꿋이 우겨서 연년생 남매를 유치원에 보냈지만 그 학비는 본인이 벌어야 했다. 아니, 사실 유치원 비용이 아니더라도 어머니는 언제나 일을 해야 했다. 아버지는 일자리가 일정치 않았고 버는 돈은 술값으로 모두 써버렸다.

원래부터 그랬던 건 아니었다. 결혼할 당시 아버지는 멀쩡한 직장에 다니고 있었다. 하지만 친구의 꼬드김에 퇴직금으로 사업을 하겠다고 나왔고 불과 1년도 되지 않아 미수의 집은 내리막길로 굴러 떨어졌다. 빚이 생기고 가장이 자포자기 상태가 되자 전업주부였던 어머니는 어린아이들을 집에 두고 돈을 벌러 나가야 했다.

그 과정에서 아버지는 가족들을 때리기 시작했다. 초등학생 때 이미 미수는 아버지에게 대들면서 동생과 어머니를 보호하려고 했다. 미수는 아버지에게 맞은 다음 날 어머니에게 울면서 졸랐다.

"엄마, 이혼해서 우리랑 살자. 셋이 살자."

"안 돼. 미수야, 그래도 아버지가 있어야 하는 거야."

"왜? 난 없어도 돼. 엄마도 아빠가 없는 게 더 좋지 않아?"

"아버지도 곧 정신 차릴 거란다. 우리 조금만 더 기다려 보자."

어머니는 돌아앉았다. 하지만 아버지의 폭력은 날이 갈수록 심해지기만 했다. 어머니는 그래도 벗어나려는 노력을 하지 않았다. 돈을 벌어와 남편에게 주었고 삼시세끼 식사를 준비했으며 며칠에 한 번씩 맞았다. 중학교에 막 들어간 후 어머니는 미수에게 아르바이트를 해서 돈을 벌어오라고 요구했다. 이제 너도 컸으니 장녀 역할을 해야 한다는 것이었다. 아버지의 폭력 과 어머니의 강요. 미수는 열일곱에 모두 버리고 집을 나왔다.

어머니도 힘들어서 그랬을 것이다. 이제 50이 넘어 이미수 는 그때의 어머니를 조금이나마 이해할 수 있었다. 미수의 어 린 시절 어머니는 따뜻하고 활기찬 사람이었지만 중학생이 되 었을 무렵에는 완전히 달라졌다. 고등학생 때쯤에는 아예 다른 사람이라고 해도 될 정도였다. 10년 동안 남편에게 학대 당한 아내는 갈피를 잡지 못했다. 당시 어머니가 40대 중후반이었으 니 지금의 미수보다 훨씬 젊었다. 도저히 자기 힘으로 이겨낼 수 없는 상황에 오랜 세월 처해 있었던 사람은 제정신이기 힘 들다. 미수는 어머니도 그럴 수 있었겠다 생각하는 시간이 많 아졌다.

현관에서 벨이 울렸다. 미리 나희가 전화해서 방문하겠다 고 언질을 준 참이라 미수는 얼른 일어나 문을 열어주었다. 나 희는 상기된 표정으로 "안녕하세요!"라고 인사하며 들어섰다. 미수가 몸이 좋지 않아 쉬겠다고 하자 병문안을 오겠다고 한 참이었다. 나희의 손에는 묵직하게 보자기로 싼 찬합이 있었다. 미수는 찬합을 받아들고 눈을 크게 떴다.

"어머, 너 이거 뭐야."

"반찬이에요. 사장님 몸도 안 좋은데 혼자 사시니까 잘 드시기라도 하라고."

"세상에, 네가 만든 거야?"

찬합을 열어 보면서 미수는 탄성을 뱉었다. 어묵볶음과 배추나물, 콩나물무침, 진미채와 마른 나물 몇 가지가 소담하게 들어 있었다. 부엌에 따라 들어와 식탁 앞에 앉은 나희가 방긋 웃었다.

"설마요. 아빠가 만들어 주셨어요. 분식집 오래 하셔서 손맛 하나는 일품이에요."

나희의 말투에는 은근한 자부심이 들어 있었다. 미수는 얼른 젓가락을 가져와 어묵볶음을 집어먹었다. 달달하면서 짭짤해서 근사한 맛이었다. 이어서 여러 반찬을 다 먹어보면서 미수는 감탄했다.

"아버님 정말 솜씨 좋으시구나. 하긴, 부부분식 운영하신댔지? 삼화중학교 앞에 거기."

"네. 그걸로 저 키우셨으니까요."

나희는 방글거렸다. 사실 미수 역시 그 분식집 앞을 여러 번 지나간 적이 있었다. 손님으로 온 학생들이 너무 많아서 주인 혼자 열심히 서빙하고 계산하는 모습도 봤다. 그게 나희의 아빠였을 줄이야. 정작 분식을 좋아하지 않아서 음식을 사 먹어 본 적은 없었는데 이런 식으로 먼저 부부분식 주인의 손맛을 보게 되었다.

마침 점심식사 전이라 미수가 밥을 차려서 둘은 같이 식사했다. 갓 만든 반찬에 밥 한 공기가 꿀떡처럼 넘어갔다. 신나게 떠들면서 식사를 한 뒤 미수가 커피를 내려 둘은 소파에서 커피를 마셨다.

최근에는 나희가 야간 근무를 하고 미수가 주간 근무를 하는 날이 열흘 넘게 이어지고 있었다. 이번에 미수의 몸이 또다시 좋지 않아 오전 아르바이트생이 오후까지 맡아서 해주었다. 자꾸 아픈 미수가 걱정되는지 나희가 고개를 갸웃거렸다.

"감기 걸린 거예요, 사장님?"

"그건 아니야. 그런데 왜 이렇게 머리가 아프고 기운이 없는지 모르겠어."

하지만 둘 다 이유는 짐작하고 있었다. 며칠 전 저녁 때 갑자기 루비가 아파 동물병원에 갈 일이 생겨 나희가 급히 미수에게 도와달라고 했다. 미수는 기꺼이 하루 밤 근무를 했고 그 이후로 급격히 컨디션이 떨어졌다.

"그날 밤에도 혹시 춥고 무서웠어요?"

미수는 고개를 끄덕였다. 나희도 그럴 거라 짐작했던 터라 한숨을 쉬고 커피를 마셨다.

나희가 야간 근무를 하는 동안 새벽 두 시마다 할머니는 어김없이 모습을 드러냈다. 하지만 할머니는 예전처럼 시계 밑에 그대로 서 있었다. 마음을 단단히 먹고 나니 의료용 관에 둘러싸인 할머니가 아주 무섭지는 않았지만, 유달리 두려울 때는 김수영의 충고대로 할머니의 눈을 보았다. 주름지고 짓무른 눈가는 벌겠고 눈물이 번져 나와 있었다. 늙고 지치고 연약한 눈이었다. 그것을 보자 나희는 두려움보다는 연민이 더 커졌다.

"수영 언니 말 들어보면, 그 할머니 벌써 10년 전부터 나왔던 거잖아요."

"그렇지."

10년이나 그 자리에 있었을 정도라면 분명히 원하는 게 있어서다. 새벽 두 시에 나오는 유령들은 고집이 세고, 오래 나오는 자들은 한이 깊다고 수영이 그랬다.

"이번에는 해결해 봐야 하지 않을까요."

"해결? 어떻게?"

글쎄, 그건 지금부터 알아봐야 했다. 나희는 일단 미수의 몸이 나은 이후에 하루 정도 같이 밤 근무를 해봐야겠다고 생각했다. 수영은 아무 말도 못 들은 모양이지만 나희라면 혹시 또 모르는 일이었으니까.

나희는 커피를 마시다가 오래된 액자를 발견하고 그것을 가리켰다.

"이거 누구예요? 설마 사장님?"

나희가 미수일 거라 생각한 쪽은 아이가 아니라 젊은 여성

쪽이었다. 미수는 웃으면서 고개를 끄덕였다.

"맞아. 근데 그거 나 유치원 때야."

"어머, 그럼 엄청 오래된 사진이네요? 그렇게 안 보여요."

신기할 정도로 요즘 사진 같았다. 나희는 액자를 들어서 유심히 살펴보았다. 미수의 얼굴에 걸린 미소는 씁쓸했다.

"오래전 엄마하고 같이 찍은 거야."

"어머님하고 닮았어요, 사장님."

"나도 그렇게 생각해."

"어머님은 지금 어디 사세요?"

나희의 순진한 물음에 미수는 고개를 저었다.

"돌아가셨어. 10년 전에."

나희는 잘못 물었나 싶어서 목을 움츠렸다. 하지만 미수는 별 상관 없다는 듯 어깨를 으쓱했다.

"엄마랑 사이가 안 좋았거든. 가출한 뒤에 아예 한 번도 본 적 없어. 남동생한테는 나중에 연락 오긴 했었어. 엄마 죽은 뒤에. 평생 나한테 연락하려고 애썼다고는 하더라. 근데 뭐, 내가 사느라 바빴으니까."

"그랬구나."

나희는 이미수의 어머니가 살아 있었다면 대략 몇 살이나 되었을지 궁금해지기 시작했다. 이미수는 현재 50이 넘었고, 어머니는 최소한 일흔에서 여든 넘어까지도 가능한 연령대였을 것이다. 그녀는 어렴풋이 어떤 얼굴을 떠올릴 수 있었다.

　　조연자는 천천히 걸어서 언덕배기를 올랐나. 늦은 시간 채소 가게가 문을 닫기 직전에 산 식재료로 두 손이 무거웠다. 늦게 기다렸다가 마감 직전에 가면 언제나 같은 값에 더 많은 재료를 살 수 있어서 조연자는 항상 이런 식으로 장을 보았다. 일을 하고 오면 이 시간일 때도 많긴 했지만.

　　이런 식으로 장을 보면 시든 채소가 많아서 손질에 시간이 오래 걸린다는 게 단점이었다. 버리는 것도 많았다. 그래도 스물두 살짜리 아들과 일주일 먹기에는 넉넉한 양이다. 한창 혈기왕성할 때의 아들은 잘 먹었으니 언제나 음식에 신경을 써야 했다. 아르바이트도 열심히 하고 성실한 아이라서 더욱 잘 챙겨주고 싶었다.

　　하지만 쉬운 일은 아니었다. 작년에 남편이 죽은 후 그녀는 외벌이로 아들과 둘이 살아내야 했다. 아들은 군대에 다녀와 아직 대학에 다니는 중이었고, 아르바이트를 한다고는 해도 대학 등록금만 대기도 벅찼다. 등록금의 일부는 어머니인 조연자가 대주어야 했다. 아들이 처음부터 빚을 지고 대학을 졸업하는 꼴을 보고 싶지는 않아서 조연자는 더욱 고집을 부리며 애써 등록금 일부를 내주었다.

별다른 경력 없이 허드렛일만 해온 중년 여성이 벌 수 있는 돈은 그리 많지 않다. 식당과 시장을 전전하며 몸이 부서져라 일해도 한 달에 230만 원 남짓이 전부였다. 산동네에 있는 집은 열악한데도 월세가 그리 낮지 않았다. 아들의 등록금을 위해 따로 모아두는 돈과 공과금, 식비를 빼고 나면 남는 돈이 별로 없었다. 언제나 한 달 벌어 한 달 사는 느낌이라 조바심이 났다. 조금이라도 더 벌어 저축해서 비상금을 만들어 두어야 했다.

시체 염습 일을 해보지 않겠느냐는 제안을 받아들인 건 그래서였다. 식당에 자주 들르던 단골손님이 건넨 제안이었다. 알고 보니 그는 장의사였고, 그의 조수가 힘들다며 6개월 만에 그만두었다고 했다. 힘들고 무서워도 쉽게 때려치우지 않을 만한 사람이 필요했던 장의사는 힘든 식당일도 누구보다 성실히 하는 조연자에게 일자리를 제안했다.

사실 조연자로서도 정말 하고 싶지 않은 일이었다. 죽은 사람의 시체를 조심조심 닦아내고 몸을 정돈해 장례를 치를 수 있도록 수의를 입히는 일. 보통 사람이라면 당연히 극도로 꺼리는 일일 것이다. 아무리 병원에서 얌전히 죽은 사람이라도 그 시신을 씻기는 일은 떨렸다. 단순히 씻기기만 하는 게 아니라서 더 문제였다. 입과 코를 솜으로 막고 손톱과 발톱도 정리

해야 했다. 사후 경직된 시신의 사지는 굳어서 움직이지 않기 때문에, 직접 주물러 부드럽게 만든 뒤 반듯한 자세로 정돈해야 했다. 그 뒤에야 염포로 감쌀 수 있었다. 사고로 죽은 사람이나 부검을 한 사람이라면 일은 더욱 험난해졌다.

하지만 이 일은 안정적이었다. 아르바이트가 아닌 고정된 계약직 자리였기 때문이었다. 게다가 소득도 비교적 높았다. 그녀는 인상 좋은 중년 여성으로 유족들에게 단정한 이미지를 줄 수 있다는 점에서 높은 점수를 받아 이 자리에 들어왔다. 조연자를 가르친 사람은 아주 숙련된 장의사로 언제나 정중하고 조심스럽게 고인을 대할 것을 요구했다. 유족들이 보는 앞에서 치러지는 절차이기에 더욱 그런 자세가 필요했다. 조연자는 처음의 거부감을 이겨내고 일에 적응하면서 조금씩 더 삶에 대해 깊이 생각하게 되었다. 죽은 사람들을 앞에 두면 이제 그들의 생전이 궁금해졌다. 어떤 삶을 살았을지, 어떤 가족이 있을지, 왜 죽었을지. 그리고 죽음 이후도 궁금했다. 사후에는 어떤 모습으로 변하게 되는 것일지.

사고로 죽은 시신은 말할 수 없이 흉한 경우도 많았다. 염습 일을 시작한 지 얼마 되지 않았을 때는 사고사 시신의 경우 장의사가 염하고 조연자는 뒤에서 지켜만 보았다.

'훈석 씨도 저랬을까.'

조연자는 작년에 죽은 남편을 자주 떠올렸다. 남편 이훈석은 교통사고로 사망했다. 사고사 시신은 유족이 보기 전 미리 염하여 흉한 모습을 가능한 보지 않게 한다. 조연자 역시 남편의 깨끗한 얼굴만을 보았다. 남편은 마치 그 자리에서 일어나 그녀에게 말을 건넬 것 같았다.

'이제 그럴 수 없는 게 천만 다행이지.'

조연자는 싸늘하게 생각했다. 이훈석은 좋은 남편이 아니었다.

장의사의 지도 아래 조연자는 능숙하게 염습을 할 수 있게 되었다. 장의사도 그녀를 믿고 일을 맡겼다. 오랜 시간 그의 밑에서 불만 없이 일을 했지만, 조연자는 소망을 하나 갖게 되었다. 그녀 역시 독립된 장의사로 일을 하고 싶었던 것이다. 하지만 혼자 사업을 시작하기에는 두려움이 앞서 그러기가 힘들었다.

그녀는 염습 일에 점차 적응해 갔다. 죽은 이들을 깨끗이 단장시켜 유가족과의 마지막 만남을 주선하는 염습은 조연자에게 큰 보람이었다. 꾸준히 이 일을 한 덕분에 아들 역시 무사히 대학을 졸업하고 결혼도 했다. 아들은 어머니에게 이제 일을 그만해도 된다고 했지만, 조연자는 힘이 닿는 한 일했다. 은퇴 후 한참 지난 늘그막에도 장례지도사라는 국가 자격증이 생긴다는 말을 들었을 때 한번 응시해 볼까 하는 생각이 들었을 정도였다.

열심히 일했고, 아들을 훌륭히 키워내 손주까지 보았다. 작은 후회는 없는 삶이었다. 그러나 큰 후회가 하나 있었다. 남편이 죽은 이후 몇 년간 깨닫게 된 이 후회는 죽을 때까지, 혹은 죽음 이후까지 조연자를 괴롭혔다.

그녀가 결혼하던 당시는 지금과 세상이 많이 달랐다. 그녀는 1969년에 남편 이훈석과 결혼하여 아이를 둘 낳았다. 아주 예쁜 딸과 연년생 아들이었다. 시부모님은 첫 딸을 기뻐하지 않았지만 곧이어 세상에 나온 작은 아들 덕분에 매우 만족스러워 했다. 남편 이훈석 역시 마찬가지였다.

하지만 조연자는 딸이 더 예뻤다. 처음으로 그녀가 세상에 내놓은 아이는 마치 그녀의 분신처럼 느껴졌다. 그녀는 첫째 딸을 세상에 없이 귀애하며 사랑했다. 딸은 자랄수록 더 영특했고 사랑이 넘쳤다. 남편은 그런 조연자의 딸 사랑을 유별나다고 하면서도 딱히 탓하지는 않았다. 도리어 예쁜 옷을 보면 직접 사다주고 곰 인형이나 솜사탕 선물도 자주 해주었다. 젊은 부부와 꼬물거리는 두 아이는 그림처럼 살았다.

아마 그대로 살았다면 모두가 끝까지 행복했으리라. 하지만 불행은 늘 느닷없이 찾아온다.

나희는 이제 밤 근무가 특별히 무섭지 않았다. 수영의 충고

대로 할머니의 눈을 바라보면 두려움보다 연민이 커진다는 사실을 알았기 때문이었다. 의료용 관에 결박된 듯한 모습의 할머니는 애저로운 눈으로 시계 밑에 서서 나희를 바라보고는 했다. 뭔가 말하고 싶은 눈이었다.

어느 날 밤, 삼종합병원 매점에는 윤성우가 있었다. 요즘 밤에는 잘 나타나지 않던 윤성우가 처음 만났을 때처럼 새벽에 등장하자 나희는 무척 놀랐다. 게다가 매점 안에서 그를 보는 것은 처음이었다.

"어머, 어쩐 일이에요?"

"중요하게 할 말이 있어서요."

"뭔데요?"

윤성우는 얼굴이 굳어 있었다. 하지만 동시에 어딘가 희망에 찬 표정이기도 해서 나희는 고개를 갸웃했다. 그는 입술을 물었다가 테이블 앞 의자에 앉았다.

"나도 커피 한 잔 줄 수 있어요?"

"커피요? 마실 수는 있어요?"

"어쩌면요."

윤성우가 하하 웃었다. 어처구니없는 농담이라고 생각했지만, 나희는 일단 요청 받았으니 원두 커피를 따라서 그에게 내밀었다. 그녀는 윤성우에게 윙크했다.

"이거 1500원인데 서비스로 주는 거예요. 잘생겼으니까."

“아니, 내가 갚을게요. 진짜로.”

“흥. 진짜 갚을 거면 붕대랑 알코올 값부터 갚아야 할걸요. 그거 내 사비로 샀던 거니까.”

“아, 정말이에요?”

“그럼요. 매점에 무슨 붕대랑 알코올이 있겠어요.”

여태 하지 않은 말이었다. 나희는 히히 웃으면서 본인의 커피도 따라서 윤성우의 맞은편에 앉았다. 앉기 전에 매점 입구 문을 살짝 닫는 것을 잊지 않았다. 혹시라도 예고 없이 손님이 들이닥치면 나희는 혼자 커피 컵 두 개를 앞에 놓은 채 수다를 떠는, 정말 미친 여자라는 이야기를 들을 테니까.

윤성우는 고개를 숙여서 커피컵 위에서 킁킁거렸다. 나희는 호기심 어린 눈으로 그를 지켜보았다.

“혹시 죽은 사람도 냄새 맡을 수 있어요?”

“음…… 사실 예전에, 처음 나희 씨 만나던 무렵에는 냄새를 못 맡았어요.”

“지금은요?”

“지금은 확실히 느껴지네요. 커피 향이 아주 좋아요.”

윤성우는 미소를 지었다. 나희는 궁금해졌다.

“왜 달라진 거죠?”

“글쎄요. 사실 달라진 건 그뿐만이 아니에요. 원래 난 기억도 거의 하지 못했고, 눈에 보이는 것도 아주 한정되어 있었어요. 소리도 어떤 건 먹먹하게 들리고 어떤 건 아예 들리지 않았고요. 그런데 지금은……"

윤성우가 손을 펼쳤다.

"커피 컵의 주의사항 글씨도 읽을 수 있고 저 형광등이 지직거리는 소리까지도 들리네요. 시각 청각이 아주 좋아졌나 봐요."

신기한 일이었다. 나희는 고개를 갸우뚱했다. 왜인지 알 수가 없었다. 물으려고 입을 열려던 그때, 윤성우가 흠칫했다.

"잠깐만요. 지금 몇 시죠?"

나희가 시계를 확인했다. 새벽 두 시까지 채 3분도 남지 않은 시각이었다. 그녀는 시계 밑 벽을 가리켰다.

"두 시. 곧 할머니 오실 시간이네요."

두 사람은 입을 다물고 시계 아래쪽 벽을 바라보았다. 몇 분 후, 시계 밑에는 환영과 같은 할머니가 나타났다. 할머니는 짓무른 눈으로 카운터 쪽을 바라보고 있었다. 해골처럼 마르고 쪼글쪼글하게 주름 진 손가락은 늘어진 채로 떨렸다.

'분명히 미수 언니를 찾고 있어.'

"할머니."

나희는 조심스럽게 불렀다. 할머니는 주름진 눈으로 카운터를 바라보다가 또다시 미수가 없다는 사실을 깨달았다. 이제 할머니의 눈을 자세히 들여다보자 나희는 그녀의 미세한 움직임을 알아챌 수 있었다. 가만히, 오래 할머니를 바라보다가 확실한 깨달음이 찾아왔다. 할머니는 이미수와 아주 닮은 얼굴이었다. 너무 늙고 주름져 여태까지 알아보지 못했지만, 살짝 한쪽으로 휜 매부리코와 좁은 얼굴, 작은 입술까지 영락없었다. 이미수의 집에서 보았던 그 젊은 여성의 얼굴이 할머니 위로 겹쳐졌다. 나희는 작게 중얼거렸다.

"사장님 어머님 맞구나."

그 순간, 할머니의 시선이 나희와 맞닿았다. 여태까지 단 한 번도 초점이 제대로 맞지 않았던 흐린 눈동자에 총기가 돌아와 있었다. 할머니는 발을 움찔거리며 카운터로 걸어오려 했지만 몸은 움직이지 않았다. 나희는 대신 일어서서 할머니 가까이로 다가갔다. 윤성우가 움찔하며 나희를 말리려 했지만 그녀는 괜찮다고 손을 저었다. 무섭게만 보이던 주름진 얼굴은 측은하게만 보였다. 충분히 가까워진 나희에게 할머니가 무언가 말하려 했다. 하지만 곧 힘이 다한 듯 할머니의 모습은 순식간에 사라졌다.

"아……."

처음부터 없었다는 듯 사라져 버린 할머니의 모습에 나희는 안타까운 마음으로 한숨을 쉬었다. 어깨를 늘어뜨린 나희의 눈앞에 바닥에 떨어진 흰색의 종잇조각이 보였다. 곱게 접힌 종이를 집어 열어보니 아무것도 쓰여 있지 않은 빈 종이였다. 나희는 의아해져 눈을 찌푸린 채 고개를 갸웃했다.

"그게 뭐예요?"

"음……. 그냥 종이요. 종이 접은 거요."

"안에 아무것도 없어요?"

"네. 그냥 백지네요."

더 아리송해져 나희는 일단 백지를 집어 빈 서랍에 넣었다.

"저 할머니, 우는 것 같죠?"

나희의 물음에 윤성우가 고개를 끄덕였다. 처음에는 그저 두렵기만 해서 몰랐지만, 오랫동안 자세히 보니 짓무른 눈가로 계속해서 눈물이 흐르고 있었다. 뭐가 그렇게나 슬프고 한스러운 것일까. 할머니의 서러운 모습 때문에 미수에게 말을 꺼내기는 더욱 어려웠다. 나희는 한숨을 폭 쉬었다.

"할머니가 무사히 떠나시면 좋으련만."

"그러게 말이에요."

"성우 씨가 할머니랑 대화 어떻게 안 되나요? 며칠 좀 꾸준히 노력해 보면 되지 않으려나."

나희가 중얼거렸지만 윤성우는 웃으면서 고개를 저었다. 조금 굳은 웃음이었다.

"그건 좀 힘들 거 같아요."

"왜요? 역시 할머니가 산소 호흡기까지 하고 있어서 안 될까요?"

“그게 아니라…….”

윤성우는 머뭇거리면서 말을 끌었다. 그는 뭐라고 표현해야 할지 알 수 없다고 하면서 잠시 고민하다가 입을 열었다.

“사실, 곧 제가 사라질 거라서요.”

“사라진다고요?”

나희는 움찔했다. 그럼 저승으로 떠난다는 말인가? 이상한 말이지만 윤성우가 여길 떠난다는 건 상상할 수 없었다. 그는 나희와 좀 더 오래 같이 있을 것 같았다.

“무슨 말이에요?”

“몸이 날 부르고 있어요.”

“몸이요?”

“네. 원래의 윤성우가요.”

윤성우는 상기된 표정이었다. 나희는 무슨 소리인지 알 수 없어서 멍청하게 입을 벌리고 그를 쳐다보았다. 다음 순간 그가 연기처럼 사라졌다. 나희의 앞에는 텅 빈 공간만 남아 있었다.

조연자의 남편 이훈석은 잘 다니던 회사를 갑자기 그만두고 사업에 뛰어들었다. 동창이 권한 호박즙 사업이었다. 건강식품이라고는 알지도 못하는 사람이, 심지어 즙 종류는 먹지도 않는 사람이 갑자기 공장까지 세워 자기 사업을 한다고 했을 때 조연자는 열심히 말렸다. 일단 마음먹은 사람은 아내의 설득 정도로 변하지 않았다. 아니나 다를까, 동창이 사업 자금을 가지고 도망치기까지는 1년이 채 걸리지 않았다. 연대채무까지 생겨 가족은 빚더미에 앉았다. 심지어 아이들이 겨우 네다섯 살 때였다. 한창 돈이 많이 들어갈 시기였다.

이훈석은 여태까지 한 번도 실패를 겪은 적 없어서 이런 상황을 견딜 능력이 없었다. 그는 술을 마시며 화풀이를 시작했다. 가장 만만하고 가까이 있는 사람들에게.

처음에는 아내 조연자를 때렸다. 그 다음에는 자식들이었다. 술을 진탕 마신 뒤 가족들을 때리고 아내에게 돈을 벌어오라고 소리를 질렀다. 조연자는 식당으로 일을 나갔고 아이들은 차마 이훈석 곁에 둘 수 없어 유치원에 보냈다. 없는 돈에 지금 애새끼들 호강시키는 거냐며 남편이 비웃었다. 하지만 그런 아빠 곁에 아이들만 둔다는 건 있을 수 없는 이야기였다.

아이들도 변한 가정의 분위기를 재빨리 눈치챘다. 집에 아빠만 있을 때는 숨죽여 방 구석에서 떨고 있다가, 엄마가 오면 뛰어나가 치맛자락에 매달렸다. 하지만 그때쯤 이미 조연자 역시 지독하게 지쳐 있었다. 남편의 술주정과 폭력은 날이 갈수록 심해졌고 견뎌내는 데만도 모든 힘을 다 썼다. 결국 아이들이 맞아도 막아주지 못하고 멍하니 바라볼 수밖에 없었다. 이미 스스로도 쓰러지도록 학대 당한 상태였기 때문이다.

가정이 지옥이 되는 것은 생각보다 아주 쉽고 빠른 수순이었다. 조연자는 남편의 폭력과 생계의 위협 사이에서 구석으로 몰렸다. 아이들이 중학생이 되자마자 그녀는 아르바이트라도 나가서 돈을 벌어오라고 종용하기 시작했다. 자신의 행동이 남편과 비슷하게 닮아 있다는 것을 깨닫지 못했다. 알았더라도 소용없었을 것이다. 일단 살아내야 했으니까.

한 살 차이라도 첫 아이라고 딸에게 더 모질게 대했다. 아들은 한 살이 어려도 둘째라서 차마 가혹하게 대할 수가 없었다. 딸은 이미 초등학생 때 제발 이혼하라고 애원하며 조연자에게 매달렸지만, 그녀는 그럴 수 없었다. 이혼이라니. 평생 고지식한 집안에서 자라 전업주부로 산 조연자에게 생각조차 불가능한 일이었다. 남편이 뭐라고 하든 최대한 따르는 게 도리였다. 조연자는 회초리를 들며 버릇없는 소리 하지 말라고 딸을 야단쳤다. 결국 딸은 고등학교 2학년이 되고 어느 날 가출해서 영영 사라져 버렸다. 남편은 욕설을 퍼부으며 실종 신고를 하려는 조연자를 막았다. 배 곯고 고생한 뒤에 돌아와도 받아주지 않을 거라면서. 하지만 결국 구렁텅이로 떨어진 건 이훈석과 식구들이었다.

아마도 그때 어린 딸의 말을 조금이라도 귀담아들었다면 후회할 일이 적어졌을 것이다. 남편의 장례식장에 앉아서 조연자는 멀거니 생각했다. 남편이 교통사고로 죽었을 때 그녀는 마음이 지나치게 가벼워서 놀랐다. 아마 그녀 자신도 모르게 너무 오래도록 바라온 일이었을 것이다. 하지만 반대로 딸을 생각하면 괴로웠다. 진작 갈라섰다면 딸을 잃지 않아도 되지 않았을까. 딸과 대화해 보려고 뒤늦게 노력했지만 도통 연락은 닿지 않았다. 그 뒤로도 수십 년간, 마치 그 시절을 끝없이 반성하라는 것처럼. 조연자는 딸의 부재를 형벌로 끌어안고 살았다.

나이 일흔이 넘어 조연자는 심장에 문제가 생겨 병원으로 응급 이송되었다. 폐렴과 합병증이 발생했고 의식은 깜박거리며 점멸을 반복했다. 아주 잠시 눈을 떴을 때 조연자는 아들의 우울한 목소리를 들었다.

"엄마, 누나 연락이 안 되네요."

호흡이 제대로 안 되는데도 열일곱 어린 딸의 얼굴이 뇌리를 스쳤다. 정말 마지막으로 딸에게 사과하고 싶었다. 어린 시절을 지켜주지도 못한 주제에 본인이 힘들다는 이유로 학대에 손을 보태기까지 했던 시간. 왜 딸의 말대로 용기를 내지 못했던 걸까. 수십 년이 지났는데도 어린 자식들의 소중한 시절이 사무치도록 아깝고 한이 맺혔다.

하지만 아직 그때까지도 조연자는 자신이 겪게 될 일이 무엇인지 잘 알지 못했다. 의식이 반복해서 꺼지는 와중에도 주변에서 속삭이는 소리들이 들려왔다. 인공호흡기를 착용시켜야 한다, 수혈을 해야 한다, 의료진의 말과 더불어 무의미한 연명 의료는 하고 싶지 않다는 아들의 말. 하지만 거기에 대한 답은 들려오지 않았다.

속으로 조여자는 다시 한번 딸을 불렀다.

'미안하구나, 미수야. 미안해.'

나희는 아빠의 분식집에 앉아서 한가롭게 주변을 둘러보았다. 곧 학교 끝날 시간이 되면 학생들이 구름떼처럼 몰려들 것이다. 아빠가 그럴 때 힘들어하기 때문에, 나희는 가끔 여유가 생기면 아빠를 도와 서빙을 하곤 했다. 나희가 없이 혼자 있을 때는 단골 학생들이 나서서 접시를 나르기도 했다. 아빠는 학생들에게 인기가 좋았다. 인심 좋고 손맛 좋은 분식집 사장님을 누가 싫어할까.

나희는 아빠가 떡볶이 판에 물엿과 고추장, 고춧가루를 넣고 끓이고 떡과 어묵을 넣는 것을 구경했다. 언젠가 저 비법을 그대로 따라한다면 나희 역시 떡볶이 명인이 될지 모른다. 하지만 아직은 분식집 사장을 꿈으로 정하지 않았다. 나희는 치위생과나 간호학과에 가고 싶었다. 가능하면 집에서 가까운,

윤성우가 다닌다던 대학으로.

나희는 떡볶이 만드는 아빠 뒤 테이블에 앉아 있다가 불쑥 물었다.

"아빠. 만약에 엄마가 지금 나타난다면 나한테 뭐라고 말할 것 같아?"

"응?"

아빠는 이게 무슨 뚱딴지같은 소리냐는 얼굴로 나희를 바라보았다. 구체적인 사정을 말할 수 없는 나희는 어깨만 으쓱했다. 하지만 질문을 취소하지는 않고 빨리 대답해 보라고 도리어 아빠를 재촉했다. 아빠는 어처구니없어 하면서도 순순히 대답했다. 손은 여전히 떡볶이 주걱을 잡고 휘젓고 있었다.

"네 엄마는 안 나타날걸. 너한테 할 말 없어서."

"에엥, 그게 뭐야."

그만큼 엄마가 자신을 사랑하지 않았다는 말로 들려서 나희는 입을 내밀었다. 아빠는 껄껄 웃었다. 분식집 이름이 쓰인 빨간 앞치마가 아빠에게는 무척 잘 어울렸다. 엄마와 아빠가 함께 이곳을 운영하던 당시에는 빨강과 파랑을 나누어 걸쳤다고 했다. 아빠가 빨강, 엄마가 파랑. 오죽하면 분식집 이름도 '부부분식'일까. 거기에서 자신은 빠져있는 것 같아 가끔 나희는 삐죽거리면서 '세 식구 분식'으로 바꾸자고 했지만 아빠는 그럴 생각이 없었다. 평생 장사하면서 계속 이 이름으로 나갈 거다,

하면서 나희를 놀리고는 했다. 그리고 그건 농담이 아니었다.

"진짜로, 아빠. 나 정말 궁금해서 그래."

"얘가 왜 이럴까."

나희의 재촉에 아빠는 고개를 저었다.

"정말이야. 엄마는 아빠한테 너에 대한 이야기를 모두 했어. 그리고 아빠가 자부하는데, 엄마가 말한 걸 다 지켰거든. 멀리서 나와 너를 바라보면서 자랑스러워는 하겠지만 우리 앞에 나타나진 않을 거야."

노을에 비치는 아빠의 주름진 얼굴에는 눈부신 감정이 빛났다. 열심히 살아온 지난 세월에 대한 자부심이었다.

"우리 셋 모두 최선을 다했잖니. 원래 그러지 못한 사람들이 남은 말이 있는 거란다."

납득되어서 나희는 고개를 끄덕였다. 맞는 말이다. 하고 싶은 말이 남았다는 건 결국 했어야 하는 말을 하지 못했다는 뜻이다. 그 할머니는 최선을 다하지 못해 이미수에게 전할 말이 남은 것일 테다. 그 사정을 아는 것은 이미수뿐이었다.

"결국 사장님한테 물어봐야겠네."

"뭐? 지금 뭐라고 했니?"

나희의 작은 목소리를 제대로 듣지 못한 아빠가 되물었지만 나희는 고개를 저었다.

"아무것도 아니에요. 그나저나 아빠, 나 순대랑 떡볶이 비벼서 주세요. 먹고 집에 갈래.”

“그럴래? 아빠가 맛있게 비벼주지.”

아빠는 나희의 말에 순대를 썰어 접시에 담고 떡볶이 국물을 위에 뿌렸다. 나희가 좋아하는 어묵과 함께였다. 분식집 딸의 특권이 이거지. 떡볶이 떡을 싫어하는 입맛대로 떡 대신 어묵을 듬뿍 먹을 수 있다는 점. 심지어 아빠는 대파도 잔뜩 얹어주었다. 나희는 환호성을 지르면서 아빠의 손에서 접시를 받아 왔다. 근처 초중고에 모두 소문난 분식집답게 감칠맛이 끝내주는 떡볶이였다.

윤성우가 사라진 날 이후 다음 날도, 그 다음 날도 할머니가 나타났다. 나희는 할머니가 나타나는 새벽 두 시마다 잘 접힌 종이쪽지를 집어 들었다. 처음에는 누군가 떨어뜨리고 간 게 아닐까 했지만 이틀 사흘째 같은 모양의 쪽지를 주웠을 때는 모를 수가 없었다. 할머니가 뭔가 전하려 노력하고 있는 것이었다.

남이 살아온 삶을 묻는 건 쉬운 일이 아니다. 특히 이미수처럼 오래된 일을, 말할 때마다 눈을 찌푸리곤 하는 과거의 일을 캐묻는 건 인간적으로 하지 않아야 했다. 만약 종이쪽지에 뭐라도 적혀 있었다면 미수에게 전하기 좀 더 쉬웠을 텐데. 하지만 텅 빈 쪽지 안에는 점 하나도 찍혀 있지 않았다. 그렇지 않아도 몸이 좋지 않은 미수에게 새벽에 다시 나와보라고 하기에도 차마 입이 떨어지지 않았다.

여행을 떠난 수영에게 전화가 올 때면 나희는 거기 매달려서 이런저런 고민을 의논했다. 수영은 단순하게 생각하라고 조언했다.

"너무 염려하지 마. 사실 해결되어야 하는 일은 때가 되면 되더라고."

"그렇지만 뭔가 답답해요. 제가 제대로 전달해 드리지 못하는 것 같아서."

수영이 크게 웃었다. 수화기 너머에서 화통한 웃음소리가 전달되자 나희는 그것만으로도 기분이 가벼워졌다.

"넌 진짜 어린애가 오지랖이 넓어. 하지만 그런 사람이 세상에 있다는 건 좋은 일이지."

"무슨 말이에요, 언니. 그 방면은 사장님이 제일이죠."

"맞아. 그런데 그거 아니? 오지랖이 넓은 사람도 정작 자기와 가까운 사람한테는 그러지 못한 채로 세월이 흘러가 버릴 수 있다는 거."

그런가, 하면서 나희가 고개를 기울였다.

"하지만 어떤 사정이 숨어 있는지 우리는 모르니까, 너무 안달하지 않고 그저 지켜보는 게 답일 수도 있어. 네가 알아봐주니까 그 할머니가 쪽지를 주기 시작했잖아. 아마 조금 지나면 스스로 말을 전하실 거야."

"그럴까요?"

"아무렴."

수영의 말에는 확신이 차 있었다. 이유는 알 수 없었지만 나희 역시 안심이 되었다. 그토록 오랜 세월 이곳에 머물렀다면 할머니의 의지 역시 대단히 강할 것이다. 나희는 적절히 지켜보기만 하면 된다. 어디까지나 제삼자의 위치니까.

할머니가 매일 나희에게 주는 쪽지는 계속 늘어났다. 언제나 네모나게 접어서 야무지게 꼭지까지 마무리한 것이라 펴보는 재미가 있었는데, 펴봤자 아무것도 없다는 걸 알게 되자 더이상 펴지 않게 되었다. 쪽지가 작지 않은데 여러 겹으로 꼭꼭 접어서 두툼하기까지 했다. 나희는 할머니가 떨구고 간 쪽지를 카운터 한쪽 빈 서랍 속에 넣어두었다.

며칠 뒤, 미수가 출근하기 위해 밤에 온 나희를 불렀다. 그녀는 얼굴이 굳어 있었다.

"나희야. 이 쪽지들 다 뭐니?"

"어, 어, 그게요."

평소 잘 열어보지 않는 서랍이라서 미수가 발견할 줄은 몰랐다. 아무것도 적히지 않은 종이라서 전해줄 말도 없는 터라 나희는 뭐라고 말해야 할지 알 수 없었다. 할머니의 모습이 너무 처참했기 때문에 미수에게 곧이곧대로 설명하기도 꺼려졌다. 평소 언제나 활짝 웃고 다니는 미수가 얼굴이 굳어 있어서 더 그랬다.

그런데 그냥 접힌 쪽지들인데 왜 기분이 안 좋아 보이는 걸까. 좀 이상했다. 나희는 속으로 의아해하면서도 망설였다.

"음, 그게요. 설명하자면 좀 긴데……."

미수 역시 죽은 할머니가 이곳에 나타난다는 것은 알았다. 하지만 그 사람이 미수의 어머니로 추정된다는 사실을 어떻게 설명해야 할까. 심지어 그것도 나희의 추측일 따름이었다. 함부로 이야기했다가 무례한 짓이 될까봐 나희는 망설일 수밖에 없었다.

하지만 미수는 그날 별다른 말 없이 그대로 퇴근했다. 서랍의 쪽지에는 손도 대지 않은 채 그대로 닫아버렸다. 나희는 뭔가 잘못했나 싶어서 매우 불안해졌다. 그녀는 서랍에서 쪽지를 전부 꺼낸 채 카운터 위에 놓고 생각에 잠겼다. 야밤의 매점은 지극히 고요했다. 이따금 오가는 당직 직원이나 보호자를 제외하고는 인기척이 없었다.

새벽 두 시, 할머니가 다시 나타났다. 나희는 가만히 있다가 어쩐지 억울해져서 투정부리듯이 말했다.

"할머니, 사장님이 화나신 거 같아요."

당연히 할머니는 대답이 없었다.

"할머니가 준 쪽지 때문인 거 같아요. 제가 안 보여드리고 그냥 모아만 놨거든요. 근데 그 쪽지 보고 왜 이상하다고 생각하신 건지도 모르겠어요."

설마 비어 있던 서랍이 더러워져서 그랬을까. 나희는 지금 생각해도 알 수가 없었다. 미수는 평소 거의 화나 짜증을 내는 사람이 아니었다. 아까 그녀의 표정도 화보다는 어딘가 딱딱히 굳은 듯한 모습이었지만. 나희는 고민스러워서 머리를 쥔 채로 할머니를 바라보았다. 의료용 관으로 둘러싸인 할머니의 얼굴에는 곧 스러질 듯한 표정이 드러나 있었다. 나희는 예민하게 그 표정을 읽어냈다. 그리움과 미안함의 얼굴이었다.

"할머니?"

곧 할머니의 모습이 감쪽같이 사라졌다. 나희는 평소처럼 다가가서 바닥을 보았다. 여전히 접어서 도톰한 쪽지가 떨어져 있었다. 그녀는 그것을 서랍에 넣고서 내일은 정말 이미수에게 모든 것을 이야기해야겠다고 생각했다.

조연자의 연명치료는 1년 가까이 이어졌다. 아마 본인이 의식이 있는 상태였다면 당장 그만두라고 소리를 질렀을 것이다.

그러나 그녀는 숨을 쉬고 있다는 것 외에는 이미 죽은 상태나 다름없었고 아들도 의사도 연명 치료를 포기하지 못했다. 결국 아들이 지쳤을 때 연명 치료 중단을 위해 딸에게 연락하려 했지만 그마저도 실패했다. 10년 전, 연명 치료 중단에는 가족들의 동의가 반드시 필요했다. 조연자는 끝없이 고통 받으며 이 세상에 발이 매였다.

죽은 것도 산 것도 아닌 상태로 조연자는 세상을 떠돌았다. 넋이 몸 밖으로 나왔지만 생각도 기억도 제대로 되지 않았다. 그녀는 가장 보고 싶은 사람, 전할 말이 있는 사람이 있는 곳으로 끝없이 나아갔다. 생각이 있어서는 아니었다. 그저 본능만 남은 채로 자석에 이끌리듯이 갔다. 그래서 조연자의 넋은 매점에 자리 잡았다. 1년 뒤 겨우 질기디 질긴 연명 치료 끝 죽음이 찾아왔지만 조연자는 그대로 그 자리에 머물렀다. 이제 어디로 가야 할지 방향도 몰랐다. 알았더라도 해야 하는 일과 전해야 하는 말이 있는 이상 가지 않았을 것이다.

깜박 깜박 세상이 흔들렸다. 생각도 기억도 기능을 멈춰 세월이 얼마나 흘렀는지도 알 수 없었다. 하지만 어느 순간 조연자는 이제 딸에게 말을 전할 수 있다고 느꼈다. 그럴 때가 되었다. 그녀에게서 쪽지가 떨어졌다. 정나희는 그것을 주워 서랍에 넣었다.

다음 날 만난 이미수는 아무 일도 없었다는 듯 멀쩡한 표정이었다. 나희는 밤에 조금 일찍 출근해서 쪽지에 대해 말해야 할까 고민했지만 타이밍이 맞지 않았다. 정말 곤란한 일이었다.

삼종합병원 매점은 주말에 아르바이트생을 별도로 쓴다. 사장 이미수가 쉴 때는 쉬자는 주의이기 때문이었다. 아르바이트생을 쥐어짜는 악덕 사장들이 널리고 깔린 세상에서 이렇게 좋은 사장을 만났다는 게 참 행운이었다. 그래서 사실 나희는 미수에게 모든 것을 잘 설명하고 싶었다. 이미수처럼 좋은 사람이라면, 그리고 그 할머니가 미수의 어머니가 맞다면, 두 사람 사이의 말을 전해주고 싶었다.

"잘 먹을게요, 아빠."

"감사합니다. 참, 오래 살다 보니 알바생 아버님한테 점심도 얻어먹네요."

아빠의 분식집으로 미수를 초대한 나희는 신나서 젓가락을 들었다. 미수도 처음에는 난데없는 초대에 당황한 듯했지만, 동네에서 오래 장사한 부부분식의 음식을 공짜로 먹을 수 있다는 사실에 신이 난 것 같았다. 학생들을 상대로 하는 분식집은 원래 주말에는 열지 않지만 아빠가 특별히 두 사람을 위해

가게 문을 열어주었다. 김밥과 라면, 순대와 떡볶이라는 푸짐한 메뉴였다. 평소 분식을 썩 좋아하지 않는 미수도 입에 침이 고일 정도로 냄새와 모양이 모두 훌륭했다.

"그럼 잘 먹고 가게 문단속 잘해라. 나는 루비 밥 주러 간다. 사장님도 맛있게 드시고요."

아빠는 허허 웃으면서 미수에게 고개를 숙였고 미수도 얼른 인사했다. 영업을 하는 날은 아니기에 가게 문을 완전히 닫고 아빠가 분식집을 나서자 둘은 거의 테이블에 얼굴을 파묻고 음식을 먹기 시작했다.

"야, 지난번에 반찬 싸주셨을 때도 느꼈지만 아버님 음식 정말 잘하시는구나."

"그럼요. 10년 넘게 한 자리에서 분식으로만 성공한 힘이라구요."

"대단하시다 진짜. 완전 맛있어. 나 평소에 분식 분명히 잘 안 먹었는데 벌써 2인분은 먹은 것 같아."

아빠는 손도 커서 둘을 위해 거의 4, 5인분의 음식을 해놓았다. 놀랍게도 나희와 미수는 그것을 다 먹어치웠다. 그릇을 들고 가서 설거지하며 나희가 아쉽게 말했다.

"수영 언니도 있었으면 잘 먹었을 텐데 말이에요. 다음에 여행에서 돌아오면 불러야지."

"그래. 개 지금 핀란드 갔댔지?"

“네. 한 반 년 돌고 온댔어요. 하여튼 잘도 돌아다녀.”

나희가 커피까지 끓여서 내놓자 미수가 만족스러운 한숨을 내쉬었다.

“분식인데도 집에서 한 음식 같은 맛이야. 난 우리 엄마 닮아서 음식 솜씨가 별로 안 좋거든. 맨날 사 먹어.”

“어머님이 음식 잘 안하셨어요?”

“솜씨가 없었어. 할 기회도 없었고. 엄청 바빴거든.”

미수는 흠, 하면서 고개를 기울였다. 옛 생각이 나는 모양이었다.

“아버지가 돈을 안 벌고 술만 마셨던 양반이라…… 엄마가 혼자 돈 벌어서 식구 먹여 살렸어. 지금 생각하면 대단한 사람인데 그때는 엄마가 밥 안 해주는 게 너무 서러웠던 기억도 있어.”

“어릴 때니까요.”

아이들에게는 먹는 게 중요하다. 매일 밥을 챙겨주며 곁에서 사랑을 주는 밀착된 부모자식 관계도 중요하다. 미수는 아마 그런 것들이 없어서 서러웠을 것이다.

“사실 우리 집은 꽤 콩가루였거든. 아버지가 엄청 많이 때리기도 했고.”

“술 드시는 분들이 그런 경향이 있더라고요.”

“맞아. 중독자였으니까. 근데 우리 엄마도 답답한 게 이혼을 안 하더라고. 나 같으면 처음 때리는 순간 칼 이혼이었을 텐데."

주말 이른 점심 때라 분식집 앞 작은 골목은 한가했다. 문은 닫아두었지만 늦봄의 햇빛이 유리로 들이쳤다. 배불리 먹고 나른해진 미수는 믹스커피 한 모금의 달달함을 만끽했다. 아주 먼, 오래되었지만 흐려지지 않은 옛날이야기를 꺼내놓기 좋은 분위기였다.

"사실 엄마가 아버지랑 이혼했으면 훨씬 행복했을 텐데 그러지는 않았어."

나희는 말없이 고개를 끄덕였다. 나희의 부모님은 정말 사이가 좋았지만, 그렇지 않은 부부들도 세상에 많다는 걸 알았다.

"나도 남동생도 아버지한테 정말 많이 맞았어. 난 이혼하라고 엄마한테 소리를 질러댔지만 엄마는 항상 그럴 수 없다고 했었지. 우리를 아버지 없는 자식들로 만들 수 없다면서 말이야."

미수는 쓰게 웃었다.

"지금 생각해도 웃겨. 왜 우리 핑계를 댔을까. 그냥 본인이 이혼할 용기가 없었던 거면서. 중학생 되니까 나한테 아버지한테 줄 돈 벌어오라고 혼내기까지 했었거든. 남동생 대학 등록금도 내가 벌어놔야 한다면서."

말은 그렇게 해도 미수 역시 이제 부분적으로나마 이해할
수 있었다. 삼사십 년 전 경제적 능력이 없었던 주부가 아이 둘
을 데리고 이혼하면 어떻게 먹고 살아야 했을까. 그 시기 남편
없이 사는 여성은 치유할 수 없는 흠결을 가진 것처럼 보였다.
엄마는 가정 폭력이라는 말 자체를 부정하고 싶었을지 모른다.
남편이 때렸다고 하면 '다음에는 잔소리를 좀 더 부드럽게 하
라'는 말을 충고라고 하던 시대였다.

하지만 열일곱 살의 이미수는 그걸 견디며 살고 싶지 않았
다. 그녀는 스스로의 판단으로 집을 떠나 서울로 상경했다. 나
와 보니 닥치는 대로 일해서 입에 풀칠은 할 수 있었다. 서울
로, 그다음에는 일본으로, 다시 한국으로 돌아와서 흘러가는
대로 살았다.

"나 떠나고 나서 6년 정도 뒤에 아버지가 죽었어. 그 이후에
엄마는 시체 염을 하면서 벌어서 동생하고 둘이 먹고살았나
봐."

어머니가 죽고 나서야 남동생과 연락이 되었다. 지금으로부
터 10년 전이었다. 어머니의 사망 후 상속 절차 때문에 동생이
아닌 법원에서 연락이 왔다.

"의식이 없는 상태로 1년을 버텼대. 너무 고통스러워서 연
명 치료를 중단하려고 했는데 나하고 연락이 전혀 안 되었던
거지. 산소호흡기 떼려면 가족 전체 동의가 필요한 데다가 첫째

인 내가 없었으니까 그냥 버티는 수밖에 없었나 봐."

미수는 조용히 생각에 잠겨 있었다.

"난 아예 몰랐어. 가족과 연락 끊고서 서울로 일본으로 돌아다니면서 혼자 산다는 생각만 했으니까."

그녀는 지금도 알 수 없었다. 그때 자신이 어떻게 했어야 했는지. 오래전 열일곱의 나이로 돌아간다 해도 이미수에게는 다른 길이 보이지 않았다. 엄마가 이혼하지 않았다면 고등학생인 미수는 다시 집을 나왔을 것이다.

"남동생이 그랬어. 엄마는 나한테 사과하고 싶어서 연락하려 노력했었다고."

미수는 등받이에 기대 좁은 분식집의 천장을 올려다보았다. 이곳은 나희의 부모님이 사랑과 노력으로 일군 삶의 터전이었다. 비록 나희의 어머니는 떠났어도 그 터전은 여전히 남아 아빠와 딸의 기반이 되었다. 미수는 정말 나희가 부러웠다.

"정말일까? 엄마는 나한테 미안했을까?"

"그러셨을 거예요."

나희가 조용히 대답했다. 그녀는 주머니에 담아두었던 쪽지들을 꺼냈다. 곱게 접은 백지들이었다.

"이거요. 매점에 밤마다 나왔던 할머니가 주신 거예요."

미수의 어머니가 1년 가까이 연명치료를 받다 사망했다는 말에 나희는 모든 퍼즐이 맞춰졌다. 의료용 관에 결박된 듯한 할머니는 끝내 밤마다 나타나 미수에게 뭔가 전하고 싶어 했다.

"그 할머니, 산소호흡기랑 의료용 관 같은 걸 많이 매달고 있어요. 사장님을 볼 때마다 카운터로 다가오고 싶어 했구요."

미수는 말없이 쪽지를 만지작거렸다. 사실 짐작하고 있었다. 그전에는 어렴풋한 추측일 뿐이었지만, 서랍에서 이 쪽지 더미를 발견하는 순간 더 확실히 알았다. 어린 시절 어머니가 언제나 이런 방식으로 쪽지를 접어서 미수에게 주고는 했다.

"사실 이거, 우리 엄마가 쪽지 접던 방식이야."

미수는 조심스럽게 종이를 폈다. 안에는 아무것도 없는 백지였다.

"우리한테 미안한 일이 생길 때마다 이 안에 별사탕을 한 두 개 넣어서 쥐여주고는 했지. 너무 돈이 없어서 다른 간식은 사줄 수 없으니까 일하던 식당에서 얻은 입가심용 별사탕을 넣어준 거였어. 아무 말 없이 이걸 아침에 주고 가면 난 그 조그만 별사탕을 언제 먹을까 고민하다가 엄마 오기 직전에야 먹었어. 별사탕은 아무 향기도 없이 정말 설탕 덩어리잖아. 근데 그걸 먹으면 너무 행복했어. 그 시절엔 별사탕이 곧 행복이었다니까."

그녀는 쓸쓸하게 웃었다.

"늙어 죽은 우리 엄마는 이제 별사탕도 줄 수 없게 된 거구나."

✧ ✧ ✧

주말에는 밤에 매점을 열지 않는다. 어차피 손님이 평일보다도 더 없기 때문이었다. 낮에 나희네 아빠의 분식집에 초대받아서 다녀와서인지 미수는 조금 쓸쓸하고 외롭다고 생각했다. 평소에는 전혀 느끼지 못하던 감각이었다.

그녀는 거실에 앉아 TV를 보다가 협탁 위에 놓인 액자를 집어 들었다. 유치원에 다닐 때 파티에서 선생님이 찍어준 것이었다. 사진 속 어린 미수와 엄마가 웃고 있었다. 엄마는 어색한 표정이었지만 미수를 위해 최선을 다해 미소 짓고 있었다. 아마 속으로는 빨리 일하러 가봐야 한다고 안달 냈을지도 모른다. 하지만 사진에서만은 몸을 굽혀 어린 딸을 살짝 끌어안았다. 그 순간에는 엄마가 미수의 곁에 있어주었다.

"40년도 훨씬 지났는데 이게 무슨 청승이람."

미수는 소리 내서 불평했다. 혼잣말이라도 안 하는 것보다는 나았다. 그녀는 액자를 조심스레 열어 사진을 꺼내 뒤집어 보았다. 벌써 수십 년이 지난 사진에는 뒷면에 미수의 이름이 써 있었다.

―이미수 어린이, 조연자 어머님과 함께

물끄러미 사진을 내려다보던 미수는 그것을 주머니에 넣고 운동화를 신은 후 밖을 나섰다. 이미 밤이 깊어서 아파트 단지내를 산책이나 할까 했지만 그녀는 충동적으로 삼종합병원을 향해 갔다. 병원 1층 로비는 여전히 불이 켜져 있었다. 미수는 익히 아는 야간용 출입문으로 들어가 매점으로 갔다. 일주일에 이틀 밤만 잠기는 매점 문을 열고 불을 켜자 오랜 세월 익숙해진 작은 공간이 나타났다. 가족을 떠나와 홀로 마련한 삶의 터전. 별일 없다면 죽을 때까지 일하게 될 곳.

미수는 카운터에 앉았다가 곧 시계가 걸린 벽 밑의 테이블로 가서 앉았다. 오래 있을 요량으로 카운터 밑에서 책을 꺼내고 커피를 내렸다. 매점 문을 아예 닫아 건 채 혼자 앉아서 시간을 보냈다. 이미 병원에 들어설 때 밤 열두 시가 가까웠기 때문에, 커피를 전부 마시고 책을 반 권쯤 읽었을 때는 새벽 두 시를 향해 달려가고 있었다. 병원 전체가 고요했다. 세상 전체가 아예 잠들어버린 듯 적막했다. 창밖으로 달조차 뜨지 않은 밤이었다. 가장 검고 어둡고 깊은 밤.

그녀는 두 시 5분 전이 되자 책과 커피 컵을 정리해 카운터에 가져다 놓고 다시 테이블에 와서 앉았다. 손에는 접었던 흔적이 있는 쪽지들이 한가득이었다. 미수는 그것을 테이블 위에 풀어두고 시계를 바라보았다. 잠시 뒤 시곗바늘이 정확히 두 시를 알렸다. 하지만 여전히 이미수의 눈에는 아무것도 보이지 않았다. 약간의 냉기는 돌았지만, 그것이 밤의 날씨 때문인지 아닌지는 알 수 없었다. 미수는 중얼거렸다.

"엄마, 나한테 미안해요? 그런 거예요?"

매점 안은 여전히 고요했다. 공기의 떨림조차 없는 공간 안에서 이미수는 깊게 숨을 내쉬었다. 외따로 떨어진 시간 속에 앉아 있는 기분이었다. 착각이겠지만, 아주 오래전 엄마의 살냄새가 코끝에 맴도는 것 같았다. 유치원에 미수를 보내며 머리를 빗겨주던 엄마, 크리스마스 파티에 간신히 시간을 내어 찾아와 준 엄마. 미수는 쪽지를 만지작거렸다. 하나씩 원망하고 하나씩 미안해하기엔 너무 오래된 일이었다. 시간이 흘러 이제는 그저 엄마를 보고 싶을 뿐이었다.

"나 괜찮아요. 이제 행복해요. 엄마도 행복하면 좋겠어요."

조용한 새벽 공기는 흔들리지 않았다. 하지만 그 순간, 미수는 발치에 뭐가 톡 떨어진 것을 깨달았다. 그녀는 허리를 숙여 그것을 집었다. 손톱보다 더 작고 연한 분홍색의 별사탕이었다. 그리고 수많은 별사탕이 미수의 발치로 쏟아져 내렸다. 밤하늘을 가득 채우는 은하수처럼 빛나는 사탕 물결이었다. 달콤한 향기가 콧속을 가득 채웠다.

**Epilogue**

어느 날부터 매점에는 밤에 할머니의 유령이 나타나지 않았다. 이미수는 나희에게 "다 잘 해결됐어"라고 말하고 활짝 웃었다. 그 웃음에는 행복과 슬픔이 함께 묻어 있어서 나희는 더 물을 수가 없었다. 서랍에 있던 쪽지가 전부 사라진 것을 발견하고 모든 일이 잘 되었겠거니 짐작했다.

나타나지 않게 된 것은 또 있었다. 윤성우였다. 미수는 이상한 일이라며 고개를 갸웃거렸다. 비록 그녀는 윤성우를 볼 수 없었지만 수영과 나희에게서 이야기를 많이 들었다.

"걔 죽은 애 아닐 수도 있다며? 그럼 저승으로 간 것도 아닐 거 아냐?"

"그러게 말이에요."

수영과 나희는 예전에 머리를 맞대고 고민했다. 둘의 추측에 따르면 아마 윤성우는 장기간 의식을 잃은 채 누워 있는 환자였을 것 같았다. 그 말을 들은 미수는 그럴 듯하다며 고개를 끄덕였다.

"아마 지금쯤 회복해서 정신을 차렸을지도 모르죠."

꼭 그러기를 바랐다. 중상을 입은 환사라면 죽었을 가능성도 배제할 수 없지만, 윤성우는 꼭 살아서 행복한 삶을 누리기를 바랐다.

"정신 차렸으면 여기 와야지, 애가 정이 너무 없다, 얘."

미수가 입을 삐죽거렸지만 나희는 웃음을 터뜨렸다.

"아이, 죽은 사람들은 기억이 왔다 갔다 하잖아요. 죽었다 살아났는데 어떻게 절 기억하겠어요."

"하긴 그건 또 그렇네."

"그냥 어디서든 잘 살기나 했으면 좋겠네요."

나희는 진심으로 말했다. 언젠가 다시 만날 수 있다면 정말 좋을 것이다. 하지만 그럴 가능성은 희박하다는 것을 잘 알았다. 죽었는지 살았는지도 모르는 상대를 향해 감정 소모하는 일은 그만두는 게 낫다. 나희는 그 이상 윤성우에 대한 말은 하지 않았다. 아주 가끔 루비에게 속을 토로하며 윤성우를 떠올리는 일은 있었다. 루비는 나희에게 야옹거리며 대답을 해주었다.

며칠 뒤 미수는 어머니의 납골당에 가보려 한다며 하루만 오후에 근무를 해달라고 부탁을 했다. 어째서인지 카운터에 놓아둔 별사탕 병까지 싸 짊어지고 간다고 했다. 영문은 몰랐지만 나희는 기꺼이 그러겠노라 했나. 추가 근무에 대해서 이미수는 시급을 아주 잘 쳐주고 보너스까지 주는 좋은 사장이었다. 오후에 이어 야간 근무까지 하면 조금 피곤하긴 해도, 체력이 좋아서인지 다음 날 잘 자면 금방 회복되었다. 안 할 이유가 없었다.

그날은 손님이 그리 많지도 않아 제법 한가롭게 일몰 시간이 다가왔다. 퇴근 시간이 다 된 병원 직원들이 밀물처럼 병원을 빠져나갔다. 그때 여느 때처럼 박현우가 어깨를 늘어뜨린 채 커피를 사러 왔다. 주문창으로 쏟아지는 노을 속에 선 채 나희가 빙긋 웃었다.

"오늘도 당직이세요?"

"예에."

그래도 평소보다는 조금 생기 있어 보이는 얼굴이었다. 박현우는 커피를 받아들고 어깨를 으쓱했다.

"오늘은 한 잔 더 주세요. 쿠키하고 감자칩도 살 거예요."

"어머, 어쩐 일이세요?"

"신경외과 근무하는 친구 놈 축하 좀 해주려고요."

축하 파티라도 벌이려는 건가 보다. 파티치고 참 소박한 메뉴였지만, 나희는 미소 지으며 질문했다.

“좋은 일 있으신가 봐요.”

“예. 그 친구가 맡고 있던 의식 불명 환자가 있었는데, 며칠 전부터 반응이 있더니 오늘 눈을 떴다더라고요. 의식이 없었던 것치고 상당히 명료한 반응을 보여서 친구가 아주 신이 났어요.”

순간 나희는 커피를 한 잔 더 내리던 손길을 멈췄다. 그녀는 눈만 깜박이다가 박현우에게 물었다.

“얼마나 오래 입원했던 환자인데요?”

“아마 넉 달 정도? 자전거 사고로 입원했던 20대 초반 남성 환자인데, 정말 기적 같은 일이죠. 근처 대학에 다니는 학생이래요.”

“그렇군요.”

“아마 퇴원은 좀 더 걸리겠지만 의식을 되찾았다는 것 자체가 놀라워요. 그 환자 맡았던 의료진들이 다들 기뻐 죽더라고요.”

자기 환자가 아닌데도 박현우 역시 어지간히 좋은 모양이었다. 그는 커피와 간식거리를 들고서 평소보다 훨씬 힘찬 걸음걸이로 매점을 나섰다. 나희는 가만히 박현우의 뒷모습을 바라보았다. 신경외과 입원 환자. 자전거 사고. 20대 초반 남성. 아닐 수도 있지만 맞을 수도 있다. 어쩌면 윤성우와의 인연은 계속 이어질지도 모른다고, 나희는 짐작했다.

나희는 핸드폰과 책으로 밤 시간을 보냈다. 새벽이 되었지만 이제 할머니가 나타나지 않는다는 생각에 마음 한쪽이 쓸쓸해졌다. 처음에 그렇게나 무서워했던 깃을 생각하면 기묘한 일이다. 나희는 만약 오래전 죽은 엄마의 유령을 다시 볼 수 있다면 어떨까 상상했다가 금세 그 생각을 머리에서 지웠다. 엄마는 나희에게 미안한 것 없이 죽었기 때문에 가벼운 발걸음으로 7년 전 이 세계를 떠났을 것이다. 그것이 무엇보다 중요했다.

새벽 두 시, 나희는 텅 빈 벽시계 아래를 바라보았다. 아무도 없는 시계 아래가 허전하면서 만족스러웠다. 그녀는 주문창 밖으로 시선을 돌렸다가 놀랐다. 그곳에 오랜만에 보는 장례지도사가 서 있었다. 멀찍이 선 장례지도사는 얼굴에 부드러운 웃음을 띠었다. 이번에는 짐작이 아니라 명백한 사실이었다. 그녀의 목 위에 더 이상 안개가 아닌 진짜 얼굴이 드러났기 때문이었다.

어둠 속 희게 빛나는 장례지도사의 얼굴은 이미수와 무척 닮아 있었다. 그동안 있는지도 몰랐던 그녀의 명찰이 빛 아래 유달리 반짝여 보였다. 조연자. 나희는 미수의 어머니가 매우 행복해 보여서 다행이라고 생각했다.

조연자는 환하게 웃고 있었다. 나희는 살짝 미소 지은 채 그녀를 향해 고개를 숙였다. 고개를 들었을 때 거리에는 이미 아무도 없이 텅 비어 있었다. 하지만 나희는 이 거리에 또 다른

　　나의 완벽한 장례식

죽은 자들이 거닐고 있음을, 장례지도사가 그들을 안내하기
위해 준비하고 있음을 알 수 있었다.

# 나의 완벽한 장례식



**초판 1쇄 발행** 2026년 1월 21일
**초판 8쇄 발행** 2026년 2월 28일

**지은이** 조현선
**책임편집** 정다움
**콘텐츠 그룹** 이가람 전연교 김신우 정다솔 문혜진 기소미
**북디자인** R DESIGN 이보람

**펴낸이** 전승환
**펴낸곳** 책읽어주는남자
**신고번호** 제2024-000099호
**이메일** book_romance@thebookman.co.kr

ISBN 979-11-24038-19-2 (03810)